天地外國經典文庫

Une Vie

一生

［法］莫泊桑 著
Guy de Maupassant

盛澄華 譯

總序

香港是中西文化薈萃之地，文化以多元為主要特徵；人們讀的，既有四書五經、唐詩宋詞、胡適陳寅恪，也有聖經和莎士比亞、培根和狄更斯。香港文化發展史的重要內容是文化交流史。所謂文化交流，就是研究和介紹由外國先進思想衍生的普世價值，以及各國的優秀文學作品，作為發展本地文化的借鑒。用著名學者錢鍾書先生的話來說，就是「東海西海，心理攸同；南學北學，道術未裂。」[1] 翻譯家傅雷先生在〈翻譯經驗點滴〉一文中說：「中國人的思想方式和西方人的距離多麼遠。他們喜歡抽象，長於分析；我們喜歡具體，長於綜合。」[2] 可見，同為人類，中國人和西方人「心理攸同」；作為不同人種，他們的思維方式各有短長。香港各大學設英國語言文學系、翻譯系、比較文學系，文學院有歐洲和日本研究專業，目的就在於此。在這方面，香港有着足以驕人的成就。

茲舉一例。有學者考證，俄國大作家列夫·托爾斯泰作品最早的中譯本《托氏宗教小說》就是香港禮賢會出版的（時在清光緒三十三年即一九零七年），以此為嚆矢，托翁的著作以後呈扇形輻射到全國各地，被大量迻譯成中文出版，對我國文學界和思想界產生了深遠的影響。[3]

再舉一例，上世紀六、七十年代，香港今日世界出版社聘請了多位著名翻譯家、作家和詩人，如張愛玲、劉以鬯、林以亮、湯新楣、董橋、余光中等，迻譯了一批美國文學名著，其中包括《老人與海》、《湖濱散記》、《人間樂園》、《美國詩選》等書，到九十年代，這批書籍已成為名譯，由內地出版社重新印行，對後生學子可謂深致裨益。

為了持久延續這種交流，我們與相關專家會商斟酌，擬訂了引進「外國經典文庫」的計劃，盡可能蒐集資深翻譯家中譯外國文化（包括文學、哲學、思想、人文科學）經典的新舊版本，選粹付梓，給廣大讀者提供閱讀和研究參考的方便。

所謂經典，即傳統的權威性著作。它們古今俱備，題材多樣，以恢宏、深刻、精警見稱，在文學史、哲學史、思想史上具有崇高地位，迥異於坊間流行的通俗讀物。先期分批推出的二十種名著，簡述如下：

希臘哲學家柏拉圖的《對話集》，既是哲學名著，也在美學領域佔有重要地位，開了散文史上論辯文學的先河。

《莎士比亞十四行詩集》是西洋詩歌史上最深宏博大的十四行詩集。

愛爾蘭小說家喬伊斯短篇集《都柏林人》，由傳統走向革新。這位二十世紀最重要的作家之一，以其代表作、意識流長篇《尤利西斯》奠定了現代派文學的基礎。

英國女作家伍爾夫是運用「意識流」手法進行小說創作的先驅。她的長篇小說《到燈塔去》，以描寫人物內心世界見長，語言富有詩意。

勞倫斯是上世紀最具爭議的英國小說和散文家。他畢生以四海為家，著名的意大利遊記選《漂泊的異鄉人》，對當地風土人情的描寫繪影繪色，《不列顛百科全書》盛讚為具有「畫的描繪、詩的抒情、哲理的沉思」。

英國小說家赫胥黎的長篇《美麗新世界》，與奧威爾的《一九八四》、俄國作家扎米亞金的《我們》，被譽為文學史上三部最有名的反烏托邦小說。

奧威爾的《動物農場》與《一九八四》同為寓言體諷刺小說名著，在現代外國文學史上迄今仍享有盛名。

英國小說家毛姆的長篇《月亮和六便士》，以法國印象派畫家高庚為人物原型，刻劃的角色人情練達，冰雪聰明，筆致輕鬆流麗，幽默感人。他的另一小說《面紗》，雖非代表作，卻是以香港為背景的經典，而且二零零七年經荷里活改編為電影（譯名《愛在遙遠的附近》），頗值得注意。

小說家歐·亨利的《最後一片葉子》是膾炙人口的短篇集，作者堅持傳統寫作手法，享有「美國短篇小說創始人」之譽。

美國作家海明威的中篇小說《老人與海》，因「精通敍事藝術以及對當代風格的有力影響」榮膺一九五四年諾貝爾文學獎。他上世紀長居巴黎時構思的特寫集《流動的盛宴》，體裁略有不同，表現了含蓄凝練、搖曳生姿的散文風格。

法國存在主義小說《鼠疫》和《局外人》，冶文學和哲理於一爐。作者加繆與同為存在主義作家的薩特齊名，是一九五七年諾貝爾文學獎得主。

意大利作家亞米契斯的兒童文學作品《愛的教育》，早年由民初作家夏丏尊從日譯轉譯為中文，是當時傳誦一時的日記體文學作品；夏氏是我國新文學的優秀散文家，譯文暢達，此書初版迄今，在兩岸三地屢屢重版。

作為西方現代派文學鼻祖，奧國作家卡夫卡的小說《變形記》，荒誕離奇，寓意深刻，揭示了社會中的各種異化現象。

風格大不相同的兩位日本作家的作品：被譽為「日本毀滅型私小說家」代表人

物太宰治的《人間失格（附〈女生徒〉）》；與川端康成、谷崎潤一郎等唯美派大家齊名的永井荷風的散文集《荷風細雨》入列，為文庫增添了東方文學的獨特風采。《泰戈爾散文詩選集》雖然詩制精悍短小，但給予中國早期新詩的影響，我們卻可以從胡適、徐志摩、冰心等人的小詩中窺見它的痕跡。

考慮到歷史、語言和讀者熟悉與接受程度等原因，以上品種還較集中於英美日經典，其他如古希臘羅馬、印度、德、法、意、西班牙、俄羅斯乃至別的亞洲、非洲、拉丁美洲國家的精品尚待增補。我們希望書種得以逐年擴大，使「文庫」成為一套覆蓋寬廣、姿彩紛呈的外國文學寶庫，更有力地促進本地文化與世界各國優秀文化的廣泛互動，加速新時期本地文化的向前發展。

末了，對於迻譯各書的專家和結合本地實際撰寫導讀的學者，謹此表示由衷謝忱。

天地外國經典文庫編輯委員會

二零二一年一月二十日修訂

註釋：

[1]《談藝錄．序》，中華書局（香港）有限公司，一九八六年版。

[2]《傅雷談翻譯》第八頁，當代世界出版社，二零零六年九月。

[3] 戈寶權〈托爾斯泰和中國〉，載《托爾斯泰研究論文集》，上海譯文出版社，一九八三年版。

導讀

出走歸來半生，少女是否嫣然？

法國小說家莫泊桑（Guy de Maupassant）以短篇小說聞名。《一生》（*Une Vie*）於一八八三年面世，原在文學刊物《吉爾．布拉斯》（*Gil Blas*）上連載，是他的首部長篇小說。

顧名思義，這小說幾乎涵蓋了主角約娜（Jeanne）的「一生」。故事從她十七歲離開修道院說起，然後歷經一幕幕人生關口：戀愛、婚姻、產子、喪親、家道中落，最後滄桑嘗遍，步入暮年。約娜的一生說不上曲折離奇，書中的情節亦帶着時代痕跡（如貴族間拜訪寒暄、宗教信仰與平民百姓的角力），但撇除略見陳套的劇情，這仍是一部耐看好讀的小說。

「難道她一生就是這樣了嗎？」

《一生》的出場人物並不繁雜，莫泊桑刻劃各個人物均相當出色，但箇中首選仍非約娜莫屬。在故事開首，作者就這樣形容她：

「她是昨天剛從修道院回家的，以後可以長此自由下去了。她準備要享受一番嚮往已久的人生的百般幸福……」

縱然對愛情有着希冀，但這時佔據着約娜生命的，並非只有愛情：

「約娜開始過起閒適的自由自在的生活來。她讀讀書，幻想一陣或是獨跑到附近一帶去閒逛一番。她順着大路慢步徘徊，整個心沉浸在夢幻中……」

約娜熱愛自然，書裏不時描寫她如何沉醉於大自然的美景當中，更數次提到她喜歡看海聽浪，這點在她遭逢種種波折後仍偶有流露。「海洋」所象徵的寬廣與未知，恰如有待她進一步探索的未來；大海的生機洋溢，也與她的風華正茂互相呼應。我們可以留意約娜蜜月前往科西嘉島時的情景：「那些動作靈活的大魚每出現一次，約娜便全身感到顫動，隨即快活得為牠們鼓掌。她的心，跟魚一樣，在一種原始而童貞的歡樂中跳躍着。」

可惜這蜜月期畢竟太短，事實上，在選擇旅遊地點時，她嚮往的是意大利、希臘，以及上文提到的科西嘉島，都與丈夫于連大相逕庭。二人的稟性志趣，以至理財習慣本就不甚相投，這些分歧正為日後的危機埋下了伏筆。

婚姻，是約娜人生的第一個轉捩點：她與于連並非盲婚啞嫁，而且有互相認識、聚首共處的階段，但他們是否真的了解對方？約娜自己對婚姻又有甚麼概念？面對逆境，她往往陷於被動，六神無主；至於于連，他的社會經驗明顯比約娜豐富，莫泊桑雖沒明言于連是否因為看上約娜家底比他豐厚才加以追求，但我們可看到，相比於約娜，于連懂得如何裝扮自己、如何巴結他人，而最關鍵的，更是他懂得在成為一家之主後，怎樣去尋歡作樂。

婚姻的不如意，令約娜把一生心思都放到自己與于連的孩子保爾身上，這是約娜人生的第二個轉捩點。她對保爾百般溺愛，令他無心向學，亦從來沒有好好助他成長。與于連的關係頗為相似，約娜與保爾的母子之情，起初雖然溫馨深厚，但並不長久，而且終有一天必須放手：

「她第一次發現他已經長大成人，他不再屬於她了，他要過他自己的生活，顧不得那些老年人了。」

這時正值約娜把兒子送到寄宿中學不久，但她已經跟自己的父親德沃男爵一樣，在不知不覺間成了一個「老年人」了。

約娜的婚姻生活與母子關係，就像腳鐐上的兩個沉重鉛球，不單局限了約娜下半生的各種可能，也耗損了她原本活力滿盈的一生。

《一生》中的幾段婚姻

約娜的婚姻並不圓滿，細心觀察的話，不難發現書中其實並沒有任何一對夫婦有着完美無瑕的婚姻關係。即便是約娜的父母，德沃男爵與男爵夫人，兩人多年來恩愛無比，並且對女兒一直寵愛有加，但約娜在其母離世後打理遺物時，才驚覺母親曾有過一段婚外情；至於德沃男爵，年輕時也有不少風流韻事，有趣的是，莫泊桑這樣描寫男爵夫人的心態：

「淚痕未乾的男爵夫人，一想到她丈夫年輕時代的風流行為，唇角上不禁現出了微笑……在她看來，愛情的浪漫行為原是人生的一部份。」

另一對的夫妻關係也十分值得玩味：福爾維勒伯爵與琪爾蓓特伯爵夫人。福爾維勒伯爵體型魁梧，愛好打獵，一副粗豪漢子的模樣，但莫泊桑透過約娜的視角，展現出伯爵深愛着妻子的一面——不但經常忍耐妻子暴躁的脾氣，在她的坐騎失控狂飆時，他立刻策馬狂奔，奮不顧身的去營救——「那一天，約娜才了解伯爵是十分疼愛他的妻子的。」

但無奈這仍是一對錯配，琪爾蓓特伯爵夫人算不上貌若天仙，在悉心慰問約娜後，約娜便「受她迷惑了，立刻覺得她很可愛」。即使深得丈夫愛護，她後來照樣出軌，至於對象是誰、二者的結局又是如何，便留待讀者發現。

說起來，莫泊桑一生風流成性，《一生》中也不乏直白的性描寫，寫到約娜肉身與心靈的感受時，更是細緻入微——既曾滿足，也有煎熬；既曾被動，亦會進取。誕生，繫乎兩個身體的短暫結合，一旦誕生，一個新的生命隨即展開僅屬自己的人生。莫泊桑為我們展示了肉慾與心靈的契合從來不易，而婚姻與責任更常有拉扯。

《一生》中的兩位女配角

約娜一生的活力隨年月與挫折而流逝，但莫泊桑塑造了另外兩個女性角色，她們分別是科西嘉島上的巴拉勃萊蒂夫人與約娜家中的侍女蘿莎麗，在故事的一前一後出現時，各自均綻放出鮮活的生命力。

科西嘉島上別具異國風情的自然景色令約娜心醉不已，長居於島上的巴拉勃萊蒂一家對約娜熱情款待，更令她徹底愛上該島。在約娜與巴拉勃萊蒂夫人的交談中，後者透露了自己堅決保護家庭、不受親屬欺凌的決心，約娜深受感動，後來在回鄉時便應其所求買了一支小手槍給她。

至於蘿莎麗，她的侍女生涯並不好過，但到了約娜年老時，卻儼然成了一家之主，凡事均為約娜設想，並出謀獻策，一心保着約娜所剩不多的家產，更為她帶來了生命中最後的驚喜。

這兩位女性，前者主動承擔捍衛自身與家庭的責任，後者自力更生且更懂感恩報恩。她們生活的客觀條件都不及約娜，但同樣咬緊牙關為生活奮鬥。

書名與結語：誰的一生？誰的卑微真相？

《一生》這書名的法語原稱是 *Une Vie*。Vie 一詞有「人生、生命、生活」等意思，屬陰性詞，以此為名，亦暗合了這是個關於女性一生的故事；為凸顯女性的意涵，日語譯本通常會把這小說譯成《女の一生》。我們閱讀時，倒不必只着眼於約娜作為女主角的一生，其他女性、男性，甚至母狗「屠殺」，都蘊藏着一股平凡但親切的生命力，我們同會為他們的生老病死、愛恨貪嗔而喜怒哀樂。

這小說還有另一個名稱：《卑微的真相》（*L'Humble Vérité*）。那麼，按此書名再加思考，莫泊桑要揭露的「真相」又是甚麼？於此，我們不妨看看俄國小說家托爾斯泰一篇評論莫泊桑的文章。[1] 在文中，他指出莫泊桑鍾愛約娜的純良美善，也同情她的痛苦厄難；他認為，這份鍾愛與同情會自然而然的傳遞到讀者身上，從而令人反思社會為何會如此摧殘天真無邪的女性。

潮起潮退，來到故事尾聲，年邁的約娜時而緬懷、時而抱怨、時而感傷、時而糊塗。最後迎向她的一列火車，為她帶來的，是另一個希望，還是僅餘的寄託？回看卷首，年輕的約娜仰望清早的天空；此刻天上，夕陽正徐徐落下，一生將盡，還幸心裏頭的溫熱不至熄滅，而且稍稍重燃。

劉安廉

註釋：

[1]《托爾斯泰全集》，〈莫泊桑〉（'Guy de Maupassant', *The Complete Works of Lyof N. Tolstoi*）

劉安廉，筆名子陵。嶺南大學翻譯系畢業，香港中文大學翻譯系文學碩士，伯明翰大學古代史文學碩士。火苗文學工作室成員。業餘譯寫人。

1

約娜收拾好行裝以後，走到窗子跟前，但雨還是下個不停。

一整夜，暴雨嘩啦嘩啦地打在玻璃窗和屋頂上。低沉的、蓄着雨的天空彷彿裂了縫，把水傾瀉到大地上，使泥土變成稠漿，糖一般地溶化了。吹過一陣陣悶熱的暴風。行人絕跡的街道上，陰溝像氾濫了的小溪，發出潺潺的水流聲。街道兩旁的房屋海綿似的吸收着水份，濕氣滲入內部，從底層到頂樓，牆上全是那麼濕漉漉的。

從清早起，約娜觀望天色，該有百來次了。她是昨天剛從修道院回家的，以後可以長此自由下去了。她準備要享受一番嚮往已久的人生的百般幸福，現在她所擔心的是，天氣要不放晴，她父親肯不肯動身。

約娜發現自己忘了把日曆放在手提包裏。她從牆上把一個小小的月份牌摘了下來，月份牌上花邊中間有用金字印成的一八一九年這個年份的日期。她拿起鉛筆，劃掉前面的四欄和每一個聖名，一直劃到五月二日，也就是她離開修道院的這一天。

「小約娜！」有人在房門口叫她的名字。

約娜回答說：「爸爸，進來吧！」她父親就走進她的房間來了。

這就是勒培奇·德沃男爵，名字叫西蒙·雅克。男爵屬於上一世紀的貴族，心地善良，但有些古怪脾氣。他非常崇拜盧梭，熱愛大自然、原野、樹林和動物。

身為貴族，男爵對一七九三年[1]所發生的事件本能地懷有反感；但他那哲人的氣質和所受的非正統的教育，使他痛恨暴政，當然這種痛恨也就只限於無關痛癢地發發牢騷而已。

秉性善良是男爵最大的優點，也是他最大的弱點。這種善良，不論為愛憐，為施捨，為擁抱都是心有餘而力不足的，一種造物主式的善良，佛光普照，來者不拒，彷彿出於意志的遲鈍和魄力不足，幾乎像是一種毛病。

男爵是一個理論家，因此他為女兒的教育想出了一套完整的方案，希望使她成為一個幸福、善良、正直而溫柔多情的女性。

約娜在家裏一直住到十二歲。然後，儘管做娘的哭哭啼啼，父親還是把她送進聖心修道院去寄宿了。

他讓她在那裏過嚴格的幽禁生活，和外界隔絕起來，不使她知道人世間的一切。他希望在她十七歲上把她接回來時仍然是童貞無邪，然後由他自己詩意地來灌輸給她人世的常情，在田園生活中，在豐饒和肥沃的大地上來啟發她的性靈，利用通過觀察動物的相親相愛和依戀不捨來向她揭示生命和諧的法則。

如今她從修道院回來了，喜氣洋洋，精力充沛，急想嘗一嘗人生的幸福和歡樂，以及種種甜蜜的奇遇，這一切都是她在修道院閒愁無聊的白日裏，在漫漫的長夜裏，在孤獨的幻想中一再在心頭出現過的。

她長得教人想起韋洛內茲[2]的一幅肖像畫：閃閃發亮的鮮栗色的頭髮，彷彿使她的皮膚顯得更為光彩，這是生長在貴族家庭裏的人所特有的一種白淨而紅潤的皮膚，在陽光的撫弄下，隱約可以分辨出在皮膚上還蒙着一層細絨般的汗毛。眼睛是暗藍色的，就像荷蘭小瓷人的眼睛一樣。

她在左鼻翅上有一粒小黑痣，右頰上也有一粒，還有幾根初看時分辨不出的和皮膚同一顏色的汗毛。她身材修長，胸部豐滿，腰身顯出柔美的曲線。她說話時清脆的嗓門有時顯得太尖，但是她爽朗的笑聲可以教她周圍的人們都感染快樂。她常有這種習慣性的動作：把雙手舉到鬢角邊，像是要掠平她的頭髮。

看見她父親進來，她迎過去抱住他，吻着他，叫道：「到底走不走呢？」

他微笑了，擺動着他那留得很長的蒼蒼白髮，一面伸手指着窗外說：

「你說這樣的天氣怎麼能動身呢？」

然而她撒着嬌，甜蜜蜜地央求他：

「啊！爸爸，我求求您，我們走吧！到下午天一定會晴的。」

「但你母親可絕對不會答應呀！」

「行！我擔保她會答應的，我去跟她講就是啦。」

「好吧，你要能說服你母親，我這方面就不成問題。」

她連忙奔向男爵夫人的臥室，因為她等候這動身的一天，早等得愈來愈不耐煩了。

自從她進聖心修道院以後，她沒有離開過盧昂，因為不到一定年齡，她父親不放心她享受任何娛樂。只有過兩次把她帶到巴黎去，每次住了半個月，但巴黎也是一個城市，而她所嚮往的卻是鄉村。

現在她就要到白楊山莊去過夏天，這個古老的莊園是他們家的產業，房子造在意埠附近的高岩上。她相信這種在海邊的自由自在的生活一定是其樂無窮的。而且，莊園的這份產業早已決定是留給她的，等她結婚以後她就要在那裏長住下去。

可恨這場大雨從昨夜下起，片刻不停，這真是她一生中第一次遇到的最倒霉的事情。

可是才過了三分鐘，她就從她母親的臥室衝出來了，滿屋子都聽得見她的叫聲：「爸爸，爸爸，媽媽答應了；快備車吧！」

雨仍然嘩啦嘩啦地下個不停。而當那輛四輪馬車到門口時，雨反而下得更大了。約娜正要上車時，男爵夫人才從樓梯上被攙下來，一手是她丈夫扶着，另一手是一個高個兒的使女，這位姑娘結實矯健得像一個小夥子。她是諾曼底省格沃地方的人，年紀至多才十八歲，不過看去少說也像有二十歲了。這一家人拿她當第二個女兒看待，因為她媽媽原先是約娜的奶媽，這樣她和約娜就成了同奶姊妹。她的名字叫蘿莎麗。

蘿莎麗主要的職務是攙扶她的女主人走路，因為近幾年來男爵夫人害了心臟擴大症，身體變得異常肥胖，她時刻都為這個叫苦。

男爵夫人步行到這所古老的府邸的台階前，已經氣喘得厲害，她望一望院子裏滿處淌着水，嘆氣說：「這真是不講道理。」

男爵始終堆着微笑，答道：「這可是您自己拿的主意，阿黛萊德夫人。」

由於她有阿黛萊德這麼一個華貴的名字，她丈夫一叫她時，便總要帶上「夫人」

這個稱呼，表示尊敬，其實卻是含有幾分譏笑的意味。

男爵夫人又向前走了幾步，很吃力地上了車子，把車身的彈簧壓得咯吱咯吱地響。男爵坐在她身旁，約娜和蘿莎麗坐在對面的板櫈上，背向着馬。

廚娘呂迪芬抱來幾件外套，蓋在他們的膝頭上，又拿來兩個筐子，塞到他們腿底下；然後自己爬上車，坐在西蒙老爹身邊的座位上，用一塊大氈子裹住了全身。門房夫婦走過來關上車門，向全家鞠躬告別；行李是隨後另用兩輪車送的，主人為這事又向他倆叮囑了一番，全家這才起程。

馬車夫西蒙老爹在雨下低着頭，弓着背，縮在三幅披肩的長外套裏，看也看不見了。呼嘯的暴風雨吹打着車窗，路面淹沒在雨水中。

兩匹馬拖着那輛四輪馬車快步沿着河岸馳去，趕過一排排的大船。船上的桅杆、帆架和網繩像落了葉子的光禿禿的樹木一樣淒然挺立在濕漉漉的天空裏。然後馬車轉入漫長的里節台山的林蔭大道。

不久車子穿過一片一片的牧野；偶爾一株被淹的垂柳，枝葉像屍體那樣無力地垂着，從雨水迷茫中顯露出它那沉重的神態。馬蹄在路上嗒嗒地響着，四個車輪濺起成團的泥漿。

車上誰也沒有說話；旅人的心情也和大地一樣，彷彿是濕漉漉的。男爵夫人仰着腦袋，合上了眼皮，把頭靠在車廂上。男爵淒然瞭望着雨中田野憂鬱的景色。蘿莎麗膝頭上擱着一個包，像鄉下老百姓常有的那樣，在那裏兀然出神。獨有約娜，在這種溫暖的下雨天，彷彿剛從緊閉的室內被移到露天的一棵植物，覺得自己又復活了；她那濃厚的興致，像是密集的枝葉，把她的心和憂愁隔絕開了。雖然她也默不作聲，但心裏卻想歌唱，恨不得把手伸到窗外接一點雨水來喝；她欣賞馬兒載着她飛奔，她觀望沿路淒涼的景色，而感到自己安穩地坐在車中，傾盆大雨，淋不到她，心裏真是快活極了。

在滂沱大雨下，兩匹馬兒發亮的臀部上冒出一陣陣的熱氣來。

男爵夫人漸漸睡熟了。六股梳理得很整齊的下垂的髮鬈，像框子似的圍住她的臉龐，臉龐慢慢沉下來，綿軟軟地被托住在脖子下三道厚厚的肉褶上，脖子最靠下的幾道褶襉已經和汪洋大海似的胸部連接在一起了。每呼吸一次，她的腦袋昂起來，然後又垂下去；兩個腮幫子都鼓着，同時從半開的嘴唇縫裏呼嚕呼嚕地發出熱鬧的鼾聲。她丈夫向她偏過身子去，輕輕地把一個皮製的小錢包放到她交搭在肥大肚皮上的雙手裏。

這一觸動把她驚醒了；她以人們在瞌睡中突然被驚醒時的那種發呆的神色，看了看這個錢包。錢包掉下去，散開了。金幣和鈔票嘩啦一下撒了滿車。這時候她才完全清醒；她女兒樂得哈哈大笑。

男爵把錢幣拾起來，擱在她的膝頭上，說道：「你看，親愛的朋友，從艾勒多田產得來的錢，全部都在這裏了。我把它賣了，為的可以修理白楊山莊，以後我們常要住在那裏了。」

她數了數，總共是六千四百法郎，然後從從容容地放進自己的口袋裏。

在祖遺的三十一處田產中，艾勒多是其中被賣掉的第九處了。他們手頭現有的田產，每年還能有兩萬法郎的進益，如果管理得法，每年收入三萬法郎也是毫不費事的。

由於他們生活簡單，如果不是因為家裏始終有着一個敞開的無底洞，這筆收入照理也就滿夠開銷的了。那無底洞是甚麼呢？就是秉性善良。這種善良吸乾他們手心裏的錢，就像太陽吸乾窪地裏的水一樣。金錢流出去，流得無影無蹤了。到底是怎麼回事呢？誰也說不上來。他們中總不免有一個人說：「究竟是怎麼回事，今天我花了一百法郎，可並沒有買甚麼值錢的東西。」

這種慷慨好施倒也是他們生活中的一大樂趣；在這一點上，他們彼此心裏都有同感，毫不介意。

約娜問道：「我那莊園，現在很美觀嗎？」

男爵喜滋滋地回答說：「孩子，你去看吧！」

滂沱大雨漸漸過去了；後來只不過剩下煙霧中飄着的極細的雨絲。天空的烏雲撥開了，天色清朗起來；而突然，一抹斜陽彷彿從看不見的洞口照射到牧野上。

先是雲散開了，從隙縫中露出藍色的天幕；然後雲層的裂口，像被撕碎了的面紗，愈來愈擴大；明淨碧藍的天空終於整個展開在大地上了。

吹過一陣涼爽的和風，彷彿大地滿意地透過一口氣來；而當馬車馳過田園和樹林時，人們偶爾可以聽到一隻晾着羽毛的鳥兒的歡快歌唱。

夜色降臨了。現在車子裏除了約娜，人人都瞌睡了。馬車兩次在小旅店前停下來，為讓牲口歇一歇，餵牠們點水和飼料。

太陽早已落山；遠方響着教堂的鐘聲。他們在一個小村莊裏點上了車燈；這時天空已佈滿了繁星。一路上，從疏疏落落的村舍中，在黑夜裏透露出點點燈火。猛然，在一座小山背後，透過杉林的枝葉，升起一輪圓月，又紅又大，彷彿還帶着濃重的睡意。

夜晚非常和暖，車窗都打開了。盡情飽嘗了夢境和幸福的幻想後的約娜，這時也已疲倦，而在那裏閉目養神了。有時一個姿勢坐得過久了，感到麻木，她就又睜開眼睛，向外邊望望。在這滿天星斗的夜色裏，她看見農莊上的樹木從她身邊滑過，躺在場地上的幾頭牛聽見車聲昂起頭來。於是，她又另換一個姿勢坐着，想重溫一個恍惚的夢境；然而車輪持續不斷的轉動聲在她的耳朵裏隆隆地響着，使她倦於思索，於是她又合上眼睛，感覺身心實在都太疲乏了。

最後馬車終於停住了。男男女女手提燈籠，站在車門跟前。他們已到目的地了。約娜突然醒來，很快就跳下車子。她父親和蘿莎麗由一個農戶照着亮，幾乎是把男爵夫人抬下車來。她已筋疲力盡，難受得直哼哼，卻不斷用微弱的聲音重複説：「啊！天哪！我的可憐的孩子們哪！」她甚麼也不肯喝，甚麼也不肯吃，在床上躺下，立刻就睡熟了。

約娜和男爵，父女倆共進晚餐。

兩人相對微笑，在桌上手握着手；父女倆滿懷着孩子般的喜悦，最後便一同去察看經過修理後的住宅。

這是一所諾曼底式的高大的建築，包括農莊和邸宅。正屋全部是用白石建成的，但現在已經呈露灰色了，寬敞得足夠住下整族的人。

一間寬廣無比的廳堂貫穿着這整所住宅，並使它分隔成左右兩部份，廳堂前後對開着兩道大門。進門處兩面都有樓梯，梯級像橋一樣從兩面各向上升，匯合到二樓，這樣樓上正中就留出很大的空間來。

樓下右首是一間奇大無比的客廳，牆上掛着花鳥圖案的壁氈。全部家具上都覆着細繡的錦氈，圖案全是拉封丹《寓言》中的故事；約娜發現了她幼年時所喜愛的一把椅子，高興得跳起來了，這把椅子上繡的是《狐狸和仙鶴》的故事。

緊挨客廳的是一間放滿古書的藏書室和其他兩間空着的屋子；左面是新換了壁板的餐廳，此外還有洗衣房、餐具儲存室、廚房和一小間浴室。

二樓有一條貫穿全樓的長走廊。十個房間的十扇門都是對着走廊的。右首最靠裏的一間便是約娜的臥室。父女倆走進這個房間裏。這個房間是男爵最近叫人重新整修過的，家具和掛氈都是利用原先存在閣樓上不用的東西。

掛氈是弗朗德勒的產品，都已很古老了，這就使這間房間裏增添了許多圖案古怪的人物。

但是當約娜一看到她的床，她高興得叫起來了。床的四個角上，有四隻橡木雕製的大鳥，全身烏黑，上蠟後閃閃發亮，它們像守護天使一般圍抱着床。床架兩旁雕的是繞着花朵和鮮果的兩個大花環；四根帶有哥林多式的柱頭、細刻精鏤的凹紋床柱，托着檐板，上面刻着身纏薔薇花的小愛神。

這張床氣派十足，雖然年代已久，木料變暗了，顯得有些嚴肅，但仍然是很雅致的。

床面的罩單和床頂的天幕燦爛如繁星閃耀的天空，那都是用深藍的古式絲綢做成的，上面繡着一朵朵金色的大百合花。

約娜細細地把床觀賞了一番以後，又舉起蠟燭去照牆上的掛氈，想看一看繡的是些甚麼。

一個貴族青年和一個貴族少女穿着綠色、紅色和黃色的離奇古怪的服裝，正在一棵結着白色果子的青色的樹下談天。一隻大白兔子啃着一點點灰色的小草。就在這兩個人物頭頂上，有用寫意法表示出來的遠處的五所尖頂的小圓房子；再往上，幾乎接近天空的地方，是一架紅色的風車。

在整幅掛氈上，還環繞着許多花卉的圖案。

另外兩幅和第一幅差不多，不同的是可以看到從房子裏出來四個小人兒，他們身穿弗朗德勒人的服裝，高舉着胳膊，表示萬分驚異和憤慨的樣子。

但最後一幅掛氈上繡的是一個傷心的場面：兔子仍然在那裏啃草，但在牠旁邊，那個年輕人已經倒在地上，像是死去了。少女面對着他，正用利劍刺進自己的胸膛，樹上果子的顏色已經都變成了黑的。

約娜不了解這裏繡的都是甚麼，正想走開不看了，卻發現原來在一個角上還有一隻小得看不清的野獸。圖案中的那隻兔子要真是活的，會把牠認作是一片草屑而吞下去。可是那野獸卻是一頭獅子。

這時她才看懂，原來掛氈上繡的是皮拉姆和蒂絲佩悲慘的故事！[3] 雖然這裏圖案的天真使她覺得好笑，但自喜有這個愛情冒險故事作伴，倒是怪有意思的，因為那可以時刻喚起她內心的期待和嚮往，這個古老傳說中的溫情蜜意夜夜都會盤旋在她的夢中。

室內其他的陳設和家具，各種式樣和風格的都有。世代祖傳下來的用物使這種古老的邸宅成了包羅萬象的博物館。一口路易十四時代式的富麗堂皇的五斗衣櫥，邊上鑲着光彩奪目的銅飾件；擺在衣櫥兩邊的，卻是路易十五時代式的兩把圈手椅，還帶着當年的花綢椅套。一張花梨木的大書桌和壁爐遙遙相對，壁爐台上擺着一座用圓玻璃罩罩上的帝政時代的台鐘。

鐘本身的式樣是青銅製的一個蜂房，被四根大理石的柱子凌空架在一座滿開金色花朵的花園上。蜂房下端有一條細長的縫，從這裏伸出一根纖細的鐘擺，鐘擺上是一隻琺瑯質翅膀的蜜蜂，這隻蜜蜂就在花園上來回不停地擺動。

鐘面是彩色瓷質的，嵌在蜂房中間。

鐘聲響了十一下。男爵抱吻過女兒，就回到自己的房間去了。

這時約娜還未盡興，但也不得不上床了。

她向臥室最後環視了一遍，才把蠟燭吹滅。她那張床只有床頭靠着牆，左首臨窗，月光從窗口射進來，傾瀉在地上，晶瑩清澈，恍如水泉。

月色反照到牆上，悄悄地撫弄着皮拉姆和蒂絲佩永生的愛情。

從床腳那端的另外一個窗口，約娜望得見一棵大樹，這時也整個浸在柔和的月光裏。她轉過身去，閉上眼睛側臥着，但不到一會兒，眼睛又睜開了。

她彷彿還在馬車上受着顛簸，腦子裏老聽到車輪在那裏轉動。最初她仍然躺着不動，希望靜臥一陣就可以睡熟了；然而不久，焦躁的情緒又侵佔了她的全身。

她覺得兩條腿有些發麻，渾身愈來愈熱。於是她起來了，光着腳，裸着胳膊，穿着一身長睡衣，看去有如一個幽靈，踏着地板上的月光，走去推開窗子，眺望夜色。

月光是那樣皎潔，看去像在白天，少女約娜對自己兒時所喜愛的景物，一草一木都還記得很清楚。

在她面前，首先是那一大片草地，這時在月光下，塗上了一層奶油般的黃色。邸宅正面，挺立着那兩棵大樹，靠北的一棵是梧桐樹，靠南的一棵是菩提樹。

在這一大片草地的盡頭，有一座小小的灌木林，這是莊園的一道分界線。為了防禦海面暴風的侵襲，這裏還種着五排古榆，它們受海風不斷的折磨，都已枝柯拳曲，樹梢削平而傾斜成像一個屋頂了。

園景的左右兩面，各有一條林蔭路，把正中主人住的邸宅和毗鄰的兩個農莊分隔開來。長長的林蔭路旁都種了長得高大無比的白楊樹；左右兩個農莊，一個歸庫亞爾一家人看管，另一個歸馬丁家看管。

白楊山莊這個名字就是由這些白楊樹而來的。在這圍圈之外，伸展着一大片未經開墾的荒地，長滿了金雀花。不分晝夜，海風都在那裏呼嘯。然後海岸突然傾下，形成一道陡直的高達百公尺的白色懸崖，崖腳浸沒在海波裏。

約娜眺望着遠處微波蕩漾的海面，它彷彿正在星光下酣睡。

在這不見陽光的岑寂的時刻裏，大地上散發出各種氣息。攀緣在樓下窗口四周的一株素馨花不斷吐出濃郁的香味，和嫩葉的清香攙和在一起。海風陣陣襲來，帶着強烈的鹽味和海藻黏液的氣息。

約娜起初放開胸懷，痛痛快快地呼吸着，鄉間寧靜的氣氛，像一次涼水澡似的，使她的心境平靜下去。

暮色降臨時才甦醒的夜行動物，在黑夜的靜寂中度過默默無聞的一生，這時在月色薄明中悄悄地活動起來。大鳥像斑點，像黑影，無聲地掠過天空；看不見的飛蟲，嗡嗡地在耳邊擦過；輕輕的腳掌竄過浴着露水的草地或是杳無人跡的沙徑。

只有幾隻發愁的癩蛤蟆對着月光發出短促而單調的叫聲。

約娜彷彿覺得自己的心擴展了。像這明淨的夜晚一樣，在她心中也充滿了細聲密語；像在她周圍活躍的夜行動物一樣，無數徬徨的慾念都突然在她心中蠕動起來。像有一種吸引力把她和這充滿生命的詩境融合在一起了。在這柔和的月夜裏，她感到神秘的東西在顫慄，不可捉摸的希望在悸動，她感到了一種像幸福的氣息似的東西。

於是她開始幻想起愛情來了。

愛情！兩年來在這懷春的少女身上愈來愈成為迫不及待的東西了。現在，她已有了戀愛的自由，只要能夠遇見這個人，遇見「他」！就行了。

「他」是怎麼樣一個人呢？她並不十分瞭然，甚至也沒有考慮過。總之，「他」就是「他」。

她只知道她會忠心耿耿地崇拜他，而他也會一心一意地喜歡她。在這樣的夜裏，在星光下，他們會一同出去散步。他倆會手牽着手，臉偎着臉走去，能聽得見兩顆心的跳躍，能感覺到緊貼着的肩膀的溫暖，他倆會把自己的愛情和夏夜柔和的月色交織在一起。他們是那樣地結合成一體，只憑相親相愛的力量，就能滲透彼此內心最隱秘的活動。

而此情此景將在一種無法明言的溫情蜜意中，無窮盡地保持下去。

她驀地覺得彷彿他真的就在她身邊，緊挨着她；一種令人銷魂的肉感突然從她腳尖直升到頭頂。不知不覺中，她用自己的雙臂緊摟着胸膛，像是要擁抱住這個夢境；她把嘴唇伸給那不可知的人兒，便像有甚麼東西落到她嘴唇上，宛如春風給了她一次愛情的接吻，幾乎使她暈倒了。

出其不意地，在莊園後面的大路上，她聽到有人在黑夜中走路的聲音。於是，在她極度緊張的精神激動下，她竟把必不可能的事情、天定的機緣、神賜的預感、命運浪漫的巧合諸如此類的東西都信以為真了，她想道：「萬一是他呢！」她放心不下地傾聽着旅人一高一低的腳步聲，以為他必定要停在大門口，來要求借宿了。

他走過去了，她像是受了一場欺騙似的感到傷心。但是她立刻明白了，這是她自己的精神作用，並對這種癡情感到好笑了。

當她稍稍安靜下來時，她把自己的思想引導到更為合理的嚮往中去，她猜測自己的前途，計劃自己的生活。

她要和他一起在這裏過共同的生活，住在這俯瞰大海的安靜的莊園裏。她一定會有兩個孩子，男孩給他，女孩給自己。她想像孩子們正在那棵梧桐樹和菩提樹之間的草地上跑來跑去，做父母的得意地瞧着他們，互相交換着甜情蜜意的目語。

她這樣夢想了很久很久，這時月亮在天空已將走盡它的旅程，正要隱沒到大海中去。空氣變得愈加清涼了。東方的天色已漸漸發白。右首農莊裏的一隻公雞叫了；左首農莊裏的公雞隨聲應和。牠們嘶啞的啼聲穿過雞舍的板壁，像是從很遙遠的地方傳來；天空無際的蒼穹在不知不覺中發白了，群星一一消失。

鳥兒唧唧地叫響了。起初是怯生生地從樹葉叢中傳來；逐漸膽大起來，嘰嘰喳喳鬧成一片，枝枝葉葉間都響徹顫動的、喜悅的歡唱。

約娜頓時覺得天已大亮了；她把埋在雙手裏的頭抬起來，然後又閉上眼睛，黎明的光彩使她目眩。

翻騰着的紫紅的朝霞半掩在白楊樹的大路後面，向着甦醒的大地投射出萬紫千紅的光芒。

逐漸，撥開耀眼的雲彩，太陽像火球一般出現了，把火一樣的紅光傾瀉到樹木上、平原上、海洋上和整個大地上。

這時約娜欣喜若狂。在這光輝壯麗的大自然面前，一種醉人的快樂，一種無限的柔情，淹沒了她那軟弱的心。這是她的日出！她的黎明！她生命的起點！她希望的再現！她用雙臂伸向光輝燦爛的空間，想要和太陽擁抱；她要說出、她要大聲高呼像這黎明一般神聖的事物；但她只是木然凝固在這股無從表達的熱情中。於是，她感覺兩股熱淚奪眶而出，她用雙手抱住額頭，如醉如癡地哭了。

她重新抬起頭來的時候，黎明的燦爛景象已經消散。她覺得自己心境也平靜了，感覺有點疲倦，剛才那種興奮彷彿已經過去了。她沒有關上窗子就倒在床上，又空想了一陣，然後才沉沉入睡。她睡得那麼香，到八點時她父親喊她，她都聽不見，直到他走進她的房間裏，她才醒來。

他要帶她去看修繕後的莊園，「她」的莊園。

邸宅對田野的一面，有一個種着蘋果樹的大院子和村路隔開。這條村路兩旁都是農家的田園，走半法里路的樣子，便接上從勒阿弗爾通往費崗的公路了。

一條筆直的甬道，從木柵欄的大門起一直通到邸宅的台階面前。院子兩旁，沿着左右兩個農莊的溝渠，各有一排用海濱鵝卵石砌成的茅頂小屋。

邸宅的屋頂已經翻新；所有門窗牆壁都修繕過，房間重新裝飾過，整個內部粉刷一新。新添上的銀白色的窗扉和正面高大的灰牆上的修補，使這座褪了色的古老邸宅，看去像是生了許多斑點。

從邸宅的背面，也就是從約娜臥房中有一扇窗口對着的那一面，越過灌木林和久經海風剝蝕的一排榆樹，遠遠可以望見大海。

約娜和男爵，臂挽臂，到處察看了一遍，連一個牆角都不漏過；然後父女倆，順着那兩條長長的白楊路，散起步來。白楊路所環抱的一帶，總稱為「花園」。樹下生長起來的青草看去已成一片綠茵。灌木林就在花園的盡頭，這一帶最是迷人，曲曲折折的小道交錯在一起，樹木的枝葉形成了一道道分隔的矮牆。突然間蹦出一隻野兔來，使約娜吃了一驚，野兔越過斜坡，竄進懸崖邊的藺草中間去了。

午餐之後，阿黛萊德夫人還是十分疲倦，說是要去休憩，男爵便建議和他女兒到意埠去走一遭。

父女倆出發了，先是穿過白楊山莊所在的埃都旺村。三個農民，彷彿一向就認得他們似的，對他們敬禮。

他倆順着曲折的山谷，進入通向海邊的斜坡上的樹林中去了。

不久，意埠那個小鎮就在眼前。坐在門口縫補衣服的婦女們，望着他們走過。那條傾斜的街道中間有一道水溝，兩旁人家的門口到處都有垃圾，發散出一股刺鼻的鹽滷氣味。棕色的漁網，晾在門口，網上還留有小銀幣似的閃光的魚鱗；小屋子裏，每間房間要住上好幾口人，發出一股難聞的氣味。

幾隻鴿子在水溝邊走動，尋覓食物。

約娜看着這一切，覺得新鮮而又稀奇，彷彿在看舞台上的一幕佈景。

但當他們在一道牆角拐彎時，她猛然望見了極目無際、碧綠而平靜的汪洋大海。

他們在海灘前站住了，瞭望海面的景色。點點帆影，有如飛鳥白色的翅膀掠過海面。左右兩面都矗立着高大的懸崖。在一邊，有一個海岬擋住了視線，在另一邊，海岸線無窮無盡地伸展開去，到最後只能望見淡淡的一線。

在附近的一個海灣裏，可以望見一個港口和一些民房。微波沖擊着岸邊的礩石，發出一陣陣輕微的聲響，它所激起的泡沫，替海岸鑲上了一道白色的花邊。

當地的漁船，被拉在岸邊，側身斜躺在鵝卵石的沙灘上，在太陽下晾着塗上了瀝青的橢圓形的船舷。幾個漁夫，為了要趕晚潮，正在那裏收拾漁船。

一個船夫走過來兜售鮮魚，約娜買了一尾大比目魚，她要親自把牠帶回白楊山莊去。

船夫還建議他們以後坐他的船到海上去遊玩。他為了使人記住他的名字，三番五次地重複說：「拉斯蒂克，約瑟芬．拉斯蒂克。」

男爵答應他不會忘記。

父女倆這才走回莊園去。

那條大魚真把約娜累壞了，她便用她父親的手杖穿在魚鰓上，這樣兩人各執一端，就可以抬着牠走了。他們快活地向山坡走去，像孩子般地談個不停，面迎着風，眼睛裏是一股得意的神氣；只是那條比目魚的份量，愈來愈使他們的胳膊感到沉重，肥大的魚尾巴後來只能掃着草地，被拖着往前走了。

註釋：

[1] 法國資產階級革命時期資產階級左翼雅各賓黨人開始專政的一年，也是國王路易十六夫婦被人民送上斷頭台的一年。

[2] 十六世紀意大利的名畫家。

[3] 古代巴比倫傳說：皮拉姆和蒂絲佩是一對相愛的男女。皮拉姆看到他情人的面紗被獅子撕毀，以為她本人也已遇害，便悲痛自殺。蒂絲佩發現皮拉姆已死，跟着也用利劍自殺了。傳說這個悲劇是在一棵大樹下發生的，從此那棵樹上永不再結紅色的果子。

2

約娜開始過起閒適的自由自在的生活來。她讀讀書，幻想一陣或是獨自跑到附近一帶去閒逛一番。她順着大路慢步徘徊，整個心沉浸在夢幻中；有時她蹦蹦跳跳，走下那曲折的小山谷，山谷兩面的岩石上如同披着金線的圍巾，長滿了整片的金雀花。濃烈而芬芳的香味，受着熱氣的蒸發，使約娜如飲了醇酒般地沉醉；從遠方傳來的拍岸的波濤聲，使她的心靈像坐在搖籃中似的感到睡意。

有時候，一陣懶洋洋的感覺使她在山坡上茂密的草叢裏躺下去；有時候，在山谷拐彎的地方，在一方長着淺草的窪地裏，她猛然望見一角藍色的海在陽光下閃爍，海面上漂着一葉孤帆，這時她便喜出望外，好像一種神秘不可捉摸的幸福就要落到她身上來了。

在這鄉間溫柔清新的氣氛裏，在這水天交接的寧靜的境界裏，她很喜歡孤獨，她會許久許久獨自坐在山崗上，聽憑那些小野兔在她腳邊蹦着過去。

她時常到懸崖上去奔跑，被海面的和風吹拂着，不知疲倦地穿梭來往，像水底的游魚和空中的飛燕一樣，渾身感到一種說不出的痛快。

正像人們在大地上播種一般，她處處留下紀念，這些紀念生下了根，除非到了死亡，否則就會一直保存下去。在約娜看來，這些山谷的每一個隱蔽處，都播下了她的一分心意。

她對海水浴發生了強烈的興趣。由於她強壯、勇敢，從來不想到甚麼是危險，她就每每游泳到很遠很遠的地方去。清涼、透明而碧綠的海波托着她，輕輕地搖晃着她，她真覺得舒服。當她游得離海岸很遠的時候，她就仰臥在水上，雙臂交搭在胸口，凝望着深邃而蔚藍的天空，那裏不時掠過一隻飛燕，或是海鳥白色的側影。除了海浪沖擊岸邊磧石時遙遠的微響，除了由隔着水波傳來的、地面上模糊得幾乎分辨不出的嗡嗡的喧聲以外，甚麼都聽不見。這時約娜會欠起身來，欣喜若狂地，雙手拍着水，尖着嗓子叫喊。

有時，當她游得實在太遠的時候，便有小艇來把她接回去。

她回到莊園時，面色已餓得發青，但仍然感到輕鬆愉快，唇邊浮着微笑，眼睛裏充滿着快樂。

至於男爵呢，他正在那裏考慮農業上的遠大計劃；他想作各種試驗，推廣新法，試用新農具，移植外國種子；他每天一部份的時間用來和農民交談，但他們總是搖搖頭，懷疑他的那些做法。

他也常常和意埠的船戶們到海上去。當他遊覽了附近一帶的岩洞、泉水和山峰之後，他就想作為一個普通的漁民那樣去捕魚了。

在和風的日子裏，寬邊的漁船張着帆，在海波上滑行，從船舷兩邊撒下長線，一直沉到海底，便有成群的鯖魚追逐過來，於是男爵用慌張得發抖的手握住那根細繩子，魚在釣鈎上掙扎，繩子就震動起來了。

他每每趁着月光，乘船出發去收回前一個晚上撒下的魚網。他愛聽船桅咯吱咯吱的響聲，他愛呼吸夜間拂過的涼爽的海風；他憑山岩的脊背、教堂的鐘樓和費崗的燈塔來測定方向。長時間地在海上探尋浮標之後，他喜歡在日出時安靜地坐下來，欣賞甲板上在晨光中閃閃發亮的扇形滑背的扁魚和大肚皮的比目魚。

每次在餐桌上，他總興致勃勃地講起他的這些遠征；而這位被稱作「小母親」的男爵夫人，這時也向他報告她曾經在白楊路上散步了多少趟。她指的是右手靠庫亞爾家農莊的那一條，因為另外那條白楊路上沒有足夠的陽光。

因為人家勸她「要活動活動」，所以她現在努力散步。每天早上，等夜間的寒氣消散盡了，她便扶着蘿莎麗的胳膊走下樓來，身上裹着一件斗篷和兩方披肩，頭套在黑風兜裏，外面再包上一條紅圍巾。

她拖着她那不大靈便的左腳，從邸宅的牆角直到灌木林的第一排灌木跟前，在這一條直線上無休止地走她那走不盡的旅程。這隻笨重的左腳，不斷走在這條路上，一去一來，已踏出兩道灰蒙蒙的印跡，這裏青草也長不起來了。她叫人在路的兩頭各安置了一條靠背長櫈；每走五分鐘，她便停住腳步，對那耐心地攙扶着她的可憐使女說：「孩子呀！我們坐一下吧，我有點累了。」

每一次休息時，她總要在這兩頭的長櫈上留下一點東西，最初是包頭的圍巾，然後是一方披肩，接着又是另一方披肩，再就是風兜，到最後是那件斗篷；所有這些東西，在林蔭路兩端的長櫈上，各積成一大堆，到午餐的時候，蘿莎麗便用那隻空着的胳膊抱了回去。

午後，男爵夫人再繼續散步，但腿力較前更軟弱了，休息的時間也拖得更長了。有時甚至在一張躺椅上一打盹就是一個小時，這張躺椅是專為她推到外邊來的。

她管這一切叫作「她的鍛煉」，正像她說「我的心臟擴大症」一樣。

十年以前，她患氣喘，請了一個醫生診治，當時醫生用過「心臟擴大症」這個名稱。雖然她並不很懂是甚麼意思，但從此以後，這個字卻深印在她的腦海裏了。她老讓男爵、約娜和蘿莎麗摸她的心臟，只是心臟深埋在肥厚的胸膛裏，誰也摸不到它的跳動；但是她堅決拒絕再請任何醫生檢查，害怕醫生檢查出其他的毛病來；這樣時時刻刻她就提到「她的」心臟擴大症，彷彿這種病是她獨有的，只是屬於她的，任何人都無權侵佔。

男爵說「我太太的心臟擴大症」，約娜說「媽媽的心臟擴大症」，就像在說「連衣裙、帽子，或是雨傘」一樣。

男爵夫人年輕時長得很漂亮，苗條勝過一根蘆葦。帝政時代的軍官都和她跳過舞，她讀《柯麗娜》[1]這部小說時淌過許多眼淚；從此這部小說像是在她心靈中打上了烙印。

當她的身材一天天肥胖起來，她在靈魂深處像是愈來愈充滿了詩意；過度肥胖的身子使她離不開靠手椅時，她的思想卻飄游在種種浪漫故事的情節中，而她設想自己就是故事中的女主人公。她所喜愛的有些情節，會反覆地在她幻想中出現，就像那種音樂匣子一樣，上緊了發條，那同一支曲子就老彈不完了。一切哀艷的傳奇小說，裏邊講到燕子，講到女主人公的落難，都會使她眼眶裏含着眼淚；她甚至還喜歡貝朗瑞[2]一部份輕鬆的歌謠，因為這些歌謠表達了懷舊的情意。

她常常好幾個鐘頭動也不動坐在那裏，沉浸在她的幻想中；她非常喜愛白楊山莊，正因為這裏有使她陶醉的傳奇小說中所需要的背景：周圍的樹林、荒野，近在咫尺的大海，都使她想起幾個月來她在耽讀的司各特[3]的作品。

遇到下雨天，她就躲在自己的臥室裏，把她稱為「老古董」的那些東西，拿來檢閱一番。那是她全部的舊信件，有她父親母親寫給她的，有她訂婚後男爵寫給她的，也還有各種其他的信。

這些她都收在一張桃花心木的寫字枱裏，台面四個角上各裝有一隻銅的人面獅身像；她有專為在這種情況下用的語氣：「蘿莎麗，我的孩子，替我把那隻裝『紀念品』的抽屜拿來！」

小使女便打開櫃門，取出抽屜，拿來放在女主人身邊的一把椅子上。男爵夫人一封一封地細讀着那些舊信，偶爾還掉下一滴眼淚在上面。

有時候，約娜代替蘿莎麗，扶着母親出去散步，男爵夫人便把她兒時的回憶講給約娜聽。少女在母親當年的這些故事中照見了自己，很吃驚她母親當年所想的，她自己也都想過，她母親當年的渴望和嚮往，也和她自己的相彷彿；這因為每一個人都以為那些觸動人們心弦的感情只有自己經歷過，其實最初的人類經歷過的，直到最後一代的男女也都一定會經歷到的。

母女緩緩地散着步，這和男爵夫人緩慢的敍述正是節拍相合的，有時一陣氣喘，故事就被打斷；這時約娜的思想，越過故事本身，飛翔到充滿歡樂的明天，盤旋在種種希望和嚮往中了。

一天下午，當母女倆在白楊路盡頭的長櫈上休息時，突然瞥見一個肥胖的神甫，正從路口向她們走來。

他遠遠就行了禮，笑容滿面地走近來，快到跟前時，又行個禮，喊道：「怎麼樣，男爵夫人，一向都好吧！」這是當地的教區神甫。

男爵夫人出生在哲學昌盛的十八世紀，在革命的年代[4]裏，由一個並不篤信宗教的父親教養成人，所以她難得進教堂去。她對神甫有好感，只因為自己是一個女性，本能地帶有一點宗教情緒。

她早已把這位本教區的比科神甫忘得一乾二淨了，現在看見他未免臉紅。她請他原諒這次回來竟沒有能事先通知他。但是這位好好先生倒像毫不見怪；他瞧着約娜，稱道她的氣色好，然後坐了下來，把那頂捲邊的三角帽放在膝頭上，用手絹擦着額上的汗。他很肥胖，滿臉紅光，冒着大汗。他不時從口袋裏掏出一條浸透了汗水的大幅的方格手絹，擦着臉部和脖子；但是他剛把手絹放回到道袍裏，新的汗珠又已從皮膚裏鑽出來，滾落到裏着肥大肚皮的道袍上，和路上沾來的灰塵攪和在一起，形成一塊一塊的小圓斑點。

這是一位地道的鄉村神甫，性情快活寬容，健談而又仁慈。他講了好些故事，談論當地的居民，但彷彿並沒有注意到他這兩位教民還沒有去望過彌撒；男爵夫人對信仰淡泊，自然就懶得到教堂去，而約娜在修道院裏早就膩透了這一套，現在剛解放出來，正感到舒服呢。

男爵過來了。這位泛神論者對教義是漠不關心的。但他認識這位神甫已多年了，殷勤地留他共進晚餐。

許多能力極其平凡的人，由於機會偶然把他安置在一個管轄別人的地位，就會不知不覺中養成一種狡猾，這位神甫就是這樣，由於他的職位在於如何巧妙地去處理人們的靈魂，他就懂得討人的喜歡。

男爵夫人愛惜他，大概是出於一種物以類聚的吸引力。這個大胖子充血的面色和短促的呼吸，配着他那喘不過氣來的肥腫，怎麼能不引起她的同情呢！

晚餐快完的時候，美酒佳饌使神甫已有點飄飄然，他的興致就愈來愈高了。彷彿一個得意的念頭一下掠過他的腦筋，他突然叫道：「我的教區裏新來了一個教民，那就是德．拉馬爾子爵！我真應該把他介紹給你們。」

男爵夫人對本省的貴族世家一向是瞭如指掌的，便問道：「難道就是歐爾省的德．拉馬爾這一家子的人嗎？」

神甫點頭說：「正是，夫人！他就是去年故世的約翰．德．拉馬爾子爵的公子。」

於是這位對貴族最感興趣的阿黛萊德夫人，便問長問短，提了許許多多的問題，終於知道這個年輕人為了償還他父親的債務，把老家的莊園賣掉了，他在埃都旺這一鄉還有三個農莊，如今就在其中之一安頓下來。這些農莊的產業每年總共有五六千法郎的收入；但子爵生性儉樸，為人正派，他打算在農莊的住宅裏過上兩三年樸素的生活，積蓄起一筆錢來，然後再到社會上去露面，結一門有利的親事，既無須乎借債，也可不必把農莊抵押掉。

這位教區神甫還補充說：「這是一個很可愛的年輕人；多麼穩重，多麼沉靜！只是他覺得當地沒有甚麼可以消遣的地方。」

男爵說：「神甫先生，帶他到我們這兒來，這可以不時讓他散散心。」

到這裏談話就轉到別的方面去了。

他們喝完咖啡，回到客廳去的時候，神甫要求到花園裏去散散步，因為他在餐後照例要稍稍活動一下。男爵陪他一起去。他們順着邸宅正面的白石牆壁來來回回地從這一頭走到那一頭。他們在月下的影子，一個是瘦削的，另一個是滾圓的，而且頭上還覆着一頂香菌式的帽子。當他們面向月光時，影子就落在他們的身後，當他們背向月光時，影子又趕在他們的面前。神甫從口袋裏掏出一枝煙卷，叼在嘴邊吸着。他以鄉下人坦率的口吻解釋着煙草的好處：「這可以幫助消化，因為我的消化力不強。」

然後，突然望望月色皎潔的天空，神甫感嘆說：「這樣的景色真是永遠看不厭的。」

末了，他回到客廳裏，向女主人們告別。

註釋：

[1] 《柯麗娜》，法國女作家斯達爾夫人（Madame de Stael, 1766-1817）的小說。小說中的女主人公是一個具有浪漫氣質的天才女詩人，在愛情中受到挫折，抑鬱而死。

[2] 貝朗瑞（Pierre-Jean de Béranger, 1780-1857），十九世紀法國最具民主傾向的詩人。他的作品富於揭露性和戰鬥性，但其中也有一些詩是吟詠美酒和愛情的。

[3] 司各特（Walter Scott, 1771-1832），十九世紀英國浪漫派歷史小說家。

[4] 指法國十八世紀末的資產階級革命。

3

下一個星期日，為了對神甫表示一點敬意，男爵夫人和約娜去望彌撒了。望完彌撒，她們等候神甫，想要約他在星期四到家裏來午餐。神甫從聖器室出來時，一個高大漂亮的年輕人和他親密地挽着胳膊同行。神甫一看到這兩位女客，顯出驚喜交集的樣子，叫道：「真巧呀！男爵夫人和約娜小姐，請容許我給你們介紹你們的鄰居德·拉馬爾子爵。」

子爵彎腰行禮，說自己早就希望能認識男爵夫人和小姐，然後自自然然地交談起來。由於他是一個有社會經驗的人，一切都做得恰到好處。他生有一副漂亮的面孔，讓女人見了鍾情，讓男人見了生厭。烏黑的鬈髮遮蓋着光潤的棕色的前額；兩條勻稱的長眉毛，像是特意修飾過的，使一雙眼白微帶藍色的憂鬱的眼睛顯得幽深而溫柔。

濃長的睫毛使他的目光中添上一種熱情的感染力，會在客廳中使高傲的美婦人心亂，在街頭上使頭戴便帽手提籃子的貧家女兒顧盼。

他的眼神裏那種懶洋洋的惑人的魅力，令人相信他的思想深刻，使他所說的一言一語都增添了力量。

他那厚密的鬍子，又光澤又細密，掩蓋了他那過方的腮骨。

大家各說了一番客套話之後就分手了。

兩天之後，德·拉馬爾先生第一次到男爵家裏來拜訪。

他到來時，主人們正在研究一張田園風味的長櫈子，這是當天早晨剛安放在對着客廳窗口的那棵大梧桐樹下的。男爵的意思想在另一面的菩提樹下也擺一張，形成對稱；男爵夫人討厭對稱，表示反對。他們徵求子爵的意見，他卻贊成男爵夫人的看法。

然後他談起當地的風光，認為真是美麗「如畫」，又說他在孤獨的漫步中，已發現了許多悅目的「景致」。他的眼睛，像是出於偶然，常常和約娜的眼睛打個照面；這突然掃射過來而頃刻又避開的目光，在約娜心裏挑起一種極不尋常的感覺，在這目光中既有親切的讚揚，又有愛慕的情意。

德·拉馬爾先生去年去世的父親，恰巧生前認識男爵夫人的父親居爾托先生的一個要好朋友；這一重交誼的發現，就使他們滔滔不絕地談論起婚姻、年代和親戚關係來了。男爵夫人表現出驚人的記憶力，敘述着各家族的祖先和後裔，她在錯綜複雜的家譜的迷宮裏繞來繞去，卻能談得有條有理，絲毫不亂。

「子爵，請告訴我，您可曾聽到談起過索諾瓦·德·瓦弗勒這一族人嗎？老大貢特朗，娶了庫爾西家的一位小姐，老二娶了我的一個表姐妹德·拉羅舍·奧貝爾小姐，她和格里臧日家是親戚。而格里臧日先生原是我父親的至交，因此也一定和您父親是熟悉的。」

「對呀，夫人。不就是那位亡命到國外，後來兒子弄得傾家盪產的格里臧日先生嗎？」

「正是他。我姑母艾勒特利伯爵夫人寡居以後，他曾經向她求過婚；我姑母不肯答應，就因為他吸鼻煙。談起這件事，我不免想問問您，後來維洛瓦茲這一家的景況變得如何？他們家道中落以後，於一八一三年光景離開土蘭，遷到奧弗涅去居住，後來就一直沒有他們的消息了。」

「就我所知，夫人，那位老侯爵彷彿是落馬死的；兩位小姐，一位和英國人結了婚，另一位據説被一個叫巴梭勒的富商利誘，後來就嫁給了他。」

他們把從幼年起在長輩聊天中印在心上的這些姓名都托出來了。這些名門望族之間的婚事，在他們心目中，就如同一般社會大事件一樣重要。他們談論這些從來沒有見過面的人，彷佛就和談論熟人一樣；而這些人，在其他地區，也以同樣的方式在談論着他們；儘管相隔很遠，彼此卻都很熟悉，幾乎就像是朋友或親戚，這沒有別的，只因為他們都屬於一個階級，門第相同，血統相等。

男爵生性不愛交際，他所受的教育也使他和自己同一階級的人們的信仰和偏見頗有距離，他與住在周圍的一些望族都無來往，因此他向子爵探問底細。

德·拉馬爾先生回答說：「啊！這一地區的貴族不多。」他說這話時的語調，就像說山坡上兔子不多一樣的自然；然後他就詳詳細細地介紹他們的情況。附近一帶可以算得上貴族的不過三家：古特列侯爵，他是諾曼底貴族階級的首腦；勃利瑟維勒子爵夫婦，他們都是世家出身，不過不大與人來往；然後就是福爾維勒伯爵，這人是個怪物，據說把他妻子都折磨得快愁悶死了，他住在建築在湖邊的佛麗耶特莊園裏，終年的消遣就是打獵。

此外還有幾家暴發戶，他們互通聲氣，這裏買田，那裏置地，但是子爵並不認識他們。

他告辭時，最後又向約娜瞟了一眼，那目光彷佛是對她表示的一種更親切更溫柔的特殊告別。

男爵夫人認為他很可愛，尤其是很懂道理。男爵回答說：「是呀！確實是這樣，這是一個很有教養的年輕人。」

他們約他下一週來晚餐。從此他就經常來拜訪了。

他總在下午四點光景到來，陪着男爵夫人在「她的林蔭便道」上散步，挽着她的胳膊幫助她「鍛煉」。遇到約娜沒有出門，她便在另一邊挽着她母親，這樣三個人不斷順着那條筆直的路，從這一頭到那一頭，緩緩地來回走着。他很少和約娜說話，但他那黑絨般柔和的目光卻時時和約娜藍瑪瑙色的眼睛遇在一起。

好幾回他倆和男爵一同到意埠去。

一天傍晚，當他們正站在海灘邊上，拉斯蒂克老爹就湊上去和他們打招呼了。這個船夫的嘴上總是銜着一根煙斗，他要沒有這根煙斗，就會比缺了鼻子還更教人詫異。拉斯蒂克老爹張口說：「老爺，趁這樣的風，明天滿可以到艾特勒塔去逛一逛，來回都不費事。」

約娜高興得拍起手來：「啊！爸爸，我們去吧！」

男爵轉過身去，問德·拉馬爾先生：

「子爵，您同意嗎？我們可以在那邊用午餐。」

事情立刻這樣決定下來了。

第二天天剛亮，約娜就起床了。她等候她父親，因為他穿着起來需要更多的時間，然後父女倆踏着朝露，穿過田野，走進鳥聲啁啾的叢林。子爵和拉斯蒂克老爹已經都坐在拴船用的絞盤上了。

另外兩個船戶幫着把船拖進水裏去。他們用肩膀抵着船舷，使出全部力氣把船推出去。在海灘的砂石上要推動船身是十分費勁的。拉斯蒂克用塗了油的圓木棍塞到船身底下，然後回到他原來的位置上，拉長了嗓子，有節奏地喊出「嗨唷嗨」的聲音，使大家跟着他一起用力。

當船已推到斜灘上時，一下就輕鬆了。小艇順着圓卵石滑下水去，發出撕裂布匹似的喧聲。船在激起泡沫的小浪花上停穩了，大家就都上了船，坐定在長板櫈上；那兩個留在岸上的船戶便把船一送，推向海面。

從海上吹來陣陣微風，使水面漾起片片漣漪。帆扯上了，略微鼓着；小艇在微波上靜靜地滑行。

他們已遠離海灘。一眼望去，地平線上水天相連。靠陸地的一面，陡直高聳的峭壁在腳下的水面上投出一大片暗影，只有浴在陽光下的小片草坡在黑影上形成幾個缺口。遠處，在他們身後，望得見棕色的帆船正在離開費崗白色的碼頭；往前看時，有一塊圓而帶孔的山岩，樣子非常奇特，就像一匹大象，把象鼻伸進在水波中。這正是艾特勒塔小港的入口處。

海波的蕩漾使約娜感覺有點眩暈，她一手攀着船舷，目光望着遠方；她彷彿覺得在大自然中只有三件東西是真正稱得上美麗的，那就是光、空間和水。

誰也不說話。拉斯蒂克老爹把着船舵和帆腳索，不時從他的坐櫈下取出酒瓶，喝上一口；一面片刻不停地吸着他的瓦煙斗。那煙斗像是永遠也不滅的，一縷青煙從他的煙斗中冉冉上升，同時另一股煙又從他嘴角邊飄散出來。人們從來不見他需要點燃那比烏木還黑的瓦煙斗，或是添裝一些煙草進去。偶爾他用手從嘴裏取出煙斗，從噴煙的嘴角裏，向海中吐出一大口濃痰。

男爵坐在船頭上，佔着船夫坐的位置，管着船帆。約娜和子爵並排坐着，兩人都感到有點不大自在。一股不可知的力量，使他倆的目光時時相遇，像是有甚麼吸引力叫他們同時抬起眼睛；在他們之間已經交流着一股微妙的、朦朧的感情，只要男孩子長得不醜，而女孩子又很漂亮，在年輕的男女之間，這種感情原是很容易產生的。他們相依在一起都感到快樂，也許由於彼此都在思慕着對方。

太陽上升了，像是要從更高的地方，來窺探仰臥在它下面的大海；海卻像一個調情的女郎，用一層薄霧裹着身子，擋住了陽光。這是一重透明的金黃色的霧幕，貼近水面，但遮掩不了甚麼，只是使遠方的景色更形柔和罷了。太陽射出它的光芒，把閃亮的霧幕溶化開了，當它發揮了威力的時候，霧氣便蒸發和消失了；這時候，大海光滑如鏡，在陽光下閃閃跳動起來。

約娜感動極了，低聲說：「多美呀！」

子爵回答說：「對呀！真美麗！」

寧靜明朗的晨景在這兩顆心裏喚醒了回音。

忽然間，艾特勒塔巨大的拱門出現了，就像懸崖的兩條腿跨在海上，高得船隻可以穿行。在第一道拱門前面，矗立着一柱尖形的白色山岩。

小艇靠岸了。男爵第一個跳上去，拉住船索，使船停住。這時子爵把約娜抱上來，免得讓她的雙腳沾水；然後兩人並肩走上崎嶇的沙灘，心中都為那一瞬間的擁抱激動着；他們聽見拉斯蒂克老爹在對男爵說：「我看這真可以結成一對小夫妻呢！」

他們在海灘附近的一家小旅店裏共進快樂的午餐。一路上遼闊的海面，彷彿使他們的思想靜止了，各人都沉默無言，而這時在餐桌面前，就像度着假期的小學生一般，言談就熱鬧了。

一點點小事情都教他們高興得歡笑不停。

拉斯蒂克老爹在餐桌前坐下時，小心翼翼地把那還在冒煙的煙斗收在便帽裏；大家便都笑起來了。一隻蒼蠅，一定是受了他那酒糟鼻子的引誘，屢次飛來想停在他的鼻尖上；當他用手去抓，可又慢了一步，沒有抓到，蒼蠅就飛向蠅屎斑斑的洋紗窗簾上棲息下來，但對船夫的酒糟鼻子彷彿仍然戀戀不捨，因為牠立刻又飛起來要去停在上面。

每當蒼蠅飛動一次，便引起一陣哄笑；老漢被刺癢得不耐煩了，嘰里咕嚕地說：「這傢伙真夠囉嗦。」這時約娜和子爵都忍不住了，捧腹大笑，笑得眼淚也出來了，他們趕快用飯巾堵上嘴，來抑止住笑聲。

大家剛喝完咖啡，約娜便建議說：「我們出去散散步吧！」

子爵站起身來；但約娜的父親卻寧願到沙灘上去躺一躺，曬曬太陽，說道：「孩子們，你們去吧，一個鐘之後再到這裏來找我。」

他倆一直走去，穿過當地的幾家茅舍，後來又越過一個不大的莊園，便來到了一個空曠的山谷面前。

海的波動曾使他們有些失去平衡，感覺困倦，海上飽含鹽味的空氣卻刺激了他們的食慾，加上這頓喧嚣歡快的午餐時所產生的激動，此刻他們興奮得真想在田野上飛奔。約娜聽到耳朵裏嗡嗡地響着，整個身心被新奇的突如其來的感覺所擾亂了。

烈日當空。道路兩旁，成熟的穀物在炎熱下彎着腰，低着頭。蚱蜢多得像草葉，在小麥和黑麥地裏，在岸邊的葦草叢中，四外都發出微弱而嘈雜的鳴聲。

在這酷熱的天空下，再也聽不到別的聲音。天色蔚藍耀眼，帶着那種即將變成火紅的橙黃，就像金屬過於挨近爐火時一樣。

他們望見右手稍遠處有一個小樹林，便朝着這個方向走去。

一條狹窄的小徑穿行在兩個斜坡中間，路旁大樹參天，濃蔭蔽日。他們一進去，便感到一種清涼的潮氣，這種潮濕教人毛孔發冷，沁入肺腑。由於缺乏日光和流通的空氣，這裏長不起青草，只有一片青苔掩蓋着地面。

他們向前走去。

「瞧！我們可以到那兒坐一下。」她說。

有兩棵老樹已經枯死了，它們彷彿在周圍的綠葉叢中打開了一個天窗樣的窟窿，一道陽光從這裏射進來，溫暖了大地，使青草、蒲公英、葛藤都發了芽，使地面佈滿了薄霧似的小白花和卷絲似的狐尾草。蝴蝶、蜜蜂、肥短的黃蜂、像瘸蒼蠅似的大蚊子、帶紅色斑點的瓢蟲、閃着綠光的硬殼蟲、長着甲角的黑殼蟲，各種各樣的飛蟲，都麇集在這一塊井口似的明亮溫暖的地方，在這周圍，四面都是濃密的陰暗冰涼的樹蔭。

他倆坐下了，頭躲在樹蔭中，腳伸到陽光下。他們觀望着那些在陽光下浮動的小生命；約娜感慨起來，嘆道：

「生活是多麼有意思呀！鄉間是多麼可愛啊！有些時候我真想化成一隻蒼蠅或蝴蝶，藏在花朵裏。」

他們談起自己來，談到各人的習慣和愛好，用低微親切的語聲，互訴衷曲。他說自己對社交生活早已厭煩了，倦於再過那種無意義的生活；天天都是老一套，從來遇不見一點真心和誠意。

社交生活！她卻很想經歷一番；不過她預料那必然不及鄉間快樂。

兩顆心愈是接近，他們愈是彬彬有禮地互相稱呼着「先生」和「小姐」，他們的眼睛也就越發含笑相對；他們彷彿感覺在心頭滋生了一種從未有過的仁慈，一種更廣闊的愛，一種對千萬事物的興趣和關懷。

他們走回來；但是男爵已經步行去遊覽懸崖頂上的那個「宮女洞」了；他倆便在小旅店裏等着他。

男爵在山坡上漫步了許久，直到傍晚五點鐘才回來。

他們回到船上。小艇順着風緩緩滑行，沒有一點動盪，幾乎不像是在前進。和風一陣陣地吹來，一下子把帆揚開，但緊接着它又癱瘓地垂在桅杆上。不透明的海水像是靜止的；消失了熱力的太陽，循着弧形的軌跡，漸漸接近水平線了。

海上沉滯的氣氛又一次使大家沉默起來。

終於約娜開口了：「我是多麼喜歡旅行啊！」

子爵接應說：「是的，不過一個人獨自旅行太孤單了，至少應該有兩個人，彼此可以談談各人的印象。」

她沉思了一下，說道：「這話是對的……不過我還是喜歡一個人出去散步；……一個人獨自沉思，該是多麼有意思啊！……」

他對她凝視許久，說道：「兩個人一起，也不妨礙沉思呀。」

她垂下了眼睛，心裏想：這話中有甚麼含義嗎？也許是有的。她凝望着水平線，像是想要看得更遠；然後，慢吞吞說：「我想到意大利去……到希臘去……啊！是的，到希臘去……還要到科西嘉去！那裏一定很粗獷，但也一定很美！」

他卻喜歡瑞士，喜歡那裏的木屋和湖水。

她說：「不，我喜歡的要就是像科西嘉那樣新鮮的地方，要就是像希臘那樣古老而令人懷古的地方。這些民族的歷史，我們從小就知道，今天要能去遊覽他們人民遺留的名勝和古蹟，該是多麼有意思呢！」

子爵比較更實際，他說：「我呢，倒很想去英國，在那裏一定可以學到很多東西。」

這樣，他倆談遍了全世界，討論着從南北兩極直到赤道每一個國家的美妙之處，嘆賞着他們意想中的某些國家的景物和人民奇異的風俗習慣，如像中國的和拉波尼人[1]的；最後得出結論，認為世界上最美麗的國家，還是要數法蘭西，因為它有宜人的氣候，冬溫夏涼，有肥沃的田野、蔥綠的森林、漫長的平靜的河流，以及從偉大的雅典時代以來世界各國所未曾有過的藝術上的成就。

之後，他倆也都沉默了。

落日像血一般地鮮紅；一道寬廣的耀眼的光波，在水上閃閃跳動，從海洋的邊際一直伸展到小艇的周圍。

風完全靜止了；水浪也平靜下去；帆葉在晚霞中染成通紅，無聲無息地飄着。無際的沉寂籠罩了整個空間，在大自然的交合中，一切都靜默了；這時候，大海在天空下袒露出它光潤起伏的胸腹，等候那火一般熱烈的情郎投入到她的懷中。太陽被愛情的慾望燃燒着，急忙撲下身去。終於他們合併在一起，大海逐漸把太陽吞沒了。

這時天邊吹來一股涼氣，使海面激起一陣顫慄，彷彿那被吞沒了的太陽向天空舒出一口滿足後的嘆息。

黃昏是短促的；夜色展開了，星光滿天。拉斯蒂克老爹盪着雙槳；他們看見海面發出點點磷火。約娜和子爵並肩凝視着被小艇拋在身後的蕩漾的點點波光。他們幾乎甚麼都不想，茫然默視，在一種舒適甜蜜的境界裏欣賞着夜色。約娜的一隻手擱在長櫈上，子爵的手指，似乎出於偶然，放下來時觸到她的皮膚；她並不縮回，這輕輕的接觸使她感到吃驚、幸福和慌亂。

晚上她回到臥室裏的時候，感覺心亂如麻，同時卻又那樣地受到感動，看到甚麼，就止不住想流淚。她凝視着壁爐台上的那座時鐘，心裏在想那隻小蜜蜂的來回擺動，就像一顆跳着的心，一顆朋友的心；這小蜜蜂將是她一生的見證人，牠將用那活潑而有規律的滴答聲分享她的歡樂和哀愁；於是她捉住那隻金色的蜜蜂，在牠翅膀上接了一個吻。她見到甚麼，就想親甚麼。她記起在抽屜裏藏着一個舊日的洋娃娃，便去尋找，找到時快樂得像是重見一個心愛的朋友；她把它緊抱在懷裏，熱情地吻着那洋娃娃紅潤的雙頰和淺黃色的鬈髮。

她懷裏抱着那個洋娃娃，沉思起來。

難道這個男人就是平日自己內心裏隱隱約約盼望着的終身伴侶嗎？這個人就是主宰一切的天意投在她生命途中的人嗎？他不就是為了她而創造的嗎？而她自己不就是要把一生奉獻給他的嗎？他倆不就是命定要心連心，永遠緊抱在一起而產生愛情的嗎？

她還從來沒有經驗過這種全身心所感到的騷動的情緒，這種如癡如醉的歡樂，這種內心深處的激動，而她相信這就叫作愛情；她覺得自己開始愛上他了，因為每一思念到他，她常感到自己有點魂不守舍，而她又不斷地想起他來。他在面前時，她心就要跳動；目光相遇時，她的面色就紅一陣白一陣；聽到他的聲音，渾身就感到顫慄。

那一夜，她幾乎沒有入睡。擾人的愛情的慾念在她心中一天強似一天。她總是問自己，問雛菊，也問流雲，還把錢幣拋向空中來預卜自己的命運。

一天晚上，她父親對她說：

「明天早晨，你多打扮打扮吧！」

她就問：「那是為甚麼，爸爸？」

他答道：「這是個秘密。」

第二天她換上了一身淺色的新裝，更顯出青春動人。當她下樓來時，她看見客廳的桌上堆滿了糖果盒子。一把椅子上，放着很大的一束鮮花。

一輛車子進到院子裏來，車身上寫着：「費崗勒拉麵包房，專辦喜慶筵席」；廚娘呂迪芬在一個助手的幫助下，從後邊車門口取出許多平扁的提籃，香味撲鼻。

德．拉馬爾子爵到了。他的褲腿是筆挺的，褲管緊裹在一雙精緻的漆皮靴裏，從皮靴的輪廓可以看出他的腳型是很細巧的。他的禮服在近腰處剪裁得十分合身，胸前露出襯衫的花邊；一條講究的領巾，圍着脖子繞了幾道，使他棕黑頭髮的腦袋顯得很挺直，完全是一副高貴嚴肅的氣派。他的神情和平時大不一樣。在最熟悉的面孔上，一經打扮，都會突然給人這種出奇的印象。約娜驚呆住了，凝視着他，彷彿過去從來沒有見到過這個人似的；她覺得他從頭到腳都顯得是一個極有氣派的貴族。

他一鞠躬，微笑着說：「親家，您準備好了嗎？」

她囁嚅地問：「怎麼回事呀？究竟是怎麼回事呀？」

男爵說：「一會兒你就知道了。」

馬車過來了。阿黛萊德夫人由蘿莎麗攙着，盛裝從臥室走下樓來。蘿莎麗看見德．拉馬爾先生這麼漂亮，羨慕極了，以致男爵小聲對子爵說：「您看，子爵，我猜想我們的使女可看中了您啦！」子爵臉紅得一直到了耳根，假裝沒有聽見，捧起那一大束鮮花，獻給約娜。她接過來，但越發感到驚異了。四個人都上了車；廚娘呂迪芬替男爵夫人端來一杯冷肉汁，為的給她提提精神，同時說：「真的，夫人，別人會說這是做喜事呢！」

到了意埠，大家便下了車；當他們穿過小鎮時，船戶們身穿帶着褶痕的新衣服，都從屋子裏出來，向他們敬禮，並和男爵握手，然後跟在他們身後，像是列隊前進。

子爵挽着約娜的胳膊，兩人走在最前頭。

到了禮拜堂門前，人們都站住了；唱詩班的一個兒童直挺挺地捧着一個銀質的大十字架走了出來，後面還跟着一個白衣紅袍的孩子，手上端着一個聖水盂，裏邊浸着一把灑水刷。

隨後又出來三個唱聖詩的老人，其中一個是跛腳的；接着是一個吹奏蛇形管的樂師；然後是那個肚子上佩着金十字繡花聖帶的教區神甫。他用微笑和點頭道了早安；然後瞇上眼睛，嘴裏唸着禱告，那頂四角形的法冠已經壓到鼻子上，他跟在一群穿白法衣的侍僧後面，一直朝着海邊走去。

海灘上，一大群人圍住一艘繫着花環的新遊艇，正在那裏等候。船桅、船帆和繩索上都纏了彩帶，迎風飄揚，船尾用金色漆上了這艘遊艇的名字：「約娜」。拉斯蒂克老爹就是這艘由男爵出資建造的遊艇的船主，他走上前來，迎接這一行人。所有男人一齊脱帽致敬；一排信女，身穿寬大的黑道袍，肩上帶有下垂的大褶襇，當她們一望見十字架，便圍成一圈跪倒在地上。

教區神甫左右跟着兩個唱詩班的兒童，走向船的一端。在船的另一端，那三個唱聖詩的老人，身穿白色法衣，面容污濁，滿腮鬍髭，態度嚴肅，眼睛盯着唱本，放開喉嚨，在明淨的晨空裏大聲歌唱。

每當他們停聲換氣的時候，那個蛇形管的吹手便獨自繼續嗚嗚地奏樂；他鼓脹着雙頰，吹得那麼起勁，連前額和脖子上的皮膚彷彿都已和肉脱開，那雙灰色的小眼睛縮小得看也看不見了。

平靜而透明的海，彷彿也變得十分嚴肅，在那裏參加這艘小艇的命名典禮；它只漾起指頭般高的小浪花，輕擊着海灘邊的砂石，發出輕微的聲響。白色的大海鷗展開雙翼，在蔚藍的天空盤旋，飛過去，又轉回來，在那些跪着禱告的人們頭上飛翔，像是也要看看人們究竟在做甚麼。

在一聲拖長到有五分鐘之久的「阿門」之後，唱聖詩的聲音就停止了；神甫用滯重的聲調，喃喃地背誦着一段拉丁文，人們聽出來的，只是拉丁文響亮的語尾。

然後他環繞小艇走了一圈，一面灑着聖水，接着又開始喃喃地誦讀祝福的禱告，這時他是站在船邊，面對那兩個手牽手一動不動站着的教父和教母，即遊艇的保護人德．拉馬爾先生和約娜小姐。

男的保持着一個美少年的莊重面容，那少女卻由於過份的激動，身子發軟，顫抖得連牙齒都打戰了。這一時期以來久久在她腦海中盤旋的夢想，猛然在一種幻覺裏，彷彿已成了現實。她聽到人們用了「喜事」這個字眼，神甫又站在那裏，為他們祝福，身穿白色法衣的人們唱着聖詩；這難道不是在為她舉行婚禮嗎？

她在指頭上感覺到的，難道只是一種神經質的顫慄嗎？她內心的苦惱，會不會已經通過她自己的血管傳達到她身旁站着的那個人的心坎上去了呢？他明白嗎？他猜想到嗎？他也和她一樣沉醉在愛情中了嗎？或是他只從經驗裏知道甚麼女人也抵抗不了他？她突然覺得他在按她的手，起初是輕輕的，愈來愈重，快要把她的手捏斷了。他的面容上一無動靜，誰也注意不到他在輕聲對她說，是的，很清楚地說：

「啊！約娜，如果您願意的話，這就算是我們的訂婚吧。」

她慢慢低下頭去，意思或許就是表示同意。這時神甫還在灑着聖水，有幾滴正落到他們的手指上。

儀式完畢了。婦女們全站起來。回去時，一路上是亂哄哄的。唱詩班兒童手中的十字架已經失掉了尊嚴，在人群中穿來穿去，東歪西撞，有時幾乎要撲倒在地上了。已經不再唸經的神甫，跟在後面直跑；唱聖詩的和那蛇形管的吹手，因為忙着要脫去法衣，抄着一條小路，早走得無影無蹤；船戶們也成群結隊地急忙趕路。他們腦筋裏都只轉動着一個念頭，這一個念頭就像廚房裏送來的香味，使他們的腿伸得更長，使他們嘴裏流着口水，並鑽進到他們的肚皮裏，使他們的飢腸轆轆地歌唱。

一頓豐盛的午餐，正在白楊山莊等候着他們。

一張長餐桌擺在院子裏的蘋果樹下。船戶和農民約有六十人都已入座。男爵夫人坐在正中，意埠的神甫和本區的神甫，分坐在她兩邊。男爵坐在對面，他左右兩邊是鎮長和鎮長的妻子。鎮長的妻子是一個細瘦的上了年紀的鄉村婦女，她向四處點着頭，打招呼。她那狹窄的面龐，緊裹在一頂諾曼底式的大帽子裏，看去真像一個長着白冠的雞腦袋，一雙滾圓的眼睛總是帶有驚惶的神情；她吃東西時，小口小口地吃得很快，像是用鼻子在盤中啄食一般。

約娜坐在子爵身邊，夢遊在幸福中。她甚麼也看不見，甚麼也聽不見。她默默地坐着，腦袋裏快樂得嗡嗡直響。

她問他：「那麼您的小名叫甚麼呢？」

他回答說：「于連。您以前不知道嗎？」

她不做聲，心中卻在想：「這個名字，今後我會不斷地掛在嘴上。」

吃完午餐，院子裏只剩下船戶們了，其餘的人都轉到邸宅的另一面去。男爵夫人開始她的「鍛煉」去了，她由男爵攙着，還有兩位神父簇擁着。約娜和于連一直向灌木林走去，然後進入枝葉密集的小路；突然，他握住她的雙手問道：「說呀！

您肯做我的妻子嗎？」

她低下頭去；他又囁嚅地追問說：

「答覆我呀，我央求您！」她緩緩地抬起眼睛望着他；在這目光中他已看到了她的答覆。

註釋：

[1] 拉波尼人，北歐面臨北冰洋地區的居民。

4

一天早晨，約娜還沒有起床，男爵便走進她的臥室裏，坐在床腳邊，告訴她說：「德·拉馬爾子爵到我們這裏來向你求婚呢。」

她真想把臉藏到被單裏去。

她父親接着又說：「我們沒有立刻答覆他。」她激動得說不出話來，只是喘氣。過了一會兒，男爵又微笑着補充說：「沒有你的同意，我們決不會硬作主張的。我和你母親都不反對這門親事，卻也不想替你來做主。你遠比他富有，不過說到人生的幸福，就不能夠光從財產上來着眼了。他是個沒有了父母的人，倘若你和他結婚，那就等於我們家裏招進了一個女婿，如果嫁給別的人，那就是你——我們的女兒，到陌生人家去過活了。這孩子討我們喜歡。不過你呢……你喜歡他嗎？」

她臉紅到頭髮根，羞澀地回答說：「我也很願意，爸爸。」

父親凝視着她的眼睛，始終微笑着，低聲說：「我猜得差不多，小姐。」

這一天，從早到晚，她渾身都像飄飄然似的，不知道自己在做甚麼，隨手抓起一件東西，卻把它錯當成是另一件東西，雖然並沒有走甚麼路，兩條腿卻軟綿綿地感覺疲乏不堪。

快到六點的時候，當她正陪她母親坐在那棵梧桐樹下，子爵來了。約娜的心突突地跳動起來。年輕人不慌不忙地走到她們跟前，吻了男爵夫人的手指，然後又握起少女顫動着的手，把嘴唇貼在上面，溫柔而懷着感激地印上了一個長吻。

訂婚後最幸福的季節開始了。他倆單獨地在客廳的角落裏談心，或是面對着靠海的曠野，並坐在灌木林裏的斜坡上。有時他們一同在白楊路上散步，他談說着將來，她呢，低着頭，眼睛望着男爵夫人在泥土上留下的腳印。

事情既然已經決定，大家都想早日完成婚事；婚禮選定在一個半月以後的八月十五日舉行，然後新夫婦立刻動身去度蜜月旅行。徵求約娜的意見時，她選定到科西嘉去，因為那裏要比去遊覽意大利的城市更清靜些。

他們等着這結婚的一天到來，心裏倒並不過於焦急；他們被纏繞在一種細膩的柔情中；輕微的愛撫、手指的接觸，都使他們體味到一種不可言傳的甜情蜜意；有時從相互熱情的凝視中，兩顆心彷彿就連接住了；但是朦朧地希望緊緊擁抱在一起的慾念，也常使他們暗暗地感到苦惱。

舉行婚禮時，除邀麗松姨媽參加，決定不再請其他客人。這位姨媽是男爵夫人的妹妹，住在凡爾賽的一個女修道院裏。

在她們父親去世之後，男爵夫人原想留她妹妹和她住在一起；但是這位老小姐，認定自己給無論甚麼人都是添麻煩，既無用又囉嗦，就退隱到一個女修道院裏，那裏專門備有房子，出租給寂寞孤獨的人居住。

她只偶爾到她姐姐家裏來住上一兩個月。

麗松姨媽是一個矮小的女人，不大講話，不愛露面，只在進餐時才出來，然後又上樓去，整天關在自己的臥室裏。

她的態度很和善，目光溫柔而帶有哀愁，雖然才四十二歲，樣子卻顯得衰老了；她在家裏毫不受人重視。小時候，既不美麗，也不頑皮，從來沒有人吻過她抱過她；她總是很安靜很老實地呆在牆角裏。後來她就一直被人奚落。及至成了年輕的小姐，便也沒有人來關心她了。

她就像一個影子，或是一件常見的物品，一件活動的用具，大家天天都見到它，卻無人去注意它。

她姐姐在父母家裏時，就養成一種習慣，被看成是一個無足輕重、可有可無的人。大家對她也都很隨便，毫無拘束，但這種親密裏卻隱藏着一種輕蔑。麗松姨媽原來的名字叫麗絲，她彷彿嫌這名字太漂亮了，聽去不舒服。後來大家看她不結婚，而且已經再沒有結婚的可能，就把麗絲這名字改成了麗松。自從約娜出世以後，她就成了「麗松姨媽」了。這位沒有地位的親戚，喜歡潔淨，非常膽小，連對她姐姐和姐夫也是十分怯生生的。他們待她不錯，不過那只是出於一種泛泛的同情，一種不自覺的憐憫和一種天生的仁慈。

有時候，男爵夫人談到自己遙遠的青年時代的往事，為了指明發生在甚麼年代，便說：「就在麗松頭腦發瘋的那時期。」

此外再沒有更多的說明，因此，關於「頭腦發瘋」這回事，就像籠罩在霧中。

原來麗絲二十歲那年，一天晚上，她忽然投水自殺，誰也不知道原因是甚麼。她的生活、她的行為，都絕不能叫人想到她會做出這種怪事。她被救起時，已經半死；她父母氣得高舉起胳膊，但並不去追究其中的原因，只說她「頭腦發瘋」，就算完事了。這正像他們談那匹叫作騍騍的馬的遭遇一樣，這匹不幸的馬，就在這事情發生前不久，在車轍裏跌斷了一條腿，後來只好宰掉了事。

麗絲，也就是不久以後的麗松，從此就被人看作是一個神經不很健全的人。一家人對她的淡然的輕蔑心理，逐漸感染給她周圍所有的人了。就連小約娜，出於孩子天然的敏感，對她也滿不放在心上，從來不上樓去到她床上和她親吻，從來不進入她的臥室。只有使女蘿莎麗，由於替她料理必要的打掃，彷彿是唯一知道她的臥室是在哪裏的人。

當麗松姨媽到餐室來進午餐時，「小傢伙」才照例走過去，伸出前額讓她親吻，這就包括一切了。

如果有人要和她說話，就得派僕人去找她；她不在時，誰也注意不到，誰也想不起她來，誰也不把她放在心上，誰也不會順口提一句：「真的，今天早晨，我還沒有見到過麗松呢。」

她是一點地位都沒有的；她就屬於這樣一種人：連自己的親人對她也毫不了解：死了，在這家庭裏也不會感覺缺少了甚麼，或是引起空虛和遺憾；她正是這樣一種人：不善於參加到她周圍人的生活中去，迎合大家的習慣，使大家關心自己。

當人稱呼「麗松姨媽」時，這幾個字在別人心目中並不帶有任何感情的成份，就像人們說「那個咖啡壺，那個糖缸」一樣。

她總是用急促而無聲的小步走路，從來不嚷嚷，從來沒有碰響過甚麼東西。她像是把不聲不響的性質傳給了她周圍的一切用物。她那一雙手像是棉絮做成的，不論接觸甚麼東西，都顯得輕柔而靈活。

麗松姨媽是七月中旬來的，這場婚事使她感到無比的興奮。她帶來一大堆禮物，但就因為是她送的，誰也沒有放在心上。

她到達後的第二天，人們就不再注意到有她這個人的存在了。

但是在她內心裏卻異樣地激動，眼睛老是盯住那一對未婚夫婦。她為新娘做貼身的衣物，獨自關在臥室裏，就像一個普通的女裁縫，誰也不進去看她，但她卻幹得那麼起勁，那麼專心。

她不斷把親手鎖了邊的手絹，或是繡好了號碼的餐巾，拿給男爵夫人看，問：「阿黛萊德，這樣行嗎？」而男爵夫人不過順手翻一翻，回答說：「你用不着這樣費心，我可憐的麗松啊！」

那是七月底的一個夜晚。白晝逼人的炎熱過去了，月亮已經升起來，夜色明淨而溫暖。正是這種令人煩惱、令人感動、令人興奮的夜，它似乎要喚醒一個人靈魂深處隱藏的詩情。田野溫暖的氣息飄向安靜的客廳裏來。遮着燈罩的燈在桌上投射出一輪光圈，男爵夫人和她丈夫，無精打采地在那裏玩紙牌，麗松姨媽坐在他們身旁織毛衣；那一對年輕人，憑倚窗欄，從開着的窗口眺望月光下的花園。

菩提樹和梧桐樹的影子灑在草地上，那一大片浴着月光的草地，一直伸展到黑壓壓的灌木林邊。

約娜不由自主地被溫柔嬌美的夜色，被樹木和林中朦朧的光影所吸引，轉過身來對她父母說：

「小爸爸，我們到邸宅前面的那片草地上散一回步去。」

男爵一面玩牌一面回答說：「孩子們，去吧！」他又繼續玩他的牌。

這對年輕人走出去了，開始在銀色的草地上慢慢地散步，他們一直走到頂端的小樹林邊。

時候晚了，他倆還不想轉回來。男爵夫人已經疲倦，要上樓回她的臥室去。「把那對情人叫回來吧。」她說。

男爵向月光下寬闊的花園裏望了一望，只見一雙人影正在月光裏慢步徘徊。

他便說：「隨他們去吧，外邊的月色多好啊！讓麗松等着他們。對吧，麗松？」

老小姐抬起那雙發愁的眼睛，用她那膽怯的聲音回答說：

「當然，我等着他們。」

小爸爸攙起男爵夫人，由於白晝的炎熱，他自己也累了，便說：「我也要去睡了。」

他就和他妻子一同離開了客廳。

這時麗松姨媽也站起身來，她把手上的活計、絨線和鋼針都擱下，放在圈椅的靠手上，走向窗口，倚着窗欄，欣賞動人的夜色。

那一對未婚夫妻在草地上來回不停地散步，從灌木林到台階前，又從台階前回到灌木林。他們緊握着手，都不做聲，心靈彷彿脫離了形骸，而和大自然活生生的詩情詩景合而為一了。

約娜忽然望見窗口被燈光映出的那位老小姐的側影。

「瞧！麗松姨媽望着我們呢！」她說。

子爵抬起頭來，不假思索地應聲說：

「是的，麗松姨媽望着我們。」

然後他們繼續夢幻，繼續漫步，互相熱戀着。

夜露沾濕了草地，涼氣使他們略微有點寒顫。

「我們回去吧，」約娜說。

他們就回來了。

當他倆走進客廳時，麗松姨媽已經又在那裏織毛衣了；她低下頭在做活計，纖瘦的手指有點發抖，像是十分疲倦了的樣子。

約娜走近去，說道：

「姨媽，該睡了。」

老小姐轉過臉來，眼圈發紅，像是剛哭過似的。這一對情侶卻絲毫沒有注意到；但是青年人忽然發現約娜薄薄的涼鞋上已沾滿了露水。他有點擔心，溫柔地問道：

「這雙可愛的嬌小的腳，一點不覺得冷嗎？」

姨媽的手指一下子顫抖起來，抖得那麼厲害，她的活計也落在地上了；毛線球在地板上滾得遠遠的；她慌忙用手遮住了臉，抽搐着，傷心地哭泣起來。

那對未婚夫妻站在那裏呆望着她，都發愣了。約娜突然跪下去，拉開她的胳膊，惶惑地一再問道：

「怎麼啦？怎麼啦？麗松姨媽！」

於是這個可憐的女人，聲音裏滿含着哭聲，全身傷心地抽搐着，斷斷續續地哭道：

「他剛才問你……說這雙……可愛的……嬌小的腳……不覺得冷嗎？……從來沒有人對我講過這樣的話……這樣的話……從來沒有過……」

約娜又驚訝，又覺得可憐，只是一想到果真有人來和麗松談情說愛，就使她忍不住想笑；子爵早已轉過身去，為了掩藏起自己的笑臉。

這時姨媽忽然站起來，毛線球落在地板上，活計留在圈椅裏，她沒有拿燈便跑向黑暗的樓梯口，自己摸着回到臥室去了。

當只剩下這對年輕人時，兩人互相望着，覺得有趣而又難過。約娜悄悄地說：「可憐的姨媽呀！……」

于連答道：「她今天晚上一定有點瘋了。」

他倆手握着手，還捨不得分離，溫柔地，十分溫柔地，在麗松姨媽剛剛離開的那張空椅子面前，兩人的嘴唇第一次相遇在一起。

第二天，他們便全然忘記那老處女的眼淚了。

結婚前的兩個星期，約娜過得很平靜，彷彿這一階段來卿卿我我的柔情已使她疲乏了。

決定她終身的那天早上，她也沒有時間去思索。她只感到全身都有一種空洞的感覺，彷彿她的肉、她的血、她的骨骼，全在皮膚下溶化了；她發現接觸東西時，自己的手指顫抖得厲害。

直到在教堂裏舉行婚禮的時候，她才重新鎮靜下來。

結婚了！她終於結了婚！她彷彿覺得自從清早起，連續不斷的種種場面、行動和事件，全像一場夢，一場真正的夢。人生中有些時刻裏，彷彿我們周圍的一切都改了樣子；一舉一動都有了新的意義；就連每日的時辰都和平常不一樣了。

她感覺有點眼花繚亂，特別是感覺有點驚惶。昨天晚上，她生活裏還沒有起一點變化；她長期以來的希望不過是更接近了，幾乎伸手可及了。她睡下去時還是一個年輕的女孩子；而現在，她成了別人的妻子。

她已經越過了一道防線，幻想中未來的種種歡樂和幸福都已在眼前。她覺得一扇大門已經在她面前打開，她就要進入她所夢想的境界裏去了。

儀式完畢了。他們進入聖器室，那裏顯得冷冷清清，因為他們沒有邀請任何來賓；接着他們就退了出來。

他們一出現在教堂的門口，一陣驚人的轟響使新娘嚇了一大跳，弄得男爵夫人呼叫起來：這是農民們放的禮炮；禮炮聲一路不停，一直伴送他們回到白楊山莊。

全家的人、本區的神甫、意埠的神甫、新郎和當地富農中挑選來的證婚人，都先用了茶點。

然後大家在花園裏蹓躂，等候喜筵。男爵、男爵夫人、麗松姨媽、鎮長和比科神甫都在男爵夫人經常「鍛煉」的那條林蔭路上散步；而意埠的神甫則在對面的那條林蔭路上踱着大步，嘴裏唸着祈禱經文。

從邸宅的另一面，可以聽見農民們快活喧囂的聲音，他們在蘋果樹下痛飲蘋果酒。附近的居民都穿着新衣服，擠滿了院子。小夥子們和姑娘們相互追逐着。

約娜和于連穿過灌木林，登上斜坡，兩人都不做聲，遠望着大海。雖然正在八月中旬，天氣卻還涼爽，風從北面吹來，熾烈的陽光輝耀在一碧無際的天空。

這一對年輕人想尋找一個幽靜的地方，便往右穿過曠野，走向面對意埠的綠蔭起伏的山谷。他們一走進矮樹林，一點微風也吹不到了，於是他們便離開便道，走向一條樹葉密集的小徑。他們幾乎不能直着身走；這時她覺得有一條胳膊輕輕地伸過來抱住了她的腰。

她不做聲，喘着氣，心房跳動着，呼吸感到急促。低垂的樹枝撫弄着他們的頭髮；他們時常須彎下身子才能過去。她摘下一片葉子，葉下隱着一對瓢蟲，像是兩個纖細的紅貝殼。

這時約娜已平靜一些，天真地說：「瞧！正好一對。」

于連用嘴輕輕吻着她的耳朵，說道：「今天晚上您就要做我的妻子了。」

雖然從她住到鄉間以來，已經懂得了許多事情，但她心裏所想的，還只是愛情的詩意的一面，因此她覺得驚訝了。他的妻子？難道這還不算是他的妻子？

於是他又接連迅速而急促地吻她的鬢角和頸部靠髮根的那一個角上。這種男性的接吻，她還沒有習慣，每一吻到時，她本能地把頭歪在一邊，躲避那使她快樂的戲弄。

他們突然發現已經走到叢林的邊緣了。她停住腳步，奇怪怎麼已經走得這樣遠。別人會怎麼想呢？

「我們回去吧。」她說。

他把胳膊從她腰間抽出來，兩人都轉過身子，恰好面對面，站得那麼貼近，各人臉上都可以感到對方的呼吸了；他們彼此眼對着眼，相互凝視。這種凝固的、銳利的、能穿透一切的目光，彷彿使兩個人的靈魂都已融化在一起了。他們想從彼此的眼睛裏，並透過眼睛，從生命不可窺測的深處，來認識對方；他們默默而固執地彼此探究着。他們彼此的命運將是怎樣呢？他們正在共同開始的生活將是怎樣的呢？在這悠長而不可分解地融合在一起的婚姻生活中，各人能給對方的是歡樂？是幸福？還是幻滅呢？他們兩個人都覺得彼此彷佛還是第一次見面。

出其不意地，于連把雙手搭在他妻子的肩膀上，對準她的嘴，緊緊地親了一個長吻。她從來沒有這樣地被人吻過。這個吻深深地滲透到她的血管裏，到她的骨髓裏，在她身上引起那樣一種神秘的震動，她用雙臂猛力推開于連，而自己也幾乎跌倒在地上。

「我們走吧！我們走吧！」她顫聲說。

他不回答，只抓住她的雙手，緊握在自己的手中。

他們一直走回家去，誰都沒有再說話。午後這段時間過得很慢。

快黃昏時，大家才入席。

喜筵和一般諾曼底人的風俗相反，既簡單而時間也不長。客人顯得都很拘束。只有那兩位神甫、鎮長和四個被邀請的莊稼人還開點玩笑，增添幾分熱鬧。

歡笑快凍結時，鎮長說了一句話，才算又鼓起大家的興致。時間已快到九點；

就要喝咖啡了。在屋外第一個院子的蘋果樹下，田園風味的舞會正在開始。從開着的窗口，可以望得見喜慶的全部情景。掛在樹枝上的彩燈，照得樹葉發出青灰色的光彩。附近的農民，男男女女，圍成一圈，邊跳舞，邊唱着古老的曲子。兩把提琴和一支笛子微弱地伴奏着，樂師高坐在廚房用的一張大案桌上。農民們喧囂的歌唱有時完全淹沒了樂器的聲音；那微弱的音樂，通過喧嚷的歌聲，割裂成支離破碎的音節，零零落落，像是從天上降下的破片。

兩個大酒桶，周圍燃着火炬，供應人群解渴的飲料。兩個女僕不停地在一隻木盆裏洗杯洗碗。杯碗還滴着水，就拿到酒桶的龍頭下面去接紅色的葡萄酒，或是金黃的純蘋果酒。口渴了的舞客、靜觀的老人、滿頭大汗的姑娘們都紛紛擠過來，伸出胳膊，接住不論甚麼樣的杯子，仰着頭，把自己喜歡的飲料一口氣灌進喉嚨裏去。

一張桌上擺着麵包、黃油、奶酪和香腸。隨時有人過來，抓在手裏，吞下一口。在這燈光照明的綠蔭叢中，這番健康而狂熱的節日景象，引誘得那些在餐廳裏待得發悶的上賓，也都想來跳一次舞，從圓而粗的大肚皮的酒桶裏倒一杯來狂飲，嚼一口抹上黃油的麵包和生蔥頭。

鎮長用手裏的餐刀敲着音樂的拍子，叫道：「天哪！這真不錯，正像人家說的加納希的婚宴。」

這時響起一陣壓抑不住的笑聲。比科神甫和地方上的掌權者原是天生的仇敵，便駁他說：

「您的意思是說迦納[1]吧！」

鎮長不接受這番教訓，回敬說：

「神甫先生，我明白我要說的是甚麼；既然我說加納希，那就是加納希。」

大家站起身來，向客廳走去。賓客們接着又擠到狂歡的人群裏去混了一陣，然後才向主人告辭。

男爵和男爵夫人低聲地爭吵着。比平時更喘不上氣來的阿黛萊德夫人，像是正在那裏拒絕她丈夫的一個要求；最後她幾乎大聲嚷着說：

「不行，我的朋友，我幹不來，我簡直不知道怎麼開口。」

男爵這時突然丢下他妻子，走到約娜身邊。

「孩子，你願意和我出去蹓躂嗎？」

她很感動地回答說：

「只要你高興，爸爸。」

父女倆便一同出去了。

一走到門口，從海邊迎面吹來一股涼風。雖然還是夏天，這陣風卻已叫人感到秋意了。

雲在天空奔騰，星星一時被遮隱了，一時又露出臉來。

男爵讓女兒的胳膊緊貼在自己的身邊，同時溫柔地握住了她的手。他們步行了幾分鐘。他顯出猶疑不決，彷佛很為難的樣子。最後他才打定了主意。

「我的寶貝，這個角色本來應當由你母親來擔當的，我來做就很為難；但是她拒絕了，我便不得不替代她。你對人生的事情，究竟知道了多少，我不清楚。人生中有些秘密，一向都是小心地不讓孩子們知道的，尤其是女孩子們，因為女孩子要保住心靈的純潔，白璧無瑕的純潔，直到把她們交到某一個男人的懷裏為止，這個男人就應當照顧她一生的幸福。他有權利去揭開這層隱藏人生歡樂的紗幕。倘若女孩子們根本沒有想過這種事情，到那時，便要對這種沒有夢想到的、比較粗暴的現實，發生反感了。她們在心靈上，甚至肉體上受了傷，便會拒絕她們的丈夫，但是不論從人類的法律，或是從自然的法則來說，這都是做丈夫所應有的絕對權利。我的好寶貝，我不能講得更多了；只是千萬不要忘記這一點：你完全是屬於你丈夫的。」

她聽懂了甚麼呢？她猜測些甚麼呢？她開始顫抖了，一種沉重而痛苦的悲傷，像一種預感似的，壓得她透不過氣來。

他們走回去。到了客廳門口，兩人都驚得愣住了。阿黛萊德夫人正倒在于連懷裏痛哭。她的眼淚，滴滴答答的眼淚，像是被鼓風箱所扇動，同時從鼻孔、嘴角和眼睛一起往下流；那個驚惶失措的年輕人，滑稽地托住這位胖太太。她撲倒在他的懷裏，就是為要囑咐他好好體貼她的小女兒、小心肝、小寶貝。

男爵急忙趕上前去，勸阻說：

「啊！別做戲了，別哭哭啼啼啦，我求求您！」

於是他把妻子接過來，讓她在一張圈椅上坐下，這時她還不停地擦着眼淚。然後轉過身來對約娜說：

「來吧，小東西，趕快親親你母親，然後就去睡吧！」

約娜幾乎也要哭了，她匆匆吻過了她父母，便逃走了。

麗松姨媽已早回到自己的臥室去了。男爵夫婦倆單獨和于連留在客廳裏。三個人都覺得很窘，誰也找不出一句話來講：兩個男人身穿晚禮服，站在那裏茫然若失，阿黛萊德夫人倒在圈椅裏，不時還有點抽噎。這局面的窘迫已到不能忍受的地步，於是男爵便開始談起新婚夫婦旅行的事情來，他們準備在幾天之後就要出發。

蘿莎麗正在約娜的臥室裏，幫她解衣服，使女哭得淚如泉湧。她的雙手慌亂地摸索着，連帶子和扣針都找不着了。她顯然比她的女主人還激動得厲害。但是約娜並沒有注意到使女的眼淚，她彷彿覺得已走進另一個世界，到了另一個天地，過去她所熟悉的和她所心愛的種種，都已恍若隔世了。她覺得自己生命裏和思想裏的一切都引起了劇變，甚至她產生了這樣一個奇怪的念頭：「她真的愛她丈夫嗎？」這時他在她眼裏成了一個幾乎不相識的陌生人了。三個月以前，她完全不知道有這個人的存在，而今她卻成了他的妻子。這都是為甚麼呢？為甚麼要這樣快落入結婚的圈套，就像走路不當心跌到腳下的窟窿裏去一樣？

她穿好睡衣，上了床；被單有點涼，使她的皮膚寒戰，這更加深了兩小時以來重壓在她心頭的那種寒冷、悲哀和寂寞之感。

蘿莎麗走開了，始終是哭哭啼啼的；約娜等待着。她焦慮不安地等待那已被她猜到了幾分、而後來由她父親用含糊的語言暗示給她的莫測底細的意外事情，這個所謂愛情中最大的秘密。

她並沒有注意有人上樓來的聲音，這時卻聽見門上輕輕敲了三下。她大吃一驚，害怕得答不出聲來。又有了敲門聲，接着門上的鎖簧嚓嚓地響了。她把頭藏進被窩裏，彷彿有賊進了她屋子似的。靴聲輕輕地踏在地板上；突然間有人觸動着床了。她的神經震動了一下，輕輕地叫喚了一聲；她探出頭來，看見于連站在面前望着她微笑。

「啊！您真讓我害怕！」她說。

他問道：「那麼您沒有等着我嗎？」

她不回答。他穿着晚禮服，露出美少年的一副正經面孔。約娜覺得在一個穿得這樣整齊的男人面前，自己卻躺在床上，實在太害羞了。

在這嚴肅而緊要的關頭，在他們一生幸福所繫的這一時刻，他們卻都不知道說甚麼，做甚麼，甚至彼此都不敢互相看一眼。

他或許已多少感覺到這場戰鬥的危險性，感覺到應該如何靈活自如，如何運用聰明的溫柔手腕，才不致使一個充滿幻想的少女的心靈——它那種極度的敏感和細微的害羞心理——受到傷害。

他輕輕地握住她的一隻手，拿起來親吻，然後他像在祭壇前一樣跪倒在床邊，用輕如呼吸的聲音，悄悄地說：

「您愛我嗎？」

她這時忽然安心了，從枕頭上抬起戴了鑲花邊睡帽的頭，微笑着說：

「我愛您呀，我的朋友。」

他把他妻子纖巧的指頭貼在自己的唇邊，由於把嘴堵住了，從指縫中發出壓抑的聲音：

「您願意證明您愛我嗎？」

她又重新為難起來了。她聯想到她父親所說過的話，雖然她並不很明白這話的意思，這時便用來回答說：

「我就是您的，我的朋友。」

他在她手腕上熱烈地吻着，然後慢慢地抬起身來，貼近她的臉去，但她又躲藏了。突然，他的一隻胳膊從床下伸過去，隔着被，摟住他的妻子，同時他把另一隻胳膊插到枕頭底下，連枕帶頭一起托了起來，低聲問道：

「那就是說您願意在您身旁留一點小小的地方給我？」

她害怕了。這是一種出於本能的恐懼，她囁嚅說：

「啊，先不要，好不好？我央求您。」

他似乎失望了，略微有點生氣，雖然還是央求着，但語氣卻更急躁了：

「既然遲早要躺在一起，那還等甚麼呢？」

這句話很引起她的反感；但出於順從和退讓，她又一次地重複説：

「我就是您的，我的朋友。」

他立刻進到盥洗室去。她可以清晰地聽到他在室內的聲音和動作：他窸窸窣窣地脱去衣服，口袋裏的錢幣叮叮噹噹地響着，然後兩隻皮靴先後落到地板上。

他突然匆匆地穿過臥室，去把錶放在壁爐台上，身上只着了一條短褲和一雙短襪。他又跑回到那個小房間去，翻弄了一陣，約娜聽到他就要出來了，連忙閉上眼睛，把身子側轉到另一邊去。

一條毛茸茸的涼腿擦到她腿上時，約娜驚跳起來，像要撲到床下去；她慌慌張張地用雙手蒙住臉，縮進被窩裏，驚惶和害怕得想要叫喊起來。

她背朝着他，但他還是立刻把她摟在懷裏，貪婪地吻着她的脖子、她睡帽上飄着的花邊和睡衣上的繡花領子。

她的身子僵硬地躺着，一動不動，心裏真是又急又怕，她用雙肘夾着胸脯，但這時她感覺到一隻粗壯的手，正向胸脯上摸來了。她的呼吸急促起來，全身被這種粗暴的接觸所震動了；她真希望能逃走，逃出屋子去，把自己禁閉起來，遠遠地躲開這個男子。

他卻不動了。他熱乎乎的體溫傳到她的背上。這時她的恐懼就又平息下去，她突然想到：只要轉過身去，她就能和他擁抱了。

最後他像不能再忍耐了，發愁地說：

「那麼真的您不願意做我的小妻子嗎？」

她從指縫中輕輕地說：

「難道我現在不是嗎？」

他煩惱地回答說：

「親愛的，好啦，別和我開玩笑了。」

他語氣中的不滿，使她感到難受；她便立刻向他轉過身去，求他原諒。

他如飢似渴地把她整個抱在懷裏；急促地、猛烈地、瘋狂地吻遍她的面部和脖子，把她撫弄得透不過氣來。她鬆開了雙手，毫不抗拒地任他擺佈，她的思想完全混亂了，她再不知道自己在做甚麼，他在做着甚麼，她甚麼也不知道了。這時她感到一陣被撕裂似的劇痛，她呻吟起來，在他的懷裏扭動着。她被他粗暴地佔有了。她完全慌亂了，後來的經過，她已不很記得；她只感覺他感激得在她的嘴唇上，雨點一般，不停地吻了又吻。

之後他一定對她說過話，她也一定回答了。接着他又想再來嘗試，她驚慌地推開他；當她掙扎着時，她接觸到他胸前濃密的硬毛，和他長在腿上的一樣。她猛然一驚，便把身子躲開。

一再要求沒有成功，最後他也倦了，便仰身躺着不動了。

這時她獨自沉思起來；她從心靈深處，感到了絕望，這和她夢想中的愛情是多麼不同啊！多年來的希望被打碎了，幸福成了泡影。她在幻滅中自語說：

「看哪！這就是他所謂做他的妻子；原來就是這麼回事！原來就是這麼回事！」

她這樣傷心地躺了許久，眼睛轉來轉去，望着牆上的掛氈，尋思那環繞着她臥室的古老的愛情傳說。

因為于連不說也不動，她便把目光慢慢轉移到他身上。她發現他已經睡着了！他半張着口，泰然自若地真的睡着了！

她簡直不能相信有這樣的事。她氣憤極了。他的酣睡比他的狂暴更使她受到侮辱，他竟拿她當作不拘甚麼樣的人看待了。他能在這樣的一個夜裏睡熟嗎？那麼他倆之間所發生的關係，在他心上就完全不足為奇？啊！她寧願被鞭打、被蹂躪、受那種種可厭的戲弄直到使她失去知覺！

她躺着不動，用肘支着身子，望着他，聽他從唇邊發出輕微的呼吸，這呼吸時而像帶着鼾聲。

黎明了，天色起初是黯淡的，漸漸明亮起來，轉成玫瑰色，最後就大放光明了。于連睜開眼睛，打了個呵欠，伸一伸懶腰，望望他的妻子，微笑着問道：

「親愛的，你睡得好嗎？」

她發現他用「你」稱呼着她了。她微微一驚，回答說：

「好呀，您呢？」

他說：「我嗎，啊！好極了。」

他便轉過身來，吻了她一下，安安靜靜地談起天來。他講到他一生的計劃和他的經濟觀點；他多次提到「經濟」這兩個字，這叫約娜有點詫異。她聽着他講，可是捉摸不住他話中的意思，她的眼睛望着他，千頭萬緒的思慮都從她心頭飄拂過去。

鐘敲八點了。

「該起來了，」他說，「晚了，別人會笑話我們呢！」

說着他首先下了床。他自己打扮好了，就殷勤地替他妻子在梳妝時幹些零星事情，他不肯讓她使喚蘿莎麗。

出臥室時，他又叫住她說：

「你要知道，我們之間，從此可以『你』『我』稱呼了，但是在你父母面前，暫時還不能這樣稱呼，等到我們蜜月旅行回來，那時聽着就自然了。」

她到午餐時才露面。這一天過得和平常一樣，彷彿並不曾起過甚麼新的變化。只是家裏多了一個男人。

註釋：

[1] 迦納是《新約》中古敍利亞的一個地名，在那裏舉行的一次婚宴上，耶穌第一次顯示奇蹟，把水變成了酒。鎮長把迦納誤讀作加納希。

5

四天之後，一輛四輪馬車來到門前，他們就坐着這輛車子去馬賽。

約娜經歷了初夜的苦惱之後，已經習慣了于連的接吻和溫柔的撫弄，但對夫婦間更進一層的親密關係，仍然抱着厭惡的心情。

她覺得于連很漂亮，她喜歡他；她又感到幸福而快樂了。

這次離別是暫時的，並沒有甚麼值得悲傷。只有男爵夫人又動了點感情；車子快要動身的時候，她把一個沉甸甸的大錢包塞到女兒的手裏，囑咐說：

「這是給你當新娘留作零花用的。」

約娜把錢包放進衣袋裏，馬就拉着車子走了。

傍晚時，于連問約娜說：

「你母親給你的那個錢包裏有多少錢？」

她完全沒有想起過，這時她便把錢倒在膝上。金光閃閃的一大堆，總共是兩千法郎。她拍着手說：「我可以花個痛快了！」然後她又把錢收起來。

在酷熱的天氣裏，途中走了一個星期，他們才到達馬賽。

第二天，一條小海輪路易王號，載他們到科西嘉去，這條船是開往那不勒斯去的，中途要在阿耶佐靠岸。

科西嘉！那裏的叢莽！強盜！山嶽！拿破崙的故鄉[1]！約娜彷彿覺得自己正在擺脱這個平凡的現實生活，睜着眼睛，踏入夢境中去。

她和于連並肩站在海輪的甲板上，眺望那從眼前滑過的普羅旺斯的懸崖。在無垠的蔚藍的天空下，伸展開一片靜止的、碧綠的大海，太陽灼熱的光芒像是使海凝固了，成為堅硬的了。

約娜説：「那次我們乘拉斯蒂克老爹的小艇到海面去遊玩，你還記得嗎？」

作為答覆，于連輕輕地在她耳邊吻了一下。

海船的機輪鼓動着水，驚醒了海的酣睡；船過時，一條長長的航跡，翻騰着香檳酒般白色的泡沫，筆直地拉長到眼界所不及的遠方。

忽然，離船頭不過幾十尺遠的海上，一條大魚——一條巨大的海豚，躍出水面，隨即頭向下鑽進水去，不見了。約娜嚇了一跳，驚叫了一聲，撲在于連懷裏。之後，看到自己的大驚小怪，便又笑起來了；她焦急地望着，想看那條大魚是否還再出來。不到幾秒鐘，果然牠又出現了，像一個機械玩具似的跳了起來。牠鑽進水去，又鑽出來；後來來了兩條、三條、六條，牠們在船身周圍跳躍着，像是護送牠們的弟兄——這條鐵鱛木身的大怪魚。有時牠們游向船的左舷，有時又出現在右舷，忽而成群，忽而一條跟着一條，彷彿是在遊戲，在追逐作樂，牠們會猛然跳起，飛向空中，劃成一道弧線，然後又一條接着一條地沒入水中。

那些動作靈活的大魚每出現一次，約娜便全身感到顫動，隨即快活得為牠們鼓掌。她的心，跟魚一樣，在一種原始而童貞的歡樂中跳躍着。

忽然間，牠們都消失了。後來，在很遠的大海上，又出現了一次；從此便再也不見了；約娜為牠們的離開，剎那間感到一陣傷心。

黃昏來臨了，那是一個燦爛的寧靜的充滿了幸福與和平的黃昏。天空和水面，沒有一絲波動；天和海無限的寧靜沁入到那同樣沒有一絲波動的沉醉了的心靈裏。

太陽在遠方靜靜地沉落下去，沉向那望不見的非洲，那大地如燃燒般的非洲，它那灼人的炎熱彷彿已經有點教人感覺到了；但在落日完全隱沒之後，卻有一陣清涼的氣息，微弱得幾乎不能叫作微風，拂過人面。

他們不想回到艙裏去，那裏散發出海船上特有的叫人惡心的氣味；他們裹着大衣，並排睡在甲板上。于連馬上就睡熟了；但是約娜依然睜開着眼睛，旅行的新奇使她感到興奮。機輪單調的轉動聲在替她催眠，她仰望那燦爛的繁星，在這南方明淨的天空裏，水晶般閃爍着奪目的光芒。

黎明時，她迷迷糊糊地睡着了。喧嘩的人聲使她驚醒，原來水手們唱着歌已在洗刷甲板。她推醒還在酣睡中的丈夫，他們便都起來了。

約娜得意地呼吸着帶有鹽味的海霧，它一直滲入到她的指尖。四外是海。但在前方，在曙光裏已望得見一種灰色的、模糊的東西，像是一簇畸形的、尖尖的、罅裂的雲飄浮在水上。

隨後就顯得更清楚了；在明朗的天空裏，輪廓映得更加分明，峰巒起伏的群山出現了：那就是籠罩在薄霧裏的科西嘉島。

太陽從山後升起，把所有突出的尖峰如暗影般刻劃出來，接着山巔上都染得通紅，而島上其餘的部份依然淹沒在霧氣裏。

船長走上甲板來，這是一個身材矮小的老人，被強烈的帶有鹽味的海風吹成焦黃、乾瘦、起皺、堅硬而枯縮，三十年來的發號施令和在暴風雨中的喊叫，使他的聲音發啞了。他對約娜說：

「您聞到了嗎，那個女妖精的香氣？」

她真的嗅到了一股草木濃烈而奇特的香氣，一種野生植物的芳香。

船長接着說：

「夫人，這就是科西嘉的香氣，就是這個漂亮女人特有的香氣。即使離別了二十年，我在海上五法里遠的地方，還是可以辨別出來。我是這島上的人。據說他[2]在那邊，在聖赫勒那島上，也還仍然一直在談他故土的香氣。他和我是同族的人。」

這時船長摘下了帽子，向科西嘉致敬，通過海洋，又向被囚禁在那邊的他的同族人大皇帝致敬。

約娜被感動得幾乎要哭出來了。

然後船長手指着天邊，說着：「那就是桑吉內爾群島[3]。」

于連站在妻子身旁，摟着她的腰，這時兩人都望着遠處，探尋船長所指的目標。

他們終於望見了幾座金字塔形的山岩，船馬上就要繞過那裏，駛進一個寬闊平靜的海灣裏去，海灣四周都是高山，山坡上看去像是長滿了青苔。

船長指着那一大片綠葉蔥蘢的地帶說：「那就是叢莽。」

船徐徐前進，群山的環抱彷彿就在船的後方合攏了；船在碧綠的湖上緩緩航行着，海水透明得有時可以望得見湖底。

在海灣盡頭的傍山面水處，突然出現了一片耀眼的白色的市區。幾艘意大利的小船停泊在港口。四五條划子穿梭在路易王號周圍來迎接乘客。于連正在把行李集在一起，他小聲問他妻子說：「給服務員二十個蘇不算少吧？」

一個星期以來，他老是愛問這一類事情，而她每次聽到都很煩厭。她顯出有點不耐煩地回答說：「多給點總比少給好。」

他總是和旅館主人、僕役、車夫以及各種商販討價還價，每當費盡口舌才得到一點便宜時，他就擦着雙手對約娜說：「我不願意上人的當。」

她一看到賬單送來時，心裏就要發抖，因為她料到她丈夫在每一項目上都會有意見，她為這些計較感到很丟臉，特別當僕役們手裏攤着那給少了的酒錢，用輕蔑的眼光望着她丈夫時，她的臉會羞紅得直到頭髮根上。

他和送他們上岸的船夫又發生了爭論。

她看見的第一棵樹是棕櫚。

他們到了一家沒有旅客的大旅館裏。旅館是在一個遼闊的廣場的拐角上，他們便在那裏午餐。

他們剛吃完甜食，約娜站起來想到市上去遊玩，于連就牽住她的胳膊，溫存地附在她耳邊輕聲對她說：

「我們去睡一會兒好不好，我的小乖？」

她吃了一驚：

「去睡一會兒？我可並不感覺累呀！」

他摟着她說：

「我想你。你懂我的意思嗎？已經有兩天啦！……」

她羞得滿臉通紅，支吾說：

「啊！就在現在！別人會怎麼說呢？別人會怎麼想呢？你怎麼敢在白天裏問他們要房間呢？啊！于連，千萬不要這樣。」

但他插嘴說：

「我才不在乎旅館裏的人愛怎麼說或是愛怎麼想。你就看我來辦好啦。」

他按了鈴。

她不再做聲了，垂下了眼睛，不論在精神上和肉體上，她對丈夫這種無休止的慾望都很反感。她雖然嫌惡，卻又不能不忍痛而委屈地服從，她把這看作是一種獸性，一種墮落，總之是齷齪的。

她的性感還沒有覺醒，而她丈夫卻以為她已分享他的熱情了。

服務員走來時，于連叫他帶他們到臥室去。這是一個地道的科西嘉人，鬍髭一直長到眼睛邊，他起初不明白是甚麼意思，連說晚上一定能有房間。

于連忍耐不住了，只好又向他解釋：

「不，我的意思是現在就要。我們在路上疲乏了，想要休息一下。」

這時服務員從他的濃鬍髭裏現出一道微笑，約娜簡直想要逃走了。

一小時以後，他們下樓來時，約娜不敢再在眾人面前經過，認為別人一定會在背後竊笑他們，議論他們。她對于連不了解這種心情，不顧一點面子，缺乏天生的細膩和敏感，心裏很是生氣；她感到她和他之間隔着一層簾子，橫着一道屏障，她第一次發覺，既然是兩個人，就永遠不能從心底裏，從靈魂深處達到相互了解，他們可以並肩同行，有時擁抱在一起，但並非真正的合而為一，因此我們每個人的精神生活會永遠是感到孤獨的。

他們在這個藍色海灣盡頭的小城市裏住了三天。城市包圍在群山中，吹不進一絲風來，熱得像關在火爐裏一樣。

然後他們把旅行的路線確定下來了。為的能穿行任何難走的道路，他們決定騎馬。他們僱了兩匹目光兇猛、瘦小而耐勞的科西嘉種的小馬，便在一天清晨起程了。一個騎着騾子的嚮導陪他們同行，並且帶了食品，因為在這種荒野的地方，是沒有甚麼旅店的。

道路最初沿着海灣，不久進入一個淺谷，便對着高山直上了。他們不時越過幾乎乾涸了的溪澗；亂石下還流動着一條細水，像隱伏的野獸般發出微弱的咕嚕咕嚕的聲音。

這地方還沒有開墾過，看去是一片荒蕪的景象。山腰上長滿了高高的野草，在火熱的天氣裏已曬成焦黃。偶爾遇見一個山上的居民，步行着，或是騎着一匹小馬，或是跨在一頭狗一般大的毛驢上。他們人人背上都有一桿裝好了彈藥的槍，雖然是生了鏽的舊武器，拿在他們手裏卻是讓人害怕的。

島上遍地是香料植物，發出濃烈的香味，彷彿使空氣也變得沉重了。道路在群山中盤旋，慢慢愈伸愈高。

薔薇色或青色的花崗岩的山峰，使遠近的景色染上了仙境般的色彩；由於地形起伏的坡度十分險峻，較低的山坡上一望無際的栗樹林，看去就像是綠葉的灌木。

有時嚮導伸手指着峻峭的高峰，説出一個名字來。約娜和于連抬頭望去，卻看不見甚麼，最終才發現了一點點灰色的東西，像是從山頂滾下來的一堆亂石塊。原來這是一個小村落，一個在花崗岩上的孤零零的小村，像一個真正的鳥巢似的懸貼在那裏，在這高山上幾乎是望也望不見的。

長時間在馬上蹣跚而行，使約娜有些厭倦起來。「我們跑一陣吧！」她説。她的馬就衝向前去。由於聽不見她丈夫的馬在她身邊奔跑的聲音，她又回過頭去；當她看見他面色發青，揪住了馬鬃，在奔馳的馬上撲通撲通地跳動，不禁大笑起來。他那副漂亮的外表，那副騎士的神氣，越發使他的笨拙和膽小顯得滑稽。

於是他們策馬小步前進。這時道路兩旁，伸展開無邊無際的叢林，就像一件大衣一樣，裹着整個山坡。

這就是叢莽，不可探測的叢莽，這裏有青樹、杜松、岩梨、乳香樹、水蠟樹、石南竹、月桂、桃金娘、黃楊，在這些樹木的枝葉間，還有如頭髮似的絞纏在一起的牡丹蔓、巨大的羊齒草、金銀花、金雀花、迷迭香、薰衣草、野薔薇，它們在山脊上攤成亂羊毛般無法清理的一團。

他們都餓了。嚮導趕上來，帶他們到一處美麗的泉眼邊，這種泉眼在岩石崎嶇的山區裏是常見的，冰冷的泉水從岩石的小洞裏，像一條細線似的噴射出來，然後流進一片栗樹葉子裏，葉子是過路行人留下在那裏的，用來把泉水接到嘴裏去。

約娜覺得那麼幸福，她禁不住要大聲歡呼了。

他們繼續前行，開始向環繞着薩貢海灣的下坡路走去。

傍晚時刻，他們穿過了卡耶斯村，這是從前一群希臘的亡命者從祖國被驅逐出來時建立起來的。在一口水泉邊，圍聚着一群美麗的少女，細手纖腰，圓圓的臀部，苗條的身材，姿態十分動人。于連高聲向她們道了「晚安」，她們用故國悦耳的語言，帶着音樂般的聲調答謝他。

到了比阿納，他們必須像在古老時候僻遠地區的遺風一樣，向人求宿。于連去叩門，約娜等着開門，快樂得渾身發抖了。啊！這真正是一次旅行，在這荒僻的旅途中可以遇到種種意料不到的事情。

他們去求宿的那家人，恰好是一對青年夫婦。主人接待他們，有如古代的族長接待神所派遣的遠客一樣。這是一所蟲蛀了的古老的房子，木料上全部都有蛀洞，專吃橫樑的長條的蛀木蟲在上面蠕動着，屋架窸窸窣窣地發出響聲，就像活人的嘆息。約娜和于連就在那房子裏鋪着玉蜀黍的草薦上睡着了。

天明時，他們就又動身，不久他們在一座石林面前停下來休息。這是一座紫紅色花崗岩形成的真正的森林，這裏有石峰、圓柱、鐘塔和種種奇形怪狀的形象，都是多少年代來經海風和海霧剝蝕成的。

這些令人驚異的岩石，有高達三百公尺的、有細長的、圓形的、彎扭的、鈎狀的、殘缺的、出人意表而古怪有趣的，它們看去像樹、像草木、像野獸，也有像碑石、人物、穿袈裟的和尚、生犄角的魔鬼和巨型的飛鳥，這全部怪物，這夢魘中的獸苑必然是按一個狂妄的神的意志而塑造成的。

約娜心中感動得說不出話來，她緊緊地握住于連的手，面對這瑰麗的景物，她的心渴望着愛情了。

從這個神奇詭異的石林中出來，猛然間他們又碰上了另一個海灣，被一圈血紅的花崗岩的峭壁環抱着。血紅的岩石倒映在碧綠的海水裏。

「啊！于連！」約娜叫了一聲，感動得再也說不出話來了。滿懷的讚美彷彿把她的喉嚨扼住了，兩顆淚珠從她的眼裏滾了出來。于連望着她，驚得怔住了，問道：

「我的小乖，你怎麼啦？」

她擦去眼淚，微笑着，聲音有些發抖，說道：

「沒有甚麼……只是神經有點……我不知道為甚麼……有點太感動了。我太快樂了，一點小事情都激動了我的心。」

于連對於女性的這種神經質是不理解的。她們往往為一點小事可以渾身都震動起來，一股熱情可以使她們興奮得像是遇了大禍，一種不可捉摸的感動會使她們神魂顛倒，會使她們快樂得或是失望得發狂。

約娜這種眼淚在他覺得是滑稽的，他一心只注意山路的崎嶇。「你頂好還是多照顧你的馬吧。」他說。

他們從一條幾乎無法通過的道路上，向着海灣下行，然後轉往右首，攀登陰暗的奧塔山谷。

但是這條小路實在太難走了。于連便建議說：「我們步行怎麼樣？」她十分同意；在剛才那陣感動之後，能夠單獨和他步行，在她是最快樂不過的了。

嚮導帶着騾子和兩匹馬在前面先走了，他倆緩緩地步行着。

那座從上到下裂開的山，中間留出一道空隙，小道就在裂縫中穿行。兩邊都是巨大的石壁，一股洶湧的激流在裂罅間奔騰。空氣是冰涼的，花崗岩看着是黑色的，向上一望，一線青天令人目眩心驚。

忽然一陣響聲，使約娜吃了一驚。她舉目看時，看見一隻巨鳥正從一個窟窿裏飛了出來：那是一隻蒼鷹。牠那展開的翅膀，彷彿探索着這條坑道的兩壁，然後直上青空，就不見了。

再往前，山的裂縫分成兩股；小道曲曲折折地上升，兩邊都是深谷。約娜輕鬆雀躍地走在前面，踢着腳下的鵝卵石，勇敢地俯瞰着深淵般的山谷。他追隨着她，氣喘吁吁的，兩眼盯着地，生怕頭暈。

陽光忽然照耀在他們身上了；他們覺得像是走出了地獄。他們都口渴了，便順着一條水漬，穿過許多亂石堆，找到了一個泉眼。泉水由一條小木管接引出來，是供牧羊人使用的。周圍的地面上覆滿了青苔。約娜跪下身去飲水；于連也仿效着她。

當她正欣賞着泉水的清涼時，他把她攔腰抱住了。並想搶奪她在泉眼口用木管接水的地盤。她抵抗着；他倆的嘴唇你推我擠地戰鬥着。在這場爭奪中，他們都有機會搶到過管子的尖端，然後咬住了不肯放開。那一線清涼的泉水，在不斷的你搶我奪中，時而中斷，時而噴射出來，濺在他們臉上、頸上、衣服上和手上。水珠綴在他們頭髮上，珍珠般地閃着光。他們的吻和流水合而為一了。

約娜忽然動了愛的靈感。她嘴裏含滿了一口泉水，把面頰鼓得像個小皮囊，然後授意給于連，讓她嘴對着嘴，替他解渴。

他微笑着，張開胳膊，伸長了脖子，頭向後仰着，一口氣從這活的泉眼裏吸盡了泉水，一股熱火般的慾望注入肺腑。

約娜超乎尋常地溫柔，偎依在他身上；她的心撲通撲通地跳着，她的乳峰膨脹起來；眼睛顯得嬌弱無力，水汪汪地閃着光。她輕聲悄悄地說：「于連……我愛你！」這次是她來挑逗他了，她仰起了身子，用雙手掩着羞紅的臉。

他撲在她身上，熱烈地擁抱她。她在興奮的期待中喘着氣；突然她尖叫了一聲，像是被她所招來的刺激雷電般地擊中了。

他們很久才到達山頂，她的心一直在跳，並且已疲憊不堪；傍晚時分，他們到了愛維沙，在嚮導的一個親戚保利．巴拉勃萊蒂家裏住下。

這是一個身材高大的漢子，微微駝背，帶有肺病患者的那種憂鬱的神情。

他帶領他們到住宿的房間裏。這是一間陰暗的石屋，室內一無陳設，但在這個不懂享受的地區裏，已算是很像樣的了；他用科西嘉的方言——一種法語和意大利語的混合語——表達他們的歡迎。這時，一種爽朗的語聲插了進來；這是一個棕色頭髮的矮小女人，眼睛又黑又大，焦黑的皮膚，纖細的腰身，不斷地露着牙齒笑着，她搶前一步，擁抱了約娜，熱烈地握着于連的手，反覆說：「好啊，太太，好啊，先生，你們都好吧？」

她用一隻手臂接過了帽子和披肩，因為她的另一隻手臂是用帶子懸着的，她又叫大家一起到外邊去，她對她丈夫說：「帶他們去散一會步，到晚餐時再回來。」

巴拉勃萊蒂先生立刻順着她的意思，他走在這對青年夫婦中間，帶他們到村莊上去看看。他慢吞吞地走着，慢吞吞地說話，常常咳嗽，而每一咳嗽便說：「這是山谷裏的涼氣吸進到我的胸口去了。」

他帶領他們走在一條荒僻的小路上，路旁長着穿天的栗樹。他忽然停住腳步，用他低沉的音調說：

「我的表兄若望．里納耳迪就是在這裏被瑪提．洛利殺死的。瞧！當時瑪提離我們十步遠的地方出現時，我就站在那裏，離若望很近。『若望，』他喊道，『你不要再到阿爾貝塔斯那裏去；你不要再去，若望，你去我就宰了你，我先關照你。』

「當時我拉住若望的胳膊：『若望，別去了，去了他會幹得出來的。』

「那是為了一個女孩子，他們兩個都在追逐她，她的名字叫保荔娜．西娜古比。

「但是若望大叫說：『我要去的，瑪提；你不能阻止我。』

「這時瑪提端起槍來，我還來不及拿起我的，他就開槍了。

「若望雙腳同時躍起，如同孩子跳繩似的，是的，先生，他倒下來了，正倒在我身上，打落了我的槍，這桿槍一直滾到那邊那棵大栗樹下。

「若望的嘴張得很大，但他一個字也說不出來，他已經死了。」

這對青年夫婦驚呆了，睜大了眼睛望着這一樁兇殺案的冷靜的見證人。約娜問道：

「那個兇手呢？」

保利．巴拉勃萊蒂咳嗽了一大陣，接着說：

「他逃到山裏去了。第二年，我哥哥把他殺了。您知道，我的哥哥菲利比．巴拉勃萊蒂是一個強盜。」

約娜打了一個寒噤。

「您的哥哥？是一個強盜？」

那個沉着的科西嘉人眼睛裏掠過一股自豪的神采。

「是的，太太，他是很出名的，真的。他打死過六個憲兵。後來他和尼古拉·摩拉里在尼奧洛被包圍了，經過六天的戰鬥，直到快要餓死了，他才和尼古拉一同送了命。」

他毫無怨言地補充道：「這是本地的風氣。」這聲調正如他說「這是山谷裏的涼氣」是一模一樣的。

他們回去晚餐，那個科西嘉的小婦人招待他們，就像她和他們相識已有二十年了。

約娜被一種憂慮苦惱着。回頭被于連抱在懷裏時，會不會像在泉水邊的青苔上一樣，又感覺到那種奇怪的、猛烈的震動呢？

當只剩下他們倆在臥室時，她發愁了，生怕于連的熱情不能引起自己同樣的反應。但她很快就安心了；而那竟成了她愛情的第一夜。

第二天要動身的時候，她幾乎捨不得離開這所簡陋的房子，因為正是在這裏，她覺得她開始了一種新的幸福。

她把這家的女主人拉進臥室裏，一面說得明明白白並非想送她甚麼禮物，可是一面她又堅持一定要在回去之後，從巴黎寄一件紀念品來，而這一件紀念品，在她認為幾乎是具有神聖的重要意義的。

這位科西嘉的少婦推託了很久，不肯接受。最後才同意了：「好吧，」她說，「替我寄一支小手槍來，一支很小很小的。」

約娜睜大了眼睛。那少婦又湊近她的耳邊，像吐露一樁可喜的、內心的秘密似的，悄悄地說：

「這是為殺死我小叔子用的。」

她微笑着，一面興沖沖地解開那隻受了傷的胳膊上的繃帶，露出雪白滾圓的肌肉，上面有一塊很寬的刀傷，現在已快結疤了。

「如果不是我力氣和他一般大，」她說，「我早被他殺死了。我丈夫並不妒忌，他是了解我的；而且他有病，您知道，火氣也小一些。何況我是一個正經的女人，太太，但是我的小叔子聽見甚麼都相信。他替我的丈夫抱不平；他一定不肯罷休。所以如果我有了一支小手槍，我就安心了，不怕不能報復了。」

約娜答應寄槍來，溫柔地擁抱過她新交的朋友，便又起程了。

她後來的旅行，過得就像一場春夢：夫婦二人難分難解地擁抱在一起，陶醉在百般的恩愛中。她甚麼都不放在心上了，不論是風景人物或是她停留過的地方。她的眼睛裏只剩了于連。

他倆之間產生了一種孩子般動人的親暱，他們在愛情中胡鬧開了，他們製造出種種甜蜜的、無聊的稱呼，替身體上經常吻到的每一線條、輪廓和隱蔽的角落都取了動聽的名字。

約娜睡覺時身子總側在右邊，這樣，睡醒時左邊的乳房便懸在空中。于連注意到了，就稱左乳為「遊蕩漢」，而由於右乳峰上薔薇色的花苞被吻時更為敏感，就被稱為「有情郎」。

兩乳之間的空道，成了「小母親林蔭路」，因為他經常在那裏遊玩；另一條路更隱蔽，為紀念奧塔山谷中的愛情，被命名為「大馬色路」[4]。

到了巴斯底亞，他們應當付錢給嚮導了。于連在口袋中掏了一陣，數目不合適，便對約娜說：

「你母親給你的兩千法郎，你現在不用，交給我帶着吧！放在我身邊更穩當些，這樣我也免得再去換零錢了。」

她便把錢包交給了他。

他們到了利武訥，遊覽了佛羅倫薩、熱那亞，以及沿科爾尼希大道的全部風景地區。

在一個颳着北風的早晨，他們終於回到了馬賽。

他們離開白楊山莊，已經有兩個月了。這時已到了十月十五日。

那像是從遙遠的諾曼底吹來的寒冷的大風，使約娜感到幾分愁悶。不久以來，于連彷彿變了樣子，既疲憊又冷淡；她心裏起了一種無名的憂慮。

她有點捨不得離開陽光明媚的南方，因此又把歸期延緩了四天。她覺得她已完成了幸福的旅程。

他們終於不得不離開了。

他們準備到巴黎購置為在白楊山莊安家所需的一切用物。約娜想到可以用母親給她的錢，帶回許多心愛的東西，不禁快樂起來；但她首先想到的，就是她答應寄給愛維沙那位科西嘉少婦的小手槍。

他們一到巴黎的第二天，她便對于連說：

「親愛的，你把媽媽給我的錢還給我，好不好？我要去買東西。」

他滿臉不高興地轉過身來，問她說：

「你要多少呢？」

她吃了一驚，訥訥地說：

「這是怎麼回事？……你說多少就多少吧。」

他接着說：「我給你一百法郎；可千萬不要亂花。」

她真不知道怎麼說才好，感到既驚愕而又狼狽。

最後她躊躇着說：

「但是……我把那錢交給你……是為了……」

他不等她說完，就搶着說：

「是的，一點不錯。既然我們生活在一起，錢放在你的口袋裏或是放在我的口袋裏，那又有甚麼區別呢？我並沒有不給你，我不是給你一百法郎嗎？對不對？」

她不敢開口要得更多，就一言不發地接過那五枚金幣來，除了那支小手槍之外，她甚麼也沒有買成。

一個星期之後，他們起程回白楊山莊了。

註釋：

[1] 科西嘉島西南端的一個港口是拿破崙的誕生地。

[2] 指被囚禁在聖赫勒那島上的拿破崙。

[3] 在科西嘉島阿耶佐海灣的進口處，航行危險，但風景瑰麗。

[4] 「大馬色路」的出典見《新約．使徒行傳》。聖保羅去大馬色途中，遇耶穌顯靈，此後他就從基督徒的迫害者成了基督的使徒。這個典故廣泛應用來指思想、感情或觀念的突然轉變。這裏暗指約娜從最初對性愛的反感到後來在奧塔山谷泉眼邊所產生的性的覺醒。

6

全家的人，上上下下都在磚柱子的白柵欄門前等候着。驛車到來了，大家抱吻了許久。男爵夫人哭了；約娜一陣心酸，也掉了眼淚；男爵興奮得來回地走着。

門口還在卸行李的時候，約娜已在客廳裏的爐火前講述他們旅行的經過了。她談得十分起勁，除了有些細節在這匆忙的敍述裏不免被遺漏掉，其他一切在半小時之內，全被她説盡了。

然後她去解開那些小包。蘿莎麗也很興奮，從旁幫助她整理。當一切都安排妥當，襯衫、連衣裙、化妝品也都歸了原位，使女才離開她的女主人；約娜也有點疲倦了，這時才坐了下來。

她不知道這以後該做甚麼，她的心需要有個寄託，她手上需要有件事情可做。她不想再下樓到客廳裏去，那裏她母親正打着瞌睡；於是她想出去散散步；但是野外的景色顯得那麼淒涼，僅僅從窗口眺望，已使她心頭感到一種沉重的憂傷。

她覺得自己再沒有甚麼事可做了，從此再沒有甚麼事可做了。在修道院時，她青春的歲月全部指望着將來，沉湎於夢想。在那個時期，盼望和期待無時不激動着她，所以她注意不到歲月的飛逝。及至她一離開了那曾經使她遐想奔放的嚴峻的圍牆，她的愛情的期望就立刻實現了。她遇見了、愛上了她心目中所希望的男人，並且像那些一見鍾情的男女一樣，在幾個星期之內就結了婚，她來不及作任何考慮，已被那個男人抱在懷裏了。

但是如今，溫柔的蜜月已成過去，擺在眼前的，將是日常生活的現實，它把無限的希望之門關上了，把不可知的美麗的嚮往之門關上了。確實，再沒有甚麼可期待的了。

再沒有甚麼事可做了，今天如此，明天如此，以後也永遠如此。她模糊地意識到這種幻滅的心情，她的夢想消沉了。

她站起身來，把額頭貼在冰冷的玻璃窗上。她向那陰霾的天空望了一陣，便決心到外面去走一走。

哪裏再見得到五月間的草木和景色？樹葉上陽光的嬉躍、草地上那種蔥綠、那火焰般的蒲公英、血紅的罌粟花、耀眼的雛菊，還有那像是繫在眼不能見的線梢上飛舞的黃色蝴蝶，這詩一般的景色都到哪裏去了？再不見那充滿着花粉和香味、充滿着生命的令人陶醉的空氣了。

被連綿的秋雨浸濕了的林蔭路在顫巍巍的白楊樹下伸展着。白楊樹幾乎都已光禿禿的了，枯葉落了滿地。瘦長的樹枝在寒風中搖擺，抖動着那即將飄向空中的殘葉。這些黃得和金圓一般僅存的殘葉，整日裏，像不停的秋雨，淒淒切切，離開枯枝，迴旋飄舞，落到地上。

約娜一直漫步到灌木林中。這裏如今悽慘得如同死人的臥室。圍繞着曲折的小徑並使它隱蔽得分外幽靜的碧綠的枝葉都已凋零。嫩枝交織成花邊似的密植的灌木，只剩下枯瘦的樹幹；風掃落葉，在地面捲成一堆一堆，瑟瑟作響，有如垂死的季節發出深沉的嘆息。

小得可憐的鳥兒，畏寒啁啾，四處跳躍着，尋覓棲身之地。

只有那棵菩提樹和那棵梧桐樹，受到防禦海風的榆樹林的保護，還是枝葉繁茂，在這初寒天氣，根據樹液不同的性質，一棵像是披上了紅色的天鵝絨，另一棵穿上了橙黃的錦緞。

約娜沿着庫亞爾家的農莊男爵夫人經常散步的那條小道，慢慢地來回走着。她的心情十分沉重，像是預感到展開在眼前的，將是單調生活中數不盡的煩惱。

後來她又在面海的斜坡上坐下來，這是于連第一次和她談戀愛的地方；她懵懵懂懂地呆坐在那裏，心灰意冷，幾乎甚麼也不想，她巴不得能躺下身子睡一覺，來躲開這愁悶的日子。

忽然她望見一隻海鷗，乘風掠過長空；這使她回想起在科西嘉陰沉的奧塔山谷裏曾經見過的那隻蒼鷹。想到那已逝的歡樂，她心中感到一陣酸痛；她眼前突然又出現了那瀰漫着野花香味的明媚的海島，那使橙子和檸檬成熟的陽光，那薔薇色花崗岩頂峰的群山和碧綠的海灣，以及那湍流奔瀉的深谷。

然而在她的周圍，卻是落葉飄零，陰霾愁人，這一種潮濕凄涼的景色，使她陷入在那樣深沉的悲傷中，她再不回去，簡直要放聲痛哭起來了。

她母親呆坐在壁爐前瞌睡，她已經過慣了這種漫長乏味的日子，也就感覺不到甚麼了。男爵和于連到外面散步去了，他們忙着談自己的事情。夜色來臨了，寬闊的客廳籠罩在慘淡的暗影中，只有壁爐偶然投射出明亮的火光。

窗外，暮色中一線餘光，還能讓人分辨出歲末大自然的淒涼景象，和沾上污泥般的灰暗的天空。

不久，男爵進來了，于連跟在他身後；一走進這間陰暗的客廳，男爵就打鈴叫人，嚷着說：

「快點燈！快點燈！屋子裏陰暗得好難受呀！」

他在壁爐面前坐下來。他那雙沾濕了的鞋子，在爐火邊冒出熱氣來，鞋底上的泥濘被火烤乾了，碎落下來，他快活地摩擦着雙手，說道：

「我看就要結冰了；北面的天色晴朗起來；今晚是滿月；夜裏一定冷得很！」

然後轉過身來對他女兒說：

「我說，小寶貝，你又回到了家鄉，回到了自己的家裏，和老人團聚在一起，你滿意嗎？」

這一句簡單的話，卻使約娜渾身激動了。她撲到父親懷裏，眼眶裏噙着眼淚，興奮地吻着他，像是在請求他的原諒，因為儘管她心裏想強作歡笑，她卻已傷心得不能支持了。她想起原先覺得再見到父母時，一定會很快樂的，而她詫異她所預期的親暱，卻被一種冷漠的心情束縛住了，就像我們在遠地思念自己所愛的人，及至一下見了面，由於許久不在一起，感情彷彿突然中斷，必須經過共同生活中的種種接觸，才能恢復過來。

晚餐吃得很久；話卻講得很少。于連似乎已經忘掉他的妻子。

後來回到客廳裏，約娜坐在壁爐前沉沉欲睡，男爵夫人在對面已經睡熟了；兩個男人談話的聲音，一下子使約娜清醒過來，她想振作精神，自問以後會不會也和她母親一樣，在無盡的沉悶的常規生活中，陷入可悲的昏睡狀態中去呢？

壁爐裏白天微紅而無力的火焰，這時變得活潑、明亮，發出嗶嗶卟卟的爆炸聲。有時突然射出亮光，照在圈椅褪了色的錦氈上，照見狐狸和仙鶴，還照見憂鬱的鷺鷥、秋蟬和螞蟻。

男爵面帶笑容，走進爐邊，伸開手指在跳動的火上取暖，一面說道：

「啊！今晚這火燒得真旺。要結冰了，孩子們，要結冰了。」

然後把一隻手搭在約娜的肩膀上，指着火說：

「孩子，你看，這就是人世間最可愛的東西：爐邊，一家人團聚在爐邊。沒有比這更有意思的了。但是大家該去睡覺了吧。孩子們，你們一定都疲倦了吧？」

上樓回到臥室，約娜不禁自問，為甚麼兩次回到她所心愛的老家來，這一次和上一次竟是那麼不同呢？為甚麼她覺得自己像是受了創傷？為甚麼這所房子，這可愛的故鄉，以及至今使她心弦為之激動的一切，今天都使她覺得是這麼凄涼呢？

她的目光偶然落在那座時鐘上。鐘擺上的那隻小蜜蜂，依然輕鬆而連續地，在金色的花朵上，左右擺動着。於是一種突然的感情衝動，使她面對這個像是有生命的、替她報時而像胸口一般躍動着的小機件，傷心得落淚了。

確實，當她和她父母擁抱時，她也沒有這麼感動過。人心中原有許多秘密，不是任何理性所能窺測的。

自從結婚以來，這是第一次她獨自一個人睡在床上，于連推託說他疲乏了，睡到另一間臥室去了。他們原已同意各人有各人自己的房間。

她很久不能入眠，自己身旁少了一個人，感覺很是異樣。她失去了獨自睡眠的習慣了，而且陰慘的北風颼颼地吹打着屋頂，也使她心煩。

早晨，一片通紅的日光照在她的床上，把她催醒；結霜的玻璃窗也映得通紅，像是整個天空都着了火。

她裹上一件厚厚的浴衣，跑向窗口，把窗打開。

一股爽朗透骨的寒風侵入室內，使她覺得皮膚上冷如針刺，眼淚都流了出來；在紅艷艷的天空中，旭日像醉漢的面孔般漲得通紅地從樹後出現了。大地上覆滿了白霜，乾燥而堅硬，在農莊裏的人們的腳下，被踏得簌簌作響。一夜之間，白楊樹上的葉子完全落光；在那片荒地後面，望得見一條長長的碧綠的波濤，翻騰着白色的泡沫。

梧桐樹和菩提樹的葉子在疾風中紛紛凋落了。每吹過一陣寒風，經霜的樹葉猝然脱離樹枝，像一群飛鳥一般，在風中飛舞。約娜穿好衣服，走出門去，由於無事可做，便去看望左右兩個農莊中的農戶去了。

馬丁一家人招手歡迎她；主婦在她面頰上接了吻；接着他們一定要她喝乾一小杯果仁酒。然後她又到另一個農莊去。庫亞爾這一家人招手歡迎她；主婦在她耳邊上吻了一下，她又被灌下一小杯覆盆子酒。

之後，她回家午餐。

這一天和前一天一樣，在不知不覺中過去了，所不同的只是寒冷代替了潮濕。一個星期裏的其餘各天和這兩天並沒有不同；一個月中的每個星期也都和第一個星期一樣。

她對遠方的懷念逐漸淡卻了。她慢慢在生活中習慣於聽天由命，就像有些水使水壺逐漸積起一層水鹼一樣。她的心思用到對日常生活中瑣瑣碎碎的事情上去了，簡單而平凡的每天例行的事務也都成了她的牽掛了。對生活失去了幻想，她的心情逐漸變得憂鬱。她還需要甚麼呢？她所希望的是甚麼呢？她全不知道。她沒有任何世俗榮華的嚮往，沒有任何人間樂趣的渴望，連任何歡樂的念頭都沒有；再說，有甚麼可歡樂的呢？正像客廳裏那些古老的圈椅年久而褪了色，在她眼裏，一切都逐漸失去了光彩，一切都暗淡了，顯出一種蒼白而幽暗的色調。

她和于連的關係完全改了樣。自從蜜月旅行回來之後，他彷彿完全成了另外一個人，就像一個演員扮演完一個角色，現在恢復他平時的面目了。他很少關心到她，連說話也很難得；任何愛情的影子都突然不見了；夜裏到她臥室去已經成為稀有的事情。

他接管了全家的財產和房屋，修訂契約，刁難農民，緊縮開支，並且由於改換成土財主的裝束，他在訂婚時期的那種光彩和儀表也都不見了。

他從年輕時穿過的衣服裏，找出了一身帶銅鈕扣的絨料的舊獵裝，雖然都是污斑，穿上後卻不再脫掉了；他覺得沒有講究修飾的必要了，因此臉也不刮，鬍子又長又亂，看去簡直不成樣子。他從此不再修飾他那雙手；而且每當餐後，總要喝上四五小杯白蘭地酒。

約娜想要委婉地規勸他幾句，他便粗暴地回答她：「不要管我的事情，行不行？」從此她再也不敢給他提意見了。

她對這些變化竟能聽其自然，連她自己都覺得驚訝。于連在她心裏已成了一個陌生人，一個在精神上和情感上都使她猜不透的陌生人了。她常常想着這件事，不理解為甚麼起初兩個人遇見了，相愛了，並在一股熱情的衝動下結了婚，後來會突然間彼此成了幾乎是素不相識的人，像是他們並不曾在一起睡過似的。

對於他的冷淡，她何以並不感到更深的痛苦呢？難道人生就是這樣的嗎？難道雙方都看錯了人嗎？難道她一生就是這樣了嗎？

如果于連還是像從前一樣漂亮、整齊、優雅、動人，是否她會感到更痛苦呢？

已經商量好了，新年之後，這對新婚夫婦將單獨住在這裏；男爵和他的妻子要回盧昂的住宅去住幾個月。這對年輕人今年冬天不再離開白楊山莊，為的是可以定居下來，使他們對自己要過一輩子的這個地方能夠習慣，並且對它產生好感。此外，這裏也有幾家鄰居，是于連準備帶他妻子去拜訪的。那就是勃利瑟維勒、古特列和福爾維勒這幾家人。

但是這對年輕夫婦還不能出去做客，因為馬車上的紋章還是原來那個樣子，而直到目前那位專畫紋章的油漆匠始終沒工夫來。

事實是男爵已把家裏的這輛舊馬車讓給他女婿用了；而于連堅持要把德．拉馬爾家的紋章和勒培奇·德沃家的紋章畫在一起，否則他決不同意到鄰近的莊園去做客。

然而這一帶只有一個人還懂得紋章圖案這項專門技術，那就是博耳貝的一個油漆匠，名叫巴塔伊，諾曼底省的所有貴族家庭都約請他去描繪用在車門上的這項珍貴的裝飾，所以他忙得東跑西奔。

終於，在十二月的一天裏，快用完午餐的時刻，他們看見一個人推開柵門，從筆直的白楊路上走來。這人背上背着一口小木箱。他就是巴塔伊。

他們把他請到餐廳裏，招待貴賓似的替他準備了午餐。因為他有這項專門技能，他就同本省的所有貴族經常有來往，他對有關紋章學及其專門術語的各種知識，使他成了專家一樣的人物，士紳們可以同他握手而無愧色了。

他們立刻叫人取來鉛筆和紙張，在巴塔伊用午餐的時候，男爵和于連便在設計兩家紋章如何安排的草樣了。男爵夫人一遇到這類事情，便異常興奮，提出自己的意見；連約娜也參加了討論，彷彿某種神秘的興趣把她也喚醒了。

巴塔伊一面用午餐，一面發表他的意見，有時拿起鉛筆，畫出一個草樣，舉了好些例子，描述了本省各貴族家庭馬車的式樣，彷彿在他的見解裏，甚至在他的聲調裏，都帶來了一種貴族的氣息。

他是一個身材矮小的人，頭髮已灰白並且剪得很短，滿手帶着油漆的痕跡，身上發出一股煤油味兒。據說他從前在男女問題上出過一些醜事；但是因為他受到所有世家的重視，這個污點也就早被忘掉了。

他剛喝完咖啡，他們就帶他到車房裏，揭開了蓋在車上的油布。巴塔伊察看了一番，隨即對圖案上所用的尺寸認真地發表了他的意見；經過又一次互相磋商之後，他便着手工作了。

男爵夫人不顧寒冷，叫人端來一把椅子，為的坐在那裏看他工作；後來她的腳涼了，又叫人送來一個腳爐。她同那個油漆匠靜靜地談着天，向他打聽她所不知道的各家生男育女、婚喪喜事等近況，用來補充那牢記在她心裏的貴族家譜。

于連跨坐在一把椅子上，守在他岳母身旁。他吸着煙斗，隨地吐痰，一邊傾聽，一邊看着巴塔伊用油彩描繪他家的紋章。

不久，西蒙老爹掮着鏟子到菜園去，也停住腳步來觀望了；巴塔伊來到的消息，傳到了那兩個農莊，兩家的主婦少不得立刻趕來。她們站在男爵夫人兩旁，讚嘆不止，連連地說：「幹這細巧的活兒，得要多大本領啊！」

兩扇車門上的紋章，直到第二天上午十一點，才算完工。立刻人人都趕了來，他們把車子拉到外面，以便仔細觀看。

大家都很滿意。巴塔伊受過一番誇獎，背起他的小木箱告辭了。男爵、男爵夫人、于連和約娜都一致承認這個油漆匠是大有天才的，如果遇到好的環境，毫無疑問一定是個藝術家。

于連由於想節省開支，已經進行了一些改革，這就必然要作許多新的安排。

原來趕車的西蒙老爹已經派作園丁，子爵自己擔任了這個職務；為了節省一筆草料錢，駕車的馬也早賣掉了。

不過當主人下車的時候，總要有人牽住牲口，於是他把原來放牛的牧童馬里于斯改作一個小跟班。

最後，為了要有駕車的馬，他便在庫亞爾和馬丁家的佃約上附加了一個額外條款，規定兩個農戶每家每月在他指定的那一天，必須出一次馬來拉車，並以免繳他們貢奉的雞鴨作為交換條件。

這樣，庫亞爾家牽來了一匹黃毛大馬，馬丁家帶來了一匹長毛的小白馬，兩匹馬並駕在一起；馬里于斯縮在西蒙老爹穿的那套舊號衣裏，把馬車帶到邸宅的台階前。

于連自己也修飾了一番，挺直了腰板，多少恢復了一點他過去動人的儀表；但是他的長鬍鬚，仍然使他擺脱不了那股土氣。

他把那兩匹馬、那輛馬車和那個小跟班，一一觀察了一遍，覺得都還滿意，因為他唯一看重的東西，是車門上新漆的紋章。

男爵夫人靠在她丈夫的胳膊上，從臥室走下樓來，十分吃力地上了車，坐下身去，背上放了靠墊。約娜也出來了。她首先就笑那兩匹馬的配搭，她説那匹小白馬是黃毛大馬的孫子；及至看到牧童馬里于斯，面孔埋在那頂綴有帽徽的大帽子裏，全靠鼻子把它托住，兩隻手消失在那又長又肥的袖管裏，兩條腿被號服的下襬像裙子似的圍着，下面滑稽地露出套在大鞋子裏的兩隻腳，要看東西時，必須仰着腦袋，每走一步，必須像過河似的弓起膝蓋，全身淹沒在肥大的號服裏，一聽到吩咐，動作簡直像一個瞎子，當她看到這副樣子，她怎麼也忍不住放聲大笑，而且簡直笑得不可收場。

男爵回頭一望，看到這小傢伙手足無措的那副狼狽樣子，立刻受到傳染，也哈哈大笑起來，笑得簡直説不上話來，他拚命叫他的妻子：

「快……快……快看馬里于斯！他多滑稽呀！天哪，真是滑稽，真是滑稽！」

這時男爵夫人從車窗口探出頭來，一看這情景，笑得渾身發抖，使車身在彈簧上跳個不停，像是走在高低不平的路上一樣。

于連面色變得鐵青，問道：

「甚麼事情會有這麼可笑？你們一定都瘋了！」

約娜笑得扭成一團，實在按捺不住，便坐在一級台階上。男爵也跟着坐下來；這時在車子裏，一陣陣爆發的噴嚏聲，連續不斷的咯咯聲，這說明男爵夫人笑得透不過氣來了。突然，馬里于斯的大禮服也擺動起來了，毫無疑義他懂得了別人為甚麼在笑，因此把頭躲在大帽子下面，他自己也盡情地大笑起來。

這時于連怒不可遏地衝了過去。他一巴掌打掉了牧童頭上的帽子，這頂奇大無比的帽子一直滾落到草地上；然後轉過身來對着他的丈人，聲音氣得發抖地嘰咕說：

「照我看，您沒有發笑的資格。如果您不坐吃山空，浪費財產，我們還不會弄到這步田地呢。家道衰落，這應該怪誰？」

歡笑完全被凍結了，鴉雀無聲，誰也不再說一句話。約娜這時幾乎要哭，一聲不響地上了車子，坐在她母親身旁。男爵也驚得怔住了，默默無言，面對母女倆坐下；于連先把那個打腫了臉、流着眼淚的孩子舉到車子前頭的座位上，然後自己就坐在他的身旁。

路上走得很久，氣氛是令人愁悶的。車裏的人誰都不説話。三個人都心情黯淡，很不自在，誰也不願意提到自己的心事。他們都感覺到只要這痛苦的思慮還糾纏在心頭，就無法談別的事情，與其觸到這個令人難堪的題目，倒不如保持憂悶的沉默。

兩匹步調不同的馬，拖着車子擦過許多農莊的院落，幾隻黑母雞嚇得急忙跑開，鑽進籬笆縫裏躲藏起來，偶爾有一條狼狗吠叫着跟在車子後面奔跑，然後又回到牠的窩裏，豎直了毛，回轉頭來，再對着車子吠叫。一個少年穿着泥濘的木靴，無精打采地拖着兩條長腿，雙手插在口袋裏，藍布罩衫在背上被風吹得鼓鼓的，懶散地走着，看到車子過來時，站在一旁，笨手笨腳地摘下他的鴨舌帽，露出貼在腦門上的光滑的頭髮。

每個農莊之間，都留有一片空曠的平地，一處接着一處，遠遠地伸展開去。

最後他們進入和大路連接着的一條寬闊的大道，道旁都種上了松樹。車子在泥濘而深陷的車轍上東倒西歪，把男爵夫人震得叫喊起來。大道盡頭，是一道關着的白柵欄門；馬里于斯跳下車去把門推開，車子便進到一條環抱着一大片草地的便道上，最終在一所高大而陰森的邸宅前停了下來，邸宅的百葉窗都緊閉着。

正中的大門忽然開了，出來一個上了年紀的老僕人。他穿着一件黑條紋的紅坎肩，外面繫着一條工作時穿的白圍裙；他側着身子邁着小步從台階的右側走下來。他問過了客人的姓名，把他們引到一間寬大的客廳裏，一面很費力地打開那些一直關着的百葉窗。客廳的家具上都罩了套子，座鐘和高腳燭台上蒙着白紗布；一種發霉的氣息，一種陳腐、冰冷和潮濕的氣息一直滲入到客人的皮膚、心臟和肺腑中去，叫人感到十分憂悶。

大家都坐下來，等着。可以聽得見樓上走廊裏慌慌張張的腳步聲。被驚動了的莊園的主人正在那裏急忙打扮起來。那是需要費很長時間的。喚人的鈴聲響了好幾次。下樓來上樓去的腳步聲都很緊張。

男爵夫人經不起刺骨的寒冷，接連打着噴嚏。于連來回地踱着步，約娜垂頭喪氣地坐在她母親身邊。男爵低着頭，背靠在壁爐的大理石台上。

終於，客廳中一扇高大的門被推開，勃利瑟維勒子爵夫婦進來了。兩個人都瘦小利落，看不出多大年紀，裝腔作勢，顯得很不自然。女的穿着一件花絲袍，頭上戴着一頂結絲帶的小帽，嗓音尖酸，說話很快。

丈夫穿着一身綳得很緊的華貴的禮服，向客人答禮時膝有點屈。他的鼻子、眼睛、長長的牙齒、打過蠟似的頭髮、華貴的禮服，像受人們細心保護的東西一樣，都閃閃發出光亮。

經過見面時的客套和寒暄之後，大家都找不到甚麼話可說了。於是東一句，西一句，憑空地互相恭維了一番。雙方都表示，希望這種親密的來往能保持下去。因為常年住在鄉間，大家互相見見面，是最好不過的事情。

客廳裏冰冷的空氣刺人骨髓，連說話時嗓子都發啞了。男爵夫人既咳嗽，又打噴嚏。於是男爵表示要告辭了。勃利瑟維勒子爵夫婦卻竭力挽留：「怎麼？那麼急嗎？何不再多坐一會兒呢。」儘管于連作着手勢，認為拜訪的時間過短了，但約娜已經站起身來。

主人想要打鈴喚僕人去叫馬車開過來。但鈴是壞了的。主人急忙親自趕出去，回來時說馬已經牽在馬房裏了。

大家只好等着。每個人都想找一兩句話來說。於是就談到多雨的冬天。約娜愁悶得直打寒噤，便問主人，兩個人孤單單地成年做些甚麼。但是勃利瑟維勒夫婦卻為這個問題吃驚了；因為他們整天都很忙碌，他們經常要和散佈在全法國境內的貴族親戚們通通信，平日有那麼多瑣瑣碎碎的事情要處理，夫婦間像在陌生人面前一樣保持着各種禮節，還要像煞有介事地商討着無聊的芝麻般大的事情。

在這間無人來往的寬大的客廳裏，頭上是黑魆魆的高大的天花板，所有東西都罩上了布套，這一對那麼嬌小，那麼潔淨，那麼講規矩的夫婦，在約娜看來，正像是封在罐頭中保存起來的貴族。

最後車子由兩匹搭配得不相稱的馬拉着，終於來到窗前了。但是馬里于斯卻不見了。他以為天黑以前不會有他的事情，一定跑到附近閒遛去了。

于連氣極了，叫人關照他走路回去；雙方再三行禮告別，然後客人便上路回白楊山莊去了。

他們一上了馬車，約娜和她父親儘管心裏還沒有忘掉于連先頭那種粗暴的態度，卻都笑了起來，模仿着勃利瑟維勒夫婦談話時的姿勢和音調。男爵裝丈夫，約娜扮演他的妻子，但是男爵夫人心裏不樂意，覺得這有傷對貴族的尊敬，便說：

「你們不應該這樣嘲笑人，他們都彬彬有禮，不愧是世家出身的人。」

為了不觸犯男爵夫人，他們就不做聲了，可是過了一陣，父親和約娜互相望着，禁不住又開起玩笑來了。男爵先是規規矩矩地一鞠躬，然後用莊重的腔調模仿說：

「夫人，你們那白楊山莊，整日面臨海風，其冷無比吧！」

於是約娜就模仿他妻子那種裝模作樣的神氣，像鴨子洗澡一般，迅速地擺一擺腦袋，又嬌又媚地說：

「噢！男爵先生，我可整年忙不過來呀！我們有這麼多親戚，都要給他們寫信。勃利瑟維勒子爵萬事不管，一切都堆在我身上。他呀，他光和貝勒神甫做研究工作。他們一起在寫一本諾曼底的宗教史。」

男爵夫人又有點生氣，又覺得好笑，一再勸導說：「不許可這樣譏笑我們自己階級的人。」

但是馬車忽然停住了；于連大聲嚷着，在呼喚後面的一個甚麼人。約娜和男爵把頭探向窗口，望見一個怪樣子的東西，像是向他們飛滾過來。這正是馬里于斯使出他全部腳力拚命在追趕着車子：他的兩條腿被號服飄着的下襟牽制着，眼睛掩蓋在那頂不斷下沉的帽子裏，兩隻大袖子像磨坊風車的翼子似的揮舞着，他慌亂地踩過一個又一個的大水坑，不斷被路上的石頭絆倒，他蹦着跳着，滿身沾上了污泥。

他剛趕上車子，于連就彎腰一把抓住他的衣領，把他提了起來放到身邊，丟開繮繩，舉起拳頭，照準他的腦袋就打，打得那頂帽子一直罩到孩子的肩膀上，擊鼓似的咚咚作響。孩子在帽子裏嘶叫，掙扎着想要從車座上跳下去逃走，于連用一隻手把他按住，另一隻手還在打。

約娜害怕得說不出話來，頻頻地呼喊着：「爸爸……啊！爸爸！」

男爵夫人也氣憤極了，抓住她丈夫的胳膊說：

「雅克，快攔住他呀！」

男爵這時急忙放下前座的玻璃窗，伸手牽住他女婿的袖子，聲音氣得發抖，嚷着說：

「你把這孩子打得還不夠嗎？」

于連吃驚地回過頭去，說：

「您不看見這畜生把號服糟蹋成甚麼樣子了嗎？」

男爵把頭插到他們兩個人中間，說道：

「這算甚麼！何必粗暴到這種地步。」

于連重新發起火來：「請您不要管，好不好，這和您不相干！」說着他又動手要打，但是他丈人立刻把他的手抓住，往下直拉，用力過猛，使那隻手撞到座位的木板上，一面厲聲喝道：「您再打，我就下車，我有辦法阻止您！」這時子爵才突然平靜了，聳了聳肩，沒有答話，他在馬背上抽了幾鞭，兩匹馬拉動車子奔跑起來了。

兩個女人，臉色發青，一動也不動地坐在那裏，人們可以清楚地聽到男爵夫人胸口突突跳動着的聲音。

晚餐時于連反顯得比平時更可親些，好像並沒有發生過任何事情一樣。約娜和她父母本着那種息事寧人的厚道氣質，很快把過去的事忘了，他們看見他這麼和悦，也就帶着病後恢復健康時的那種舒坦心情，跟着他高興起來；約娜又談起勃利瑟維勒夫婦來，于連也一同打趣，但他很快補充説：「到底他們是很有氣派的。」

他們不再去拜訪其他鄰居了，因為大家都害怕又惹起馬里于斯的問題來。他們決定在新年時發個賀年片，等到明年春暖時節再去訪問。

聖誕節到了。他們請了神甫和鎮長夫婦一同晚餐。新年時又邀請了他們一次。這是他們日復一日的單調生活中唯一的調劑了。

男爵老夫婦預定一月九日離開白楊山莊。約娜想要留他們，但是于連沒有表示挽留，男爵看到女婿的態度愈來愈冷淡，便派人到盧昂去僱了一輛長途馬車來。

別離前夕，雖然結了冰，夜色很明淨，行李收拾好了，約娜和她父親決意到意埠去走一趟，因為從科西嘉旅行回來之後，他們再沒有到那裏去過。

他們穿過那個樹林子，這正是她在結婚那一天和那個已成為自己終身伴侶的人散步過的樹林子，那時她心中只有他，就在那個樹林裏，她接受了他第一次的愛撫，她第一次從愛情中感到渾身的戰慄，至於肉慾的愛，那時她還只有一種預感，這是直到她在荒僻的奧塔山谷裏，在泉水旁嘴對着嘴吸水時，才真正體味到的。

如今樹葉落盡了，蔓草不見了，只有枝柯在冬天的樹林裏發出乾枯的聲響。

他們走到那個小鎮上。街道上靜寂無聲，不見一個人影，只留下那股海水、海藻和魚的氣息。棕色的大漁網依舊晾在那裏，有的掛在門前，有的鋪在沙灘上。灰色而寒冷的大海，載着永遠起伏動盪的泡沫，正在開始退潮，費崗那邊，懸崖腳下灰綠色的岩石已經露出海面。斜躺在海灘一帶的大漁船，看去就像一條條死了的大魚。夜降臨了，漁夫們穿着水手的大靴子，邁着沉重的步子結隊而來，脖子上裹着毛圍巾，一手提着酒瓶，一手提着船上用的風燈。他們在斜躺着的漁船四周轉來轉去，轉了很久，以諾曼底人固有的從容不迫的姿態，把漁網、浮標、一大塊麵包、一罐黃油、一隻酒杯和一瓶烈酒一一放到船上。然後把船躺正了，向水裏推去，船在沙灘上摩擦着，發出切切咔咔的響聲，隨後衝開泡沫，漂到水浪上，搖晃了一會兒，張開棕色的帆翼，帶着桅杆頂上的小燈光，在黑夜中消失了。

漁人們的妻子，個兒高大，在單薄的連衣裙下，可以看出她們結實的骨骼。她們守在海邊，一直等到最後一個漁夫上了船，才回到靜寂沉睡的小鎮去。她們尖銳響亮的語聲驚動了黑夜中街巷的睡夢。

男爵和約娜一動也不動，默默地看着漁人們在黑暗中消失，他們為飢餓所迫，夜夜都要這樣去冒生命的危險，然而他們還是那麼貧困，嘴裏從來吃不上肉。

男爵面對大海，感慨起來，他低聲說：

「真是既叫人害怕而又吸引人。看這片大海，黑夜漸漸地降下來，多少人的生命正在受着威脅，但它又是多麼壯麗啊！小約娜，你說對不對？」

她冷淡地微笑說：「遠比不上地中海。」

但是她父親不服氣地說：「地中海！那就像油和糖水，或是洗衣桶中發青的漂白水。你看看這個海，翻騰着洶湧的泡沫，多可怕呀！再想想那些出發的人們，現在都已無影無蹤了。」

約娜嘆了一口氣，表示同意：「是的，如果你愛這麼說。」

但是地中海這個名字一到了她口邊，不免又刺痛了她的心，把她的種種思想吸引到寄託着她的夢想的遙遠的國土去。

父女倆不再從樹林回去，他們走上大路，慢步順着山坡走去。他們都不說話，眼看就要分離，心頭感到悲傷。

父女倆走到農家的溝渠邊時，一陣陣搗碎了的蘋果氣味撲面而來，在這個季節，所有諾曼底的鄉村裏，都散發出這種新鮮的蘋果酒的香味。偶爾還從牛欄裏吹來一股濃烈的氣味，這是牛糞裏發出來的一種好聞的熱乎乎的氣息。從小小的窗口，透出一線燈光，說明院子的盡頭住着一戶人家。

約娜覺得自己的心靈擴大起來，並能洞察目力所不及的事物。分散在原野上的點點燈光，猛然使她強烈地感覺到一切生命的孤獨，他們被分散、被隔絕，遠離開自己所心愛的一切。

她感到無可奈何地說：「人生，可並不總是快樂的。」

男爵嘆息說：「孩子呀，這有甚麼辦法呢，我們誰也無能為力。」

第二天，當男爵夫婦離開後，白楊山莊只剩下約娜和于連了。

7

紙牌成了這一對小夫妻生活中的消遣品了。每天午餐後，于連總和他妻子玩上幾盤紙牌，這時他一面吸着煙斗，一面慢慢地喝着白蘭地酒，他漸漸已能喝到六杯或八杯之多。之後，她上樓回到自己的臥室去，在窗口坐下，儘管風雨吹打着玻璃窗，她卻把全副精神用在刺繡裙子上用的一道花邊。有時疲倦了，她便抬起頭來，靜看遠處陰沉的、白浪翻騰的大海。這樣茫然眺望了幾分鐘之後，她又回頭做她的活計。

此外她也沒有任何其他事情可做了，因為全部家務的管理已由于連一手包攬，這樣就充份滿足了他做主人的威風和處處節約的願望。他吝嗇到了極點，對下人從來不賞一點酒錢，伙食減縮到最低限度；約娜自從回到白楊山莊以來，每天早晨總要叫麵包店送來一個諾曼底式的小蛋糕，于連把這筆開支也取消了，限定她吃普通的烤麵包。

她一句話也不講，為了避免解釋、辯論和爭執；但是每當她丈夫表現出一種新的吝嗇作風時，她心中就像針刺般受到痛苦。她覺得那是卑鄙可恥的，因為她生長的家庭，從來沒有拿錢當過一回事。她經常聽到她母親說：「錢本來就是為人花的。」如今于連卻一再說：「難道你總不能改掉亂花錢的習慣嗎？」每次他在工資或是賬單上剋扣到幾個小錢的時候，他便沾沾自喜地把錢放進自己的口袋裏說：「積少就能成多呀。」

有些天約娜又沉入在幻想中了。她輕輕地放下活計，雙手無力，目光茫然，重溫起她做女孩子時的美夢來，迷失在動人的浪漫冒險的境界裏。但是于連在那裏吩咐西蒙老爹的聲音，猛然打斷了她甜蜜的夢境，這時她重新拿起她孜孜不倦在進行的活計，自言自語說：「完了，一切都成過去了！」一滴淚珠落到她正在穿針的手指上。

蘿莎麗以前是很快活的，經常歌唱，但是近來也變了樣子。她那圓鼓鼓的腮幫子失掉了紅潤，幾乎凹成兩個坑，有時看去帶着土青色。

約娜常常問她：「孩子，你病了嗎？」小使女總回答說：「沒有，太太。」她臉上會微微泛起紅潮，然後急忙退出去了。

她不像以前一樣愛跑愛跳，現在連邁步也很吃力了，而且不再注意打扮。那些小販把絲帶、胸衣和各種香水放在她面前時，她卻甚麼也不買了。

這所大邸宅現在顯得空空洞洞，完全是一副陰森的氣象，雨水在牆上留下了一道一道灰色的痕跡。

到了正月底，天下雪了。從遠處陰暗的海面上，可以看到從北方飄來的朵朵烏雲，團團的雪花開始下降了。一夜之間，整個原野都被掩埋，到清早樹木都像是穿上了冰雪的冬裝。

于連腳上穿了長靴子，一身破舊的打扮，走到灌木林裏，躲在面對荒野的壕溝後面，窺伺着遷徙的候鳥，消磨時光。不時一聲槍響，震動了原野冰凍的沉寂；成群的烏鴉從大樹上驚飛起來，繞空盤旋。

約娜悶得不堪，有時下樓來站到台階上。從遙遠地方傳來的嘈雜的人聲，在死一般沉寂的陰凄慘白的雪地上發出了回聲。

隨後她甚麼也聽不見了，除了遠方波浪的沖擊聲和不停地下降的雪花的沙沙聲。

輕鬆而稠密的飛絮無止無休地下降，地面的積雪愈來愈厚。

就在這樣一個陰沉的早晨，約娜呆坐在臥室裏，雙腳伸在爐邊取暖，這時蘿莎麗正在慢慢地替她鋪床，小使女的樣子已經一天一天地起了變化。突然間約娜聽見自己身後發出一聲痛苦的嘆息，她沒有回過頭去，便問道：

「你怎麼啦？」

使女像平時一樣地回答說：

「沒有甚麼，太太。」

但是她的聲音非常淒涼並且微弱得幾乎聽不見。

約娜心裏已想着別的事情，忽然她發覺聽不見小使女的動靜了。她叫道：

「蘿莎麗！」仍然沒有一點動靜。她心想也許她已悄悄地出去了，便更大聲地叫她：

「蘿莎麗！」她正要伸手去打鈴，這時候，就在她身邊發出一聲深長的呻吟，她一陣寒戰，立刻站了起來。

小使女臉色慘白，兩眼發愣地坐在地上，伸着腿，背靠在床邊。

約娜衝上去問她：

「你怎麼啦？你怎麼啦？」

蘿莎麗一言不發，一動也不動；她的目光呆呆地盯着女主人。她像是被一種無比的痛苦折磨着，老是喘着氣，然後突然挺直了全身，仰翻在地上，咬緊牙關，發出一聲痛苦的叫喚。

這時她那裏在連衣裙裏的、叉開着的雙腿下，有甚麼東西在動了。並且從那裏發出來一種異樣的聲音，波浪波動一般的聲音，一種被扼住了脖子的窒悶的喘息；接着忽然是一種拖長的貓一般的叫聲，一種脆弱而已感到痛苦的哀鳴，這是嬰兒進入人世來第一聲痛苦的叫喚。

約娜頓時明白了，她慌亂極了，趕忙跑到樓梯口，大聲喊叫：

「于連！于連！」

他在樓下回答：「幹甚麼呀？」

她十分為難地說：

「是……是蘿莎麗，她……」

于連兩步併作一步地衝上了樓，衝進臥室，一下撩開小使女的連衣裙，發現一小團難看的起皺襉的血肉，渾身帶着黏液，抽搐着，哀鳴着，在那赤裸的大腿中間蠕動。

他面色兇惡地站起身來，把那嚇壞了的妻子推到門外，說道：

「你不必管，走吧！把呂迪芬和西蒙老爹叫到這裏來。」

約娜渾身發抖，下樓到了廚房裏。她不敢再上樓去，便走進那冰冷的客廳。自從她父母走了以後，客廳裏就沒有再生火，她在那裏憂悶地等候消息。

不久她看見男僕跑着出去。五分鐘之後，他帶了當地的接生婆唐屠寡婦回來了。之後樓梯上忙亂了一陣，像是在搬運一個受傷的人似的；最後于連進來告訴約娜，說她可以回到自己的臥室去了。

她發着抖，像是剛遇見了一樁慘劇似的。她重新在爐火邊坐下，然後問道：

「她怎麼樣啦？」

于連懷着心事，焦躁不安，在屋子裏踱來踱去；一陣怒火像是激動着他。起初他一字也不回答，過了幾秒鐘，他站住了，問道：

「你打算怎麼處理這個女孩子呢？」

她沒有聽懂他的意思，眼睛望着她的丈夫，說道：

「怎麼？你說甚麼？我不知道呀！」

突然他像激怒起來，大聲嚷着說：

「我們總不能在家裏收留一個私生子呀。」

約娜感覺很為難了。長時間的沉默以後，她建議說：

「不過，朋友，也許我們可以把孩子寄養出去吧？」

于連不等她說完，緊接着問：

「那麼誰來付錢呢？當然又是你嘍？」

她又思索了許久，想找出一個解決問題的辦法；終於她說：

「當然這個孩子的父親要負責任；而且只要他娶了蘿莎麗，一切困難也都解決了。」

于連似乎再也不能忍耐了，怒氣沖沖地說：

「孩子的父親！孩子的父親！……你知道孩子的父親……是誰嗎？你也不知道，是不是？那麼怎麼辦呢？……」

約娜心中受了震動，也激昂起來：

「但他總不能就這樣把這個女孩子扔了。那這個人就太卑鄙了！我們一定要探問出他的名字來，這個人，我們一定要把他找到，非叫他把事情說個明白不可。」

于連那股氣平下去了，又開始踱來踱去：

「親愛的，她不願意說出那個男人的名字來；難道她對我不肯說對你就肯說嗎？……而且，如果那男人不要她，又怎麼辦呢？……我們總不能在家裏留下一個養了私生子的小姑娘和她的私生子，這你懂嗎？」

約娜還是固執地說：

「那麼，這個男人真是可惡到極點了；但是我們一定要弄清他究竟是甚麼人；到那時候，我們就去和他辦交涉。」

于連面色漲得通紅，怒氣又上來了：

「但是……目前怎麼辦呢？」

她也拿不定主意，問道：

「那麼，你主張怎麼樣呢？」

他馬上說出他自己的主張：

「啊！我看這事情很簡單。我賞給她一點錢，就讓她和那孩子一起滾出去算了。」

約娜很氣憤，反對說：

「這個，我怎麼也不能答應。她是我的同奶姊妹，我們是一起長大的。她犯了錯誤，那是她活該；但是我決不能因此就把她趕出去；如果必要的話，歸我來養這個孩子就是了。」

於是于連暴怒起來：

「那樣我們就要有好名聲了，我們這些人，還有我們的門第和我們所來往的人！別人會到處說我們包庇罪惡，收容賤貨，以後有聲望的人都不敢上我們的門了。你到底怎麼想呢？我看你瘋了！」

她還是非常鎮靜。

「我決不讓人把蘿莎麗趕出去；如果你不願意把她留下，我母親會要她的；遲早我們一定要把孩子父親的姓名弄個清楚。」

於是于連砰的一聲帶上門，十分氣憤地出去了，一面嚷着說：

「女人和她們的想法真叫蠢！」

下午約娜上樓去看產婦。小使女由唐屠寡婦看護着，她睜大了眼睛，一動也不動地躺在床上，看護把初生的嬰兒抱在懷裏搖着。

蘿莎麗一看見女主人就痛哭起來，用被蒙住臉，傷心得渾身顫抖。約娜想抱吻她，她蓋住臉躲開了。看護過來把被揭開，使她露出臉來；這時她不再躲藏，但仍然低聲哭泣着。

微弱的火在壁爐裏燃燒；屋子裏很冷；嬰兒在啼哭。約娜不敢提到那個小東西，生怕又傷她的心；她握住使女的手，不由自主地反覆説：

「不要緊，不要緊。」

可憐的小使女偷偷往看護那裏望去，孩子一哭，她就心驚；她心頭的悲傷還沒有完全消除，時而迸裂出一兩聲抽搐的哽咽，她抑止住眼淚，呑回到嗓子裏，發出咯咯的聲響。

約娜又一次吻了吻她，小聲在她耳邊安慰她説：

「我們會很好照顧他的，你放心好了，好孩子。」

於是蘿莎麗又哭泣起來，約娜便趕忙退出去了。

約娜每天都要去探望一次，而蘿莎麗每次看到她的女主人時，便傷心地哭泣起來。

嬰兒送到鄰居家去寄養了。

于連很少和他妻子説話，自從約娜拒絕辭退使女以後，他好像一直對她懷着很大的憤怒。有一天，他又提起這個問題來，約娜便從口袋裏掏出男爵夫人的一封信，信中告訴他們説，如果白楊山莊不留蘿莎麗的話，可以立刻把她送到他們那裏去。

于連氣極了，大叫說：
「你母親和你一樣的蠢！」
不過從此他也不再堅持了。
半個月以後，產婦已能起床，並又照常工作了。
一天早晨，約娜叫她坐下，她握住她的雙手，眼睜睜地盯着她，說道：
「孩子，把一切都告訴我吧！」
蘿莎麗哆嗦起來，支吾說：
「講甚麼呢，太太？」
「那孩子究竟是甚麼人生的？」
小使女滿臉露出痛苦而絕望的神色，她慌張地想把手掙脫出來，遮住面孔。
但是約娜仍然抱吻了她，安慰她說：
「這是一樁不幸的事情，但是有甚麼辦法呢，孩子？你一時軟弱了；不過這也是很多人都免不了的。如果那孩子的父親娶了你，以後也就沒有人談論了；我們可以僱用他，讓他在這裏和你一起工作。」
蘿莎麗像是受了酷刑似的呻吟着，時時掙扎着想要脫身逃走。

約娜接着又說：

「我很了解你心裏感到的羞愧；但是你看我並沒有生氣，我耐心地和你談。我所以向你追問那個男人的名字，這是為了你好，因為看你悲傷的樣子，我想是他拋棄了你，不過我不能容許他這樣做。于連會把他找來，我們可以迫使他和你結婚；我們要把你們兩個人都留在這裏工作，我們一定要他使你幸福。」

這時蘿莎麗猛一掙扎，就把手從她女主人手裏擺脫出來，她像瘋了一般地逃走了。

晚餐時，約娜對于連說：

「我勸說了蘿莎麗，叫她把那個引誘她的男人的名字告訴我，結果她不肯說。你也從你那方面試一試，我們總要做到叫那個可恨的傢伙娶她。」

于連立刻生氣了：

「唉！你知道，這件事情我早聽厭了。你捨不得這個使女，你就留下她好了，但是再也別拿她的事情來給我添麻煩。」

自從蘿莎麗分娩以來，他的脾氣比過去顯得更壞了；他已養成一種習慣，每和他妻子說話，就要大嚷一通，彷彿他總是怒不可遏。她卻相反，總是小聲地說話，採取溫和的、商量的態度，避免爭執起來；不過到了夜間，她常常躺在床上，獨自流淚。

自從他們旅行回來之後，于連很少和他妻子同床，現在他儘管經常要發脾氣，夫婦之愛卻恢復了，難得有相隔三夜他不到他妻子的臥室去的。

不久蘿莎麗完全恢復健康了，她也不再那樣傷心，不過她仍然很驚慌，一種不知名的恐懼始終追逐着她。

有兩次當約娜又想追問她時，她都逃開了。

于連忽然也變得更可親了，年輕的妻子展望未來，又有點樂觀起來。她的心情比以前快樂了，只是偶爾生理上出現某種異樣不舒服的感覺，不過她從來也不談起。冰雪還沒有解凍，五個星期以來，白天天空明淨得像藍色的水晶，夜間繁星閃爍，有如嚴寒季節中的滿天冰霜，覆蓋在純潔、堅硬而閃光的雪地上。

農莊孤零零地被隔絕在四方的院子裏，藏在綴滿霜雪的大樹後面，就像是穿上白色的睡衣睡熟了。再不見有人和牲畜從那裏出來，只有茅屋的煙囱吐出縷縷炊煙，飄升到寒冷的天空中，顯示出這裏還隱藏着生命。

原野、籬垣和禦風的榆樹林全像被寒氣殺害了。時而可以聽到樹木的折裂聲，彷彿它們的肢體在樹皮下碎裂了；偶爾一截粗大的樹枝斷下來落到地上，那是由於嚴寒凍結了樹液，把纖維折斷了。

約娜焦急地盼望着春暖的日子就會到來，以為她渾身的不舒適都是由於季節寒冷的緣故。

有時她一點東西也吃不下，看見任何食品都覺得惡心；有時脈搏跳動得非常劇烈；有時稍稍吃進一點東西就要嘔吐；神經緊張得嗡嗡地響，使她不斷地生活在一種難以忍受的興奮狀態中。

一天晚上，寒暑表降得更低了。餐後于連渾身哆嗦着，因為他要節省木柴，餐廳總是燒得不夠熱，他擦着雙手取暖，一面低聲地說：

「這樣的晚上兩個人睡在一起多好呢，小貓兒，你說對不對？」

他用他從前那種孩子氣的笑聲笑着，約娜伸出胳膊摟住他的脖子；但不巧那天晚上她身上感覺很不舒服，心裏煩亂而又異樣地緊張，她便嘴對嘴輕聲地央求他，讓她一個人睡。她向他解釋了幾句，說她很不舒服：

「親愛的，我央求你；確實我很不舒服。明天一定能好些。」

他不堅持。

「隨你高興吧，親愛的；既然病了，就應該好好休息。」

後來就談別的事情了。

約娜早早地睡了。于連破例叫人在他睡的屋子裏生起爐子來。等到他們通知他說「爐子生好了」，他在妻子的額上吻了一下，就出去了。

整所房子像是受着寒氣的侵襲；連牆壁也輕輕地發出顫動的聲音，約娜在床上冷得發抖。

她兩次起來，在壁爐裏添一些木柴，又把袍子短裙和舊衣服都找來壓在被上。然而甚麼也不能教她暖過來；她的腳冷得發木，從小腿直到臀部都發着抖，使她不停地翻來覆去安不下心，神經焦躁到極點了。

不久，牙齒格格作響；兩手發抖；胸口緊壓得難受；心怦怦地跳得很慢，有時簡直像要停止跳動了；嗓子彷彿就要喘不上氣來。

難以抵擋的寒冷一直透入她的骨髓，同時她精神上也產生了一種極度的恐怖。她從來沒有過這種感覺，從來沒有這樣地受到過生命的威脅，簡直就只剩下最後的一口氣了。

她心裏想：「我活不下去了……我就要死了……」

受着恐怖的襲擊，她跳下床來，打鈴喊蘿莎麗，等了一陣，又打鈴，又等，身子冰冷地顫抖着。

小使女始終不見來。她第一覺睡過去，一定睡得死極了，怎麼也叫不醒的；約娜急了，不顧一切，光着腳跑到扶梯口。

她不聲不響地摸上閣樓去，摸到了門，推了進去，叫喚「蘿莎麗！」。她再往前走，撞在床上，用手在床上摸了一下，發覺床上並沒有人。床是空的，而且冰冷，不像有人在上邊睡過。

她驚訝了，自語說：「這是怎麼回事！這樣的天氣，她仍然跑出去了！」

這時她的心突然跳動得很猛烈，使她喘不過氣來，她的腿很軟弱，她下樓來想去叫醒于連。

她以為自己一定快要死了，希望在沒有失去知覺以前能見到他，便猛然闖進他的臥室去。

在爐子快要熄滅的火光下，她看見她丈夫的頭和蘿莎麗的頭並排躺在枕頭上。

她一聲叫喊，兩個人都坐了起來。這一發現使她驚傻了，約有一秒鐘光景，她站在那裏不能動彈。然後她逃跑了，逃到自己的臥室裏；于連驚惶地叫着「約娜！」——，這使她引起了一種劇烈的恐怖：她怕看見他，怕聽到他的聲音，怕聽他辯解和說謊，怕面對面地遇到他的目光，於是她又衝到扶梯口，衝下樓去。

這時她在黑暗中奔跑，她已顧不得會從梯級上滾下去，會在石頭上跌斷四肢。她一直向前衝去，急於要躲開一切，甚麼事都不想知道，甚麼人都不願意看見。

當她下了樓，她坐在梯級上，兩腳光着，身上只穿着一件睡衣；她出神地坐在那裏。

于連已從床上跳下來，急忙穿上衣服。她聽到他的行動，聽到他的腳步聲。她要躲開他，就立即站立起來。這時他正在下樓，他叫喊着：「聽我說，約娜！」不，她不願意聽，也不願意讓他的指尖觸到她，她像逃避殺人犯一樣闖進餐廳去。她尋找一條出路，一個可以隱藏的地方，一個黑暗的角落，一種能夠躲避他的辦法。她蹲到餐桌底下去了。但是他已經把門推開，手裏拿着蠟燭，連聲叫着「約娜！」。她像野兔一般又衝了出去，躥進廚房，像被圍的野獸似的兜了兩個圈子，看他還要追來，她就猛力打開那扇通向花園的門，直奔野外而去。

她赤裸的腳在雪地上有時深陷到膝蓋，這種冰冷的感覺突然給了她在絕望中掙扎的力量。雖然全身幾乎是光着的，她卻並不覺得寒冷；她沒有甚麼感覺了，內心的痛苦已使她的軀體麻木，她向前奔跑，臉色慘白得和地面的積雪一樣。

她順着林蔭路，穿過灌木林，越過壕溝，在曠野中奔跑。

天上沒有月亮；燦爛的群星像是撒在黑暗天空裏的點點火種；原野上積雪反射出一片黯淡的白光，一切都凝凍成無聲無息，大地籠罩在無垠的靜寂中。

約娜屏住呼吸，飛快地往前跑，她腦海中甚麼也不知道，心裏甚麼也不想。突然她發現自己已經走到懸崖的邊緣。她本能地急忙站住，在雪地上蹲了下來，甚麼也不想，失去了意志和力量。

在她面前是陰暗的深淵，沉默的、望不見的大海從那裏散發着潮退時海藻的鹹水氣息。

許久她呆在那裏，精神和肉體都已麻木了；然後突然她開始發抖，顫抖得就像在風中搖擺的船帆。她的胳膊、她的手和她的腳被一種不可抗拒的力量所震動，猛烈而急促地抖動起來；她的知覺突然清醒了。

往事的回憶一一出現在她的眼前：和于連在拉斯蒂克老爹小艇上的漫遊，他們的談心，她愛情的開端，那艘小艇的命名典禮；然後她回想得更遠，一直想到她初返白楊山莊時那通宵的夢想和陶醉。而如今！啊！如今她的一生已經毀滅了，一切的歡樂已成泡影，一切的期望都成為不可能了；展示在她眼前的，是漆黑的未來，充滿着痛苦、欺騙和絕望。倒不如一死，一切也就立刻化為烏有了。

這時，遠處有人在叫喊：

「在這裏，這是她的腳印；趕快，趕快，快往這裏來！」

這是正在尋找她的于連的聲音。

啊！她不願意再看見他。深淵就在她面前，她聽到海波輕輕地沖擊着岩石的聲響。

她猛然站起來，決心要向空中跳去；她向生命作最後的告別，叫出了人們在臨死時和年輕的士兵在戰場上犧牲時最終的呼聲：「媽媽！」

母親的形象突然在她心中出現了，她看見她在痛哭；她看見父親跪在她血肉模糊的屍體面前，剎那間她感到了他們在絕望中的痛苦。

於是她軟弱無力地倒在雪地裏了。之後于連和西蒙老爹，還有提着燈跟在後面的馬里于斯都過來了，她也就不再躲避了，他們握住她的胳膊往裏拖，因為她的身子已經緊挨在懸崖邊上。

她聽任他們擺佈，因為她已一點不能動彈。她覺得他們把她抬走了，後來放到一張床上，用熱手巾替她摩擦；這以後她一切都不記得了，她完全失去了知覺。

後來她做了一場噩夢——真是一場噩夢嗎？她睡在自己的臥室裏。天亮了，但是她起不來。甚麼緣故呢？她一點都不了解。她只聽見地板上有微弱的聲音，一種爪抓和輕輕擦過的聲音，突然一隻老鼠，一隻灰色的小老鼠從她被上躥過去。另一隻跟着來了，接着又是第三隻，牠輕鬆活潑地跳動着，直向她的胸前奔來。約娜並不害怕；她想捉住牠，她伸出手去，但是捉不到。

這時又有許多隻老鼠，十隻，二十隻，幾百隻，幾千隻，都從四面八方鑽出來。牠們往床柱上爬，在掛氈上跑，後來滿床都是老鼠了。不久牠們就鑽進被窩裏；約娜覺得牠們在她的皮膚上溜過，使她腿上感到癢癢，又在整個身上跑上跑下。她看到牠們從床腳邊跑出來，鑽進被裏，撲向她的胸口；她掙扎着，伸手想要捉住一隻，但總是撲一個空。

她被激怒了，想要逃走，她大聲叫喊，但彷彿有人按住了她，不讓她動，彷彿有人用粗壯的胳膊把她拖住了，教她無能為力；但是她並看不見有人。

她已經失去時間的觀念。這種狀態延續了很久很久。

然後她醒了，醒後又疲倦又疼痛，但心裏卻很安靜。她覺得渾身都很軟弱。她睜開眼睛，看見她母親坐在她的臥室裏，此外還有一個她不認識的肥胖的男人，這一切她都並不驚奇。

她有多大年紀了？她一點不知道，她以為自己還是一個小女孩子。此外，過去的事情，她一點也不記得。

那個肥胖的男人說話了：

「瞧，她恢復知覺了。」

這時她母親就哭了。

於是胖子又說：

「安靜一些，男爵夫人，現在我可以向您擔保了。不過不要和她講話，甚麼也不必講。讓她睡吧！」

約娜覺得自己又迷迷糊糊地生活了很久，每當她要想甚麼，她就昏昏沉沉地要熟睡；她也不去回想任何事情，像是暗暗地害怕記憶中又會觸到過去的種種。

有一次，她剛醒來，看見于連獨自站在她身邊；突然就像那掩蓋起她過去生活的幕布被揭開了，她想起了一切。

她內心感到萬分的痛苦，於是她又想逃走。她推開被，跳到地板上，她的雙腿支持不住，跌倒了。

于連趕忙想去攙她，她尖聲叫喊起來，不准他去碰她。她蜷曲着身子，在地上打滾。門開了。麗松姨媽和唐屠寡婦都跑來了，接着是男爵，最後是男爵夫人驚慌得上氣不接下氣地也趕來了。

他們把她放回到床上，她立刻故意把眼睛閉上，免得和他們說話，同時也可以靜靜地想一想。

她母親和姨媽在她身邊手忙腳亂地守護着，爭先恐後地問她：

「約娜，小約娜，我們現在說話，你聽得見嗎？」

她裝作沒有聽見，甚麼也不回答；她很清楚地知道天快黑了，夜已來臨。看護守在她的床邊，時時給她點水喝。

她喝着水，卻甚麼也不說，但她再也睡不着了；她竭力思索着那些記不起來的事情，好像她的記憶中有着漏洞，有着整片的空白點，許多事情都沒有留下痕跡。

經過長時間的努力之後，她才逐漸把事情的經過都想起來了。

她把全副精神都用到這上面去了。

既然她母親、麗松姨媽和男爵都來了，那麼她一定病得很厲害。但是于連呢？

他說了些甚麼呢？她父親都知道嗎？還有蘿莎麗呢？她在哪裏呢？而且以後怎麼辦？怎麼辦？突然她想出了辦法：像從前一樣，和父母回到盧昂去吧。她就算成了寡婦，一切也不過如此而已。

於是她等待，靜聽她周圍的人們在講些甚麼，她都聽懂了，但不讓旁人看出來，她慶幸自己又能理解事物了，她很耐心，知道需要用一點手段。

到了晚上，終於只留下她和男爵夫人兩個人時，她低聲叫道：

「小母親！」

她自己的聲音使她吃了一驚，彷彿和以前不一樣了。男爵夫人握住她的雙手：

「我的女兒！我親愛的約娜！我的女兒，你認得我嗎？」

「認得，小母親，可是你不要再哭；我們有好多話要說。于連和你說過為甚麼我要逃到雪地裏去嗎？」

「是呀，我的寶貝，你當時高燒得厲害。」

「不是這樣的，媽媽。發高燒是以後的事情；可他對你說過我是怎麼發燒的嗎？為甚麼我要逃走呢？」

「沒有，我的寶貝。」

「那是因為我發現蘿莎麗睡在他的床上。」
男爵夫人以為她又神志不清了，便安慰她：
「睡吧，小寶貝，安靜一些，想法子睡吧。」
但是約娜固執地要說下去：
「現在我完全清醒了，小媽媽，我不像前幾天那樣語無倫次了。有一天夜裏，我覺得我病了，我就去找于連。蘿莎麗和他睡在一起。我傷心得失掉了理智，我就逃到雪地裏，想從懸崖上跳下去。」
但是男爵夫人又重複說：
「是的，我的寶貝，你當時病得很重，病得很重。」
「事情不是這樣的，媽媽，我發現蘿莎麗睡在于連的床上，我不願意再和他生活下去了。你把我帶走吧，像從前一樣，帶我回到盧昂去。」
男爵夫人曾經受醫生的囑咐，絕不可違拂約娜的意思，便答應說：
「好的，我的寶貝。」
但是病人不耐煩起來：
「我知道你不相信我的話。把爸爸叫來吧，他一定會了解我的。」

男爵夫人很吃力地站起身來，扶着兩根手杖，拖着腳步出去了。幾分鐘以後，男爵攙着她一同進來了。

老夫婦倆坐在床前，約娜立刻開口了。她把一切都說了：于連古怪的性格、他的冷酷、他的吝嗇和他對妻子的不忠實。她說話很緩慢，聲音很微弱，但敍述得清清楚楚。

她講完之後，男爵看得很明白，她不是在說夢話，但是他不知道如何來考慮，如何解決，如何回答。

他十分慈愛地握着她的手，就像從前為要使她入睡，他給她講故事時一樣。

「親愛的，聽我說，我們做事要慎重，急躁不得；在我們沒有決定出一個辦法之前，對你丈夫，暫且遷就一些吧……你肯答應我嗎？」

她絮聲說：

「我同意，但是我病好之後，我決不能再留在這裏了。」

接着她又低聲說：

「現在蘿莎麗在哪裏呢？」

男爵回答說：

「你再也見不到她了。」

但是她還是追問：

「她在哪裏呢？我要知道。」

這時男爵才承認她還沒有離開白楊山莊；但是他肯定說她就要離開的。

男爵從病人的屋子裏出來，做父親的心受了創傷，憋着一肚子氣，便去找于連。他開門見山地對他說：

「先生，我來請您解釋一下您對我女兒的行為。您和她的使女一起做了見不得人的事情，這對她是一種雙重的侮辱。」

但于連說這是冤枉他的，他竭力否認，指着上帝發誓。而且他們有甚麼證據呢？約娜不是在說瘋話嗎？她不是剛得過腦膜炎嗎？她剛生病時，有一天晚上，突然發狂了，她不是逃到雪地裏去了嗎？而正是在她發狂的時候，她幾乎赤身裸體在屋子裏亂跑，才胡說她看見她的使女睡在她丈夫的床上！

他大發脾氣；他以提出訴訟來威脅；他表示憤慨極了。男爵倒被弄得糊塗起來，又向他道歉，又賠不是，真心地伸出手去請他原諒，于連卻拒絕和他握手。

當約娜知道她丈夫說了些甚麼以後，她一點也不生氣，只回答說：

「爸爸，他撒謊，但是我們最後一定有辦法叫他承認的。」

整整兩天，她一聲不響，集中精神，獨自在那裏思考。

到了第三天早晨，她要見蘿莎麗。男爵不許人叫那使女上樓來，說她已經離開了。約娜不答應，一再說：「那麼派人到她家裏把她找來吧！」

當醫生進來時，她已經非常激動了。他們把一切都對他講了，好讓他判斷。但約娜突然哭起來了，神經緊張到了極點，幾乎喊叫着說：

「我要見見蘿莎麗，我要見她！」

這時醫生握住她的手，低聲向她說：

「鎮靜一些，太太；任何激動都會引起嚴重的後果；因為您已經懷孕了。」

她像挨了一下打，驚傻了；她立刻覺得自己身子裏像有甚麼東西在動。她呆着不做聲，甚至也不聽別人在說甚麼，完全陷入了沉思。在她肚子裏懷着孩子的這個新奇的觀念，使她徹夜輾轉不能入眠；想到這是于連的孩子，就使她心裏難過和悲痛；害怕那孩子將來也會像他父親，就又使她憂慮不安。天一亮，她就叫人把男爵請來。

「爸爸，我已經下了決心；我要把一切都弄個明白，尤其是在現在的情況下；

你明白嗎？我一定要這樣做；你知道在我目前的情況下，阻止我是沒有好處的。你聽我說。你去把神甫先生請來。我需要他，免得蘿莎麗撒謊；他一到，你就把使女叫上來，你和小母親也都不要走開。最要緊的是事先別讓于連懷疑。」

一小時之後，神甫來了，他比以前更胖了，和男爵夫人一樣，氣喘得厲害。他坐在她旁邊的一張圈椅裏，肚子垂到兩條張開的腿中間；他照例用他那條方格子的手絹擦着前額，一面用詼諧的口吻開始說：

「可不是，男爵夫人，我看我們是瘦不下去了；我說我們簡直可以成雙搭對了。」

說着把臉轉向床上的病人：

「噯！噯！少夫人，我聽人說，不久我們又要來一次新的洗禮了吧？啊！啊！啊！這一次可不是一隻小船了。」接着又用莊重的語調補充說：「將來一定是個祖國的保衛者；」然後，又一動腦筋，說，「要不然就是一位賢妻良母，像您老夫人一樣。」說時向男爵夫人彎一彎腰。

臥室靠邊的門開了。蘿莎麗滿臉淚水，驚慌萬分地攀住門框子不肯進來，男爵在後面推着她。他已經不耐煩了，一使勁就把她推進臥室。於是她用手遮掩着臉，站在那裏啼哭。

約娜一看見她，就猛然坐了起來，臉色比被單還白；她的心在那貼身的薄襯衣下突突地狂跳着。她連話也說不出了，呼吸困難得喘不上氣來。最終她開口了，由於情緒的激動，聲音時斷時續。

「我……我……沒有必要……來盤問你。只看你……在我面前……這副慚愧的樣子……也就夠了。」

她喘不過氣來，停了一陣，又接着說：

「但是我要知道一切，一切……一切。我把神甫先生請了來，就是要你說真話，你懂吧。」

蘿莎麗一動也不動，在顫抖着的雙手間，發出幾乎像是號叫的哭聲。

男爵惱火了，抓住蘿莎麗的雙臂，猛力拉開，把她按倒在地上，讓她跪在床邊：

「說吧……回答吧！」

她跪在地上的姿勢就像畫像中的瑪德蘭娜[1]一樣。她的軟帽歪在一邊，圍裙鋪開在地板上，她又用雙手把面孔掩蓋起來了。

這時神甫對她說：

「孩子，問你甚麼，你就回答甚麼。我們不是要傷害你；而是要知道事情的經過。」

約娜偏着身子，歪在床邊，眼睛望着她，問道：

「我撞見你們的時候，你正在于連的床上，這完全是事實吧？」

蘿莎麗從指縫間哭泣說：

「是的，太太。」

男爵夫人這時也突然哽哽咽咽地哭泣起來；她那抽噎着的哭聲和蘿莎麗的交織在一起了。

約娜的目光死盯在使女身上，問道：

「這種事情已經有多久了呢？」

蘿莎麗吞吞吐吐地說：

「自從他來了以後。」

約娜不懂了。

「自從他來了以後……那麼……自從……自從春天起？」

「是的，太太。」

「自從他進了我們家以後？」

「是的，太太。」

約娜心裏壓着一連串的問題，這時都倒了出來：

「但事情是怎麼發生的呢？他是怎麼向你要求的呢？他是怎麼把你弄到手的呢？他當時對你說了些甚麼呢？甚麼時候你就答應了呢？你怎麼能把自己的身子給了他呢？」

這一次蘿莎麗把手放了下來，她也激動得想要說話，想要回答問題：

「我怎麼知道呢？就是那一天，他第一次到這裏來晚餐，他進到我的屋子裏來了。他先是藏在閣樓裏。我不敢叫喊，怕讓人笑話。他就和我睡了，當時我也不知道我在做甚麼；他愛怎麼樣就怎麼樣。我甚麼也沒有說，因為我覺得他很可愛！……」

這時約娜尖叫一聲，問道：

「那麼……你……你的孩子……就是他的？……」

蘿莎麗嗚咽說：

「是的，太太。」

接着兩人都沉默了。

只聽得見蘿莎麗和男爵夫人嚶嚶啜泣的聲音。

約娜心裏感到十分傷痛，眼眶裏也掛滿了眼淚，淚珠簌簌地滾落到頰上。

她的使女的孩子竟和她自己的孩子是同一個父親生的！她的憤怒平息下去了。

她沉浸在一種憂傷、消沉、深刻而無止境的絕望中。

她終於又開口了，但聲音已完全變樣，是一種嘶啞的、女人哭泣時含淚的聲音：

「當我們回來時……從旅行回來時……他又是甚麼時候開始和你在一起的呢？」

小使女已經完全伏倒在地上，訥訥說：

「第……第一天晚上他就來了。」

每一句話絞痛着約娜的心。原來第一夜，就在他們回到白楊山莊後的第一夜，他就拋開了她去找這個丫頭了，所以他讓她自己一個人睡！

她現在已經知道得夠多了，她不想再聽下去；她喊道：

「快走吧，快走吧！」

蘿莎麗已經精疲力竭，不能動彈了，約娜便招呼她父親說：

「帶她走吧，拖她走吧。」

但是直到現在，神甫還沒有說過一句話，他看這正該是由他來訓誡一番的時候了。

「我的孩子，你做了壞事，做了很壞的事情；仁慈的天主不會輕易饒恕你的。想想地獄吧，今後你的行為再不改好，地獄就等着你哩！眼前你已經有了一個孩子，你應該重新做人了。男爵夫人免不了要給你一點照顧的，我們會替你找一個丈夫……」

他還會不斷地說下去，但是男爵已抓住蘿莎麗的肩膀，把她從地上拖了起來，一直拖到門口，然後把她當作一包東西似的扔在走廊裏了。

男爵氣得面色比他女兒的還蒼白，神甫等他一回來，便接着說道：

「這有甚麼辦法呢？這裏的女孩子都是這個樣子。這是可悲的事情，可是誰也想不出辦法來，所以我們只好寬容一些這種人性的弱點。她們從來沒有不先懷孕而後結婚的，夫人，從來沒有的。」他又微笑着說：「這幾乎成了當地的風俗。」然後用憤慨的語調說：「就連孩子們也跟大人學。去年我不就在墳地裏碰到過兩個孩子麼，一男一女，還都是在教理問答班聽講的孩子呢！我通知了他們的父母！您說他們怎麼回答我？『神甫先生，這有甚麼辦法呢，這些髒事情，不是我們教他們的呀，我們也沒有辦法。』所以，男爵先生，您那使女的行為和其他的人是一樣的……」

男爵氣得發抖了，截斷他的話說：

「她嗎？我倒沒有放在心上！叫我氣憤的是于連。他這種做法是下流的，我要把我的女兒帶走。」

他踱來踱去，愈來愈激動了，氣憤地說：

「這樣欺負我的女兒，太無恥了，太無恥了！這個人，是個流氓，是個壞坯子，是個下流的東西；我要當面說給他聽，我要給他幾個耳光，我要用我的手杖打死他！」

神甫坐在滿臉是淚的男爵夫人身旁，從容地吸着鼻煙，正在想怎樣能做到息事寧人，於是他接着說：

「男爵先生，聽我說句自家人的話，他也不過和大家所做的一樣。忠實的丈夫，您倒認識過多少呢？」他又狡猾地用半開玩笑的態度說：「您看，我敢打賭，您自己年輕時也胡鬧過。我說，問問您的良心，這話對不對？」

男爵一愣，面對神甫站住了。神甫又說：

「對吧，您也和別人一樣。誰知道您就沒有調戲過這樣的小丫頭呢。我對您說，人人都有過這種事情的。您夫人卻也並沒有因此少得到幸福和愛情，您說對吧？」

男爵被弄得不知所措，站着不動了。

的確，這話是真的，他也同樣有過這類事情，而且絕不止一次，問題就看有沒有機會；他也並沒有尊重過夫妻之間的家庭生活，只要太太的使女長得漂亮，他也就毫無顧忌了！難道因此他就是個下流東西嗎？既然覺得自己這樣的行為不算一回事，為甚麼對于連就要這樣苛刻呢？

淚痕未乾的男爵夫人，一想到她丈夫年輕時代的風流行為，唇角上不禁現出了微笑，因為她屬於多情善感的那一類好心腸的人，在她看來，愛情的浪漫行為原是人生的一部份。

疲乏不堪的約娜，垂着雙臂，直挺挺地仰臥着，茫然睜大了眼睛，落在悲痛的沉思中。蘿莎麗的那一句話，有如錐子刺進了她的心坎，最使她傷痛：「我呢，我甚麼都沒有說，因為我覺得他很可愛。」

她也覺得他很可愛；正是為了這一點，她才嫁給他，和他結成終身夫妻，終於放棄了任何其他的希望，放棄了原先的種種打算，放棄了日後可能的良緣。她所以掉進這個婚姻的圈套裏，掉進這個再也爬不出來的陷阱裏，掉進這種不幸、悲傷和絕望的境地裏，也和蘿莎麗一樣，因為她當時覺得他很可愛！

門被猛然地推開了。于連氣勢洶洶地走了進來。他瞥見蘿莎麗在樓梯上啜泣，就知道有人在設圈套，使女一定已經把事情講了出來，所以他要來知道個究竟。一進門看見神甫在那裏，他就突然站住不動了。

他用微顫而又鎮靜的語調問道：「甚麼事情呀？怎麼啦？」

剛才還是那麼激憤的男爵，這時卻一點也不敢做聲了。他害怕神甫的論斷，也怕女婿反過來引用他的例子。男爵夫人又淚如泉湧了；但是約娜用手支起身子，喘着氣，望着這個那樣狠心地帶給她痛苦的人，斷斷續續地説道：

「事情就是我們甚麼都知道了，你所做的那一切不要臉的事……自從……自從你到這裏來的那一天起……事情就是……那個使女的孩子是你生的，正像……正像……我的那個……他們倒是兄弟了……」

她一想到這，傷心到極點了，倒在被窩裏，放聲痛哭起來。

他愕然站在那裏，不知道該説甚麼，該做甚麼。神甫又來解圍了。

「好了，好了，我們不用傷心到這種地步，少夫人，理智一些吧！」

他站起身來，走到床前，把他溫暖的手放到傷心絕望的少婦的前額上。這種簡單的接觸產生了意外的效果，她立刻安靜下來並且感覺疲倦了，彷彿這個鄉下神甫的粗手，經常替人贖罪，給人以希望和慰藉，憑他這一撫摸，給她帶來了不可思議的和平心境。

神甫一直站在那裏，接着又説：

「少夫人，我們應該經常地寬恕人。您看，厄運落到了您頭上，但是仁慈的天主卻用最大的幸福來報償您了，因為您就要做母親了。這孩子將來就是您的安慰。現在我用他的名義懇求您，懇求您原諒于連先生的過錯吧。這孩子將成為您兩位之間的新的結合，也是以後他對您忠實的保證。您身子裏懷着他的孩子，難道您和他能老是兩條心嗎？」

她答不出話來，她的心碎了。她感覺又傷心又疲乏，連憤慨和怨恨的力氣都沒有了。她覺得自己的神經已經鬆懈了，一一地被割裂了，她已只剩下最後的一口氣。

男爵最不習慣對人記恨，他也最缺乏一種持久的意志力，這時輕聲地説：

「算了吧，約娜。」

於是神甫握住年輕人的手，拉他到床邊，把他的手放到他妻子的手裏。他在他倆手上輕輕地一拍，像是從此就把他們永久結合在一起了；然後收起他作為神甫的說教的口吻，滿意地說：

「好了，事情就這樣辦妥了：相信我，這樣做是最好的。」兩隻手，合攏了一會兒，很快又分開了。于連不敢親他妻子，在他岳母的額上吻了一下，轉過身去，挽住男爵的胳膊。男爵看到事情這樣解決，心裏已經很滿足，其他也就算了；他們兩人就一同到外面吸雪茄煙去了。

神甫和男爵夫人還在那裏低聲商談，這時約娜精疲力竭，已快睡熟了。

神甫進一步解釋並發揮自己的看法；男爵夫人總是點頭同意。最後，作為結束，他說：

「那麼，事情就這樣說定了；您把巴維勒的農莊給這個丫頭，我來負責替她找一個丈夫，找一個穩重的規規矩矩的小夥子。啊！憑兩萬法郎的財產，就不怕沒有人找上門來。我們會感到困難的，倒是挑選誰的問題。」

男爵夫人滿意了，臉上也有了笑容，只是淚痕已乾，面頰上還掛着兩顆淚珠。

她再三叮囑說：「事情就這樣說定了。巴維勒這份產業，少說也值兩萬法郎，但要寫明產業是屬於孩子的，他父母在世的時候，他們只能有使用權。」

神甫站起身來，和男爵夫人握手告辭：

「您千萬不要送，男爵夫人，千萬不要送；我知道對您我來說，走一步路是多麼費力啊！」

他出去時正好遇見麗松姨媽，她是來看望病人的。她甚麼也沒有察覺，和平時一樣，別人甚麼也不和她講，而她也就甚麼都不知道。

註釋：

[1] 即《新約》中的抹大拉的馬利亞，被耶穌所感化的一個妓女。

8

蘿莎麗已經離開白楊山莊，約娜進入了痛苦的懷孕時期。她絲毫沒有因為要做母親而心裏感到快樂，數不盡的憂傷壓在她的身上。她毫無興致地等待着孩子的降臨，內心沉重地懷着不可知的災難的預感。

春天悄悄地來到了人間。赤裸裸的樹木還在陣陣的寒風中顫抖，溝渠裏，秋天的敗葉正在腐爛，但那裏，黃色的蓮馨花已在潮濕的草叢中開始探出頭來。從整個原野上，從農莊的院子裏，從滲透了水份的耕地裏，到處可以聞到一種潮濕的、發酵似的氣息。無數嫩綠的幼芽從褐色的泥土裏鑽出來，在陽光下閃閃發亮。

一個生得十分魁梧的胖使女接替了蘿莎麗，她攙扶了男爵夫人在那條白楊路上單調地來回散步，那一條特別沉重的腿，不斷在路上留下濕潤而泥濘的印跡。

男爵把胳膊伸給約娜挽着，她現在身體已一天天笨重起來，而且總是不很舒服；麗松姨媽在另一邊扶着她，她為約娜即將到來的大事十分操心，並對這項她自己無緣體會的神秘感到憂慮。

他們就這樣一起走着，幾個鐘頭也不說話，這時于連卻騎着馬在鄉間馳騁，他這種新的愛好是突然產生的。

再沒有甚麼來驚動他們沉悶的生活。男爵夫婦和女婿曾到福爾維勒家去拜訪過一次，于連像是已經和他們很熟悉，只是誰也不了解其中的經過。和勃利瑟維勒家又互相作了一次禮節上的拜訪，這對夫婦總是隱居在他們死氣沉沉的邸宅裏。

一天下午，四點光景，一男一女騎着馬跑進了白楊山莊的前院，于連大為興奮，跑到約娜的臥室裏。

「趕快，趕快下樓去。福爾維勒夫婦來啦。他們知道你的身體情況，作為鄰居順便來看看你。你就說我出門了，就要回來的。我去換一下衣服。」

約娜覺得很驚異，走下樓來。一個面色蒼白的、漂亮的年輕婦人，不慌不忙地替她丈夫作了介紹。她的面容帶有病態，雙眼閃閃發光，金色的頭髮枯黃得像是從來沒有見過太陽；男的像個巨人，那種滿臉長着大紅鬍子的怪物。之後她又說：

「我們已和德．拉馬爾先生會面過好幾次了。我們從他那裏知道您身體很不舒服；我們不想再耽誤時間，就作為鄰居，毫不拘禮節地來看望您了。您看，我們騎着馬就來了。前幾天，承蒙令尊和令堂光臨舍間，我們感到十分榮幸。」

她説話自然、親切而又文雅。約娜愛她迷惑了，立刻覺得她很可愛。她想：「這真夠一個朋友。」

福爾維勒伯爵恰巧相反，就像跑進了客廳的一隻大熊。他坐下後，把帽子擱到身旁的椅子上，遲疑了一陣，決不定把手擱在哪裏，先放在膝頭上，然後又放到圈椅的靠手上，最後把指頭交叉起來，彷彿在做禱告。

這時于連忽然進來了。約娜吃了一驚，簡直不認得他了。他刮了臉，顯得就像他們訂婚時期那樣漂亮、整齊而誘人了。他一進來，伯爵彷彿也醒了。于連握了握伯爵毛茸茸的大手掌，吻了伯爵夫人的手，這時伯爵夫人象牙般的面頰上微微一紅，眼皮一上一下地跳動着。

他説話了。他像從前一樣和藹可親。那雙大眼睛，像愛情的明鏡，又顯得非常動人；剛才還是黯淡而枯澀的頭髮，經過刷子和香膏的潤飾，突然恢復了柔軟而光亮的波紋。

當福爾維勒伯爵夫婦告別的時候，伯爵夫人轉過身來對他説：「親愛的子爵，星期四我們騎馬去散步好嗎？」

他一面鞠躬一面低聲説道：「一定奉陪，夫人。」

這時伯爵夫人握住約娜的手，深情地微笑着，用溫柔而懇切的音調說：

「啊！將來等您身體好了的時候，我們三個人一起騎馬到鄉下跑跑。那該多有意思呢！您願意嗎？」

她順手撩起騎馬服的長後襟，鳥兒般輕捷地跳上了馬鞍，這時候，她丈夫笨拙地行完了禮，跨上他那匹諾曼底種的大馬，四平八穩地安頓在馬背上，就像神話中那個半人半馬的怪物。

當他們轉過木柵門不見了的時候，于連得意洋洋地叫道：

「這兩口子多麼討人喜歡啊！交這種朋友將來對我們是大有好處的。」

約娜不知道為甚麼也很高興，答道：

「伯爵夫人生得小巧玲瓏，怪討人喜歡的，我覺得我一定能和她合得來，但她丈夫卻真像是個老粗。你在哪裏認識他們的呢？」

他快活地搓着雙手：

「我是偶然在勃利瑟維勒家遇見他們的。丈夫顯得有些粗魯。這傢伙真愛打獵，但不失為一個真正的貴族。」

這一天的晚餐吃得有說有笑，彷彿家庭裏不知不覺中又有了新的幸福。

直到七月末，再沒有發生甚麼新的事情。

一個星期二的晚上，他們都坐在那棵梧桐樹下，圍着一張木桌，桌上放着兩隻小酒杯和一瓶燒酒，約娜忽然叫喊了一聲，手抱着肚子，臉色變得非常蒼白。一下子她渾身感到一種急劇而尖銳的疼痛，但很快就過去了。

過了十分鐘光景，又一陣疼痛上來了，雖然不及前一次厲害，但時間卻持續得更久。她費了很大的力氣，幾乎由她父親和她丈夫抬着，才走回臥室去。從梧桐樹到她臥室這一段短短的距離，在她覺得遙遠得走也走不完；她不由自主地呻吟着，肚子裏那種難以忍受的沉重的感覺，使她不能不走幾步，就得歇下來坐一陣。

她懷孕還沒有足月，生產預計要在九月間；但怕發生意外，就由西蒙老爹套上馬車，飛奔去接醫生了。

半夜時，醫生趕到了，他一看情況，就肯定是早產的徵象。

約娜躺在床上，痛苦雖然稍稍緩和了，但心中感到一種難以忍受的恐懼，像是整個生命已絕望地癱瘓下去，自己已面臨死亡的邊緣了。生命中有時有這樣的時刻，死神離我們那麼近，從我們身邊輕輕擦過，他的氣息使我們的心都感到冰涼了。

滿屋子都是人。男爵夫人倒在圈椅裏，喘得透不過氣來。男爵雙手發抖，忙亂地張羅着，遞送東西，和醫生商量，腦子弄得糊裏糊塗了。于連踱來踱去，面色很緊張，心裏卻很鎮靜；唐屠寡婦站在床腳邊，不動聲色，類似的場面她經歷得多了，甚麼也不會使她感到驚慌的。看護、接生和守屍都是她的職業，她迎接那些新生的嬰兒，第一聲聽到他們啼哭，第一次用水替他們洗乾淨新生的肌膚，第一次將他們包在襁褓裏，她用同樣安靜的態度，聽到垂死者最後的遺言、最後的喘息和最後的戰慄，最後一次替他們打扮起來，用醋擦淨他們衰亡了的軀體，裹進到屍衣裏，面對生生死死的任何場面，她已養成了一種絕對冷靜的態度。

廚娘呂迪芬和麗松姨媽一直悄悄地隱藏在靠近走廊的門口。

產婦時時發出微弱的呻吟。

兩個小時過去了，可以肯定短時間內還不會有甚麼變化；但快到天亮的時候，疼痛又突然劇烈起來，而且很快就可怕地發作了。

約娜咬緊牙關，但痛叫聲仍然不由自主地迸發出來，她不斷地想起蘿莎麗，想到她當時並不受甚麼痛苦，幾乎哼也不哼一聲，便毫不費力、毫不受折磨地把那個孩子，那個私生子，生下來了。

在她心靈的痛苦和紛亂中，她一再拿自己和蘿莎麗來比較；她就詛咒起一向她都認為是公正的天主，她憤恨命運不可原宥的偏愛，憤恨那些宣揚正直和善良的人們口中的罪惡的謊言。

有時陣痛來得那麼劇烈，她腦子裏任何想頭都沒有了。力量、生命、知覺，一切都用來抵禦痛苦了。

在幾分鐘平息的時間裏，她的眼睛就盯在于連身上；這時便有另一種痛苦，一種心靈的痛苦吞噬着她。她想到那一天，她的使女就是倒在這同一張床的床腳邊，雙股間夾着那個孩子，而那孩子卻正是如今使她痛裂臟腑地翻騰着的這個小生命的弟兄。她十分清楚地記起了她丈夫那天在那個躺在地上的使女面前的動作、目光和言語；而現在從他的一舉一動上，還是反映了他的思想，她可以看出對她也和對蘿莎麗一樣，他所表現的是同一種苦惱，同一種冷淡，總之是一個自私自利的男人不願做父親的那種漠不關心。

這時一次可怕的抽搐又襲來了，這陣劇痛是那樣殘酷，她就想：「我可要死了，要死了！」於是她心靈中充滿了一種憤怒的反抗，一種詛咒的慾念，她對這個給她惹起這一切痛苦的男人，對這個正在殘害她的不相識的嬰兒，痛恨到了極點。

她挺着身子，使出生平最大的力氣，要扔掉身上的這個包袱。她突然覺得她肚子裏的一切都倒出來了；她身上的痛苦也平息了。

看護和醫生都歪在她身上動作起來。他們取出了一件甚麼東西；馬上一種她曾經聽到過的憋悶着的聲音使她顫抖了；接着是初生嬰兒脆弱的呱呱的哭聲鑽進了她的靈魂、她的心臟和她那精疲力竭得可憐的全身；她下意識地動了一動，企圖伸出手去。

展示在她眼前的是一幅新的幸福的圖景，喜悅頓時在她的心頭歡騰起來。僅僅一秒鐘，她已經得救了，她輕鬆了，她從來沒有像現在這樣感到幸福過。她的心情和肉體都復活了，她覺得自己已經做了母親！

她要看一看自己的孩子！孩子由於早產，還沒有頭髮，也沒有指甲；但當她看到這個幼小的軟體動物蠕動着，張開小嘴呱呱啼哭，當她摸着這個帶皺紋的、怪樣子的、動彈着的不足月的孩子時，她沉醉在一種不可抗拒的喜悅中了。她知道自己得救了，不怕再受任何絕望的侵襲了。她的愛情有了寄託，其他一切都可以不顧了。

從此她只有一個念頭：她的孩子。她立刻成了一個盲目地溺愛的母親，正因為她在愛情中受了騙，她的希望幻滅，她的母愛也就顯得特別狂熱。她一定要把搖籃晝夜擱在她自己的床邊，後來當她能起床時，她就整天坐在窗口，輕輕地搖着嬰兒的小床。

她妒忌孩子的奶媽；每當那個飢餓了的小生命張着手偎向那滿佈青筋的豐滿的乳房，貪婪的小嘴吸住褐色起皺的乳頭時，她面色發青，渾身顫抖地望着那個強壯安詳的農婦，心裏真想搶過她的兒子來，用指甲把他貪婪地在吮吸的乳房抓個稀爛。

為了打扮孩子，她又要親自替他繡精緻複雜的衣飾。孩子滿身都裹上了花邊，頭上戴着華麗的軟帽。她一開口，就離不開這些，她不惜打斷別人的談話，為了教人欣賞一塊小毛毯，一個圍嘴或是一條精製的絲帶；她周圍的人在說甚麼，她一律都聽不見，她的全副精神都被幾件小衣服吸引住了，拿在手上，轉來轉去，然後再舉高一些，以便更仔細地端詳一番，然後突然問道：「你們看他穿上這個漂亮嗎？」

男爵夫婦對這種狂熱的母愛，一笑置之。但是于連卻因這個吵吵嚷嚷而勢力高於一切的小暴君的來臨攪亂了他的生活，削弱了他的威嚴，奪取了他在家庭中的地位，不自覺地對這小傢伙懷着妒忌，他忍耐不住，一再憤怒地說：「她和她這個小東西可要煩死人了！」

不久，她對孩子的疼愛到了這種地步，她可以整夜坐在搖籃邊，望着他睡覺。這種狂熱而病態的守護耗盡了她的精力，她一點也不休息，她逐漸衰弱和消瘦下去，她咳嗽了，醫生只好吩咐把她和孩子隔離。

她氣哭了，她哀求；但是大家都不理會她。孩子每天晚上被放在奶媽身邊了；母親卻夜夜起來，光着腳，把耳朵貼在房門的鎖孔上，靜聽他是否睡得安穩，有沒有醒，要不要甚麼東西。

有一次，于連在福爾維勒家晚餐，回來晚了，發現她正在那裏窺伺孩子的動靜；從此，為了使她能睡覺，他們便把她鎖在臥室裏。

八月底，替孩子舉行了洗禮。男爵做了教父，麗松姨媽作了教母。孩子取名為比埃爾．西蒙．保爾；平時就叫他保爾。

九月初麗松姨媽默默無聲地離開了；反正她在與不在，都是無人注意的。

一天晚上，晚餐之後，神甫來了。他顯得有些坐立不安，彷彿他身上帶來了甚麼秘密一般；他不着邊際地閒聊了一陣之後，要求和男爵夫婦單獨談幾句話。

他們三個人出去了，漫步到白楊路的盡頭，商談得很起勁，這時留下于連一個人在約娜身邊，他對這種秘密的舉動，心裏感到詫異、不安而又氣憤。

神甫告辭時，于連要送他，他倆在晚禱的鐘聲中，一同往教堂的路上走去。

天氣很涼爽，幾乎已帶寒意，一家人都又回到客廳裏。他們都有點睡意了，這時于連突然回來了，面紅耳赤，彷彿很氣憤的樣子。

他一到門口，顧不得約娜也在那裏，便向他岳父和岳母喊道：

「老天爺，您兩位可真發瘋了，為這麼一個丫頭，一扔就是兩萬法郎。」

他們都大吃一驚，誰也不答話。他怒吼着又說：

「做人不能愚蠢到這種地步，那麼您兩位連一個銅子兒也不給我們留啦！」

這時男爵恢復了鎮靜，想要阻止他：

「不許再說了！想一想您妻子就在您面前哩！」

但是他暴怒得跺腳說：

「我才管不了這許多呢；事實上，她知道得很清楚。這種盜竊就是叫她受損失啊！」

約娜弄得莫名其妙了，她望着他，訥訥地說：

「究竟是怎麼一回事呀？」

這時于連向她轉過身來，想要她也站在同一條戰線上，因為這筆財產的意外的損失是牽涉到他們兩個人的利益的。他立刻把嫁蘿莎麗的秘密談判，和贈送價值至少兩萬法郎的巴維勒農莊這回事情，都向她講了。他一再不斷地說：

「親愛的，你爹娘瘋了，實實在在的瘋了！兩萬法郎！兩萬法郎！他們真的是昏了！把兩萬法郎送給一個私生子！」

約娜若無其事地聽着，一點也不生氣，她這種鎮靜使她自己也奇怪起來了，現在只要與她孩子無關的事情，她全不放在心上。

男爵氣得喘不過氣來，想不出用甚麼話來回答他。最後他實在忍不住了，跺着腳嚷道：

「想一想您說的是甚麼話，這簡直太無理了。不能不給這個養了孩子的丫頭一份嫁妝，這件事情該怪誰呢？孩子是誰生的呢？您現在倒想把他一扔就算啦？」

男爵激烈的態度使于連吃了一驚，他目不轉睛地打量着他，然後用更和平的語氣回答說：

「但是一千五百法郎也就足夠了。這些女人，結婚之前，早就有過孩子。至於孩子是甚麼人的，誰也不會去追究。現在您給了她價值兩萬法郎的一個農莊，不僅讓我們受了損失，反而使大家看穿了這是怎麼回事；至少您也應該替我們的名聲和地位想一想呀。」

他說話的語調很厲害，就像一個人確信自己很有道理，講得合乎邏輯。男爵被這番料想不到的論據弄得不知如何是好，反倒在他面前呆住了。于連這時覺得自己佔了上風，便下結論說：

「幸而一切都還沒有說定；我認識那個準備娶她的小夥子，他倒是一個頂好的人，和他一定甚麼都好商量。這事情由我來辦吧。」

他馬上就出去了，顯然害怕再繼續爭論下去。他很高興大家都沒有做聲，這就被他看作是默認了。

他剛一出去，男爵驚異和氣憤得實在忍耐不住了，大聲喊道：

「真是豈有此理！真是豈有此理！」

但是約娜望着父親束手無策的臉色，竟哈哈大笑起來，這種爽朗的笑聲，是她從前一遇到甚麼滑稽的事情才有的。

她反覆說：

「爸爸，爸爸，你可聽見他說『兩萬法郎』時的那股腔調嗎？」

隨時都能哭笑的男爵夫人，當她想起她女婿那副憤怒的臉色、他的怒吼，想起他堅決反對別人拿出一部份與他不相干的錢給那被他誘惑而失身的小使女時，約娜的這番打趣使她也開心起來，她仰頭大笑，笑得眼淚也出來了。這時男爵受到她們的感染，也跟着笑了；這三個人，像在過去快樂的日子裏一樣，樂得連肚子都快笑痛了。

當他們稍許平靜下來，約娜連自己都感到吃驚了：「這真是怪事，這一切早都不在我心上了。現在我已經把他看成是一個與我無關的人了。我都不能相信我還是他的妻子。你們看，他這種……他這種不要面子的行為都使我覺得好笑了。」

他們自己也不很知道為甚麼，竟激動得互相擁抱起來，一面還是快樂地笑着。

過了兩天，午餐之後，正當于連騎馬外出的時候，一個年紀約在二十二歲到二十五歲左右的小夥子，鬼鬼祟祟地從木柵欄門外溜進來了。他身上穿着一件全新的、熨得筆挺的藍布罩衫，鼓着寬大的袖管，袖口上扣着鈕扣。他彷彿從早晨起就潛伏在門口，這時順着庫亞爾家農莊的水溝，繞過邸宅，躊躇不前地向男爵和他的兩位女眷走來。他們一家三口子當時正坐在那棵梧桐樹下。

他一看見他們，便摘下頭上的鴨舌帽，局促不安地一面鞠躬，一面朝前走。

當他走近到覺得他們可以聽得見他說話的聲音時，他便訥訥地說：

「小的向男爵先生和太太小姐問安。」

因為沒有人答話，他又自我介紹說：

「我就是代西雷．勒科克……代西雷．勒科克就是我。」

這個名字一點也不說明問題，男爵便問道：

「你想幹甚麼呢？」

小夥子到了必須說明來意的時候，心裏就慌張起來。一雙眼睛時而低下來看看手裏拿着的鴨舌帽，時而抬起來望望邸宅的屋頂，嘴裏支吾着說：

「就是神甫先生為那件事情向我提過兩句……」

他又不響了，怕話說多了對自己不利。

男爵沒有聽懂，追問說：

「你說的是甚麼事情呀？我可不明白。」

這時對方下定了決心，終於放低聲音說：

「就是您府裏的使女……那個蘿莎麗的事情……」

約娜心裏已經猜到了，就站起來，抱着孩子走開了。男爵便說：「你過來。」然後指着他女兒剛才坐過的那把椅子，叫他坐下。

那個莊稼人馬上就坐下了，訥訥地說：

「您真是太好啦。」

他說了就等着，彷彿再沒有別的話要說了。沉默了好大一陣子以後，他終於又下了決心，抬頭望着青天，說道：

「在這個季節裏，現在可真是好天氣。不過地裏已經下種了，就得不到甚麼好處啦！」說完他又不說話了。

男爵實在忍耐不住了，就乾脆開門見山地問他說：

「那麼，想娶蘿莎麗的就是你了？」

小夥子立刻又不安起來，這種擔心表現出諾曼底人小心謹慎的特性。他懷了戒心，用比較興奮的語調回答說：

「那得看情形了，也許是的，也許不是，那得看情形了。」

但是男爵聽了這番叫人摸不着頭腦的話，心裏有些着惱了：

「真是見鬼！爽爽快快地回答吧：你是不是為這件事情來的？你到底想不想娶她？」

小夥子十分為難地把眼睛望着自己的腳，說道：

「倘若是照神甫先生所說的，我就娶她；倘若是照于連先生所說的，我就不娶她。」

「于連先生對你怎麼說的呢？」

「于連先生說給我一千五百法郎；可是神甫先生說給我兩萬法郎；兩萬我就要，若是一千五百我就不要。」

這時身子癱在圈椅裏的男爵夫人，望着鄉下佬這種焦急的表情，不禁咯咯地笑了。莊稼人不懂她笑甚麼，懊惱地從眼角裏望了望她，就又等着了。

男爵對這番討價還價，感到心煩，便直截了當地說道：

「我對神甫先生說過，把巴維勒的那個農莊給你，你活着時一輩子歸你享用，將來就留給那個孩子。農莊值兩萬法郎。我說過的話就算數。這樣說定了，行不行呢？」

小夥子滿意了，謙恭地微笑起來，馬上話也多得說不完了：

「啊！照這麼說，我就答應。原先我心裏不踏實，就是為的這個。神甫先生對我說的時候，我馬上答應了，這還用說，當時我就這樣想，男爵先生這樣照顧，我也一定要讓他老人家稱心。話可不是這麼說嗎：利己利人，彼此幫忙，大家都得好處。可是後來于連先生出頭了，他說只給一千五。我就想我要弄個明白，所以我自己來了。這並不是說，我不相信男爵先生，而是我想弄個明白。常言說，先小人後君子，男爵先生，您說這話不對嗎？……」

男爵覺得沒有必要讓他再說下去了，便打斷他的話頭問道：

「你打算甚麼時候結婚呢？」

這時小夥子又突然膽小起來，滿臉為難的神氣。他遲疑不決，最後才說：

「先寫一個字據，行不行呢？」

這一次，男爵真生氣了：

「你這個鬼東西！將來你不是有結婚證書嗎？那不是最好的字據是甚麼？」

莊稼人還是很固執：

「暫時我們不妨先寫個小紙條，那總沒有壞處。」

男爵不願意再談下去，便站起身來，說道：

「你是願意還是不願意，回答一句話就行了，要快！你不願意，你就說出來，還另有人等着呢。」

這個狡猾的諾曼底人聽說另有對手，害怕得着急起來。他下定決心，像買下了一頭牛似的伸出手來：

「這就說定了，男爵先生，拍吧！[1] 翻悔的不是人。」

男爵在他手上拍了之後，便喊道：

「呂迪芬！」

廚娘從窗口探出頭來。

「拿一瓶酒來！」他們互相碰杯，慶賀這件事情的圓滿解決。小夥子走出去時，腳步顯得很輕鬆了。

他們一點也沒有把這件事情告訴于連。婚書是在極其秘密的情況下準備的，等到結婚公告在禮拜堂裏張貼之後，婚禮就在一個星期一的早晨舉行了。

一個女鄰居抱着那個小娃娃到教堂來，站在新郎新娘的背後，作為財運的可靠保證。當地人誰也不以為奇；大家反倒羨慕代西雷．勒科克，都說他生下來運氣就好。說這話時雖帶會心的微笑，但一點也沒有惡意在內。

于連大吵了一場，男爵夫婦終於提前離開了白楊山莊。約娜看他們走了，並不感到過份的傷心，因為在她心中，保爾已經成了她取之不竭的幸福的泉源了。

註釋：

[1] 鄉間習俗，雙方在手心上互拍一下，以示一言為定。

9

約娜產後健康完全恢復了，他們夫婦就決定先到福爾維勒家去回拜，此外也要去拜訪古特列侯爵。

于連在拍賣場上買了一輛新車，一輛只用一匹馬拉的四輪馬車，這樣他們每月就能出門兩次了。

他們在十二月一個晴朗的日子裏，駕起車子出發了。馬車在穿越諾曼底平原的大路上跑了兩小時之後，開始順着一個小山谷的斜坡下去，山谷的兩邊樹木成林，中間留作耕地。

走盡播種了的耕地之後，緊接着就是牧野，牧野後面便是蘆葦叢生的沼地。在這季節裏，高大的蘆葦都已乾枯，長長的蘆葉在風中颼颼作響，有如黃色的飄帶。

順着山谷陡然轉了一個彎，便可以望見佛麗耶特莊園了。莊園的一邊靠着樹林密佈的斜坡，另一邊面臨湖塘，邸宅的牆腳伸在湖中，湖的對面是沿着山谷另一斜坡上展開的高大的松林。

他們先越過一座古式的吊橋和一道路易十三時代式的大拱門，然後才進入邸宅的正院，邸宅精緻的格局也是路易十三時代式的，門窗都用火磚砌出框邊，邸宅四角各有用青石片蓋頂的小塔樓。

于連十分熟悉地把這座建築的各個部份解釋給約娜聽。他大加讚賞，尤其稱道它的壯麗。

「你看那道拱門！這樣一所住宅才真叫作富麗堂皇，你說對不對？邸宅的那一邊面對湖塘，一列皇家式的台階一直通到湖邊，四隻小艇停泊在台階底下，兩隻是伯爵的，兩隻是伯爵夫人的。靠右手，你可以看見那一帶白楊樹林，那就是湖塘的盡頭，從那裏有一條小河，直通費崗。這一帶鳥獸多極了，伯爵就最愛在那裏打獵。這才真正稱得上是爵爺的府第。」

邸宅的正門開了，面容蒼白的伯爵夫人笑盈盈地出來迎接客人。她身上穿的是一件曳地的長裾裙袍，如同中世紀莊園的女主人一樣。她正像那「湖上美人」，生來就為住在這座爵府裏的。

邸宅的客廳有八扇窗子，其中四窗面向湖塘和湖塘外山崗上一片蒼鬱的松林。松林陰暗的色調使湖水顯得幽深、寒冷和陰沉，風吹過時，松濤就像沼澤的嘆息聲。

伯爵夫人握住約娜的雙手，好像她們從小就是朋友一般，然後她請約娜坐下，自己就坐在她身旁的一把矮椅子上。這時于連有說有笑，溫柔而又和藹，最近五個月以來，他已經完全恢復到過去那種可愛的風度了。

伯爵夫人和于連談論起他們騎馬的事情來。她笑話他騎馬的姿勢，管他叫「坐不穩的騎士」。他也笑着，稱她為「女兒國的騎士皇后」。這時窗外一聲槍響，使約娜驚叫了一下。原來是伯爵打中了一隻野鴨。

他的妻子立刻叫喚他。人們可以聽見湖上的槳聲和石階前小艇傍岸時的撞擊聲，接着伯爵奇大的身材就出現了，他足蹬長靴，身後跟着兩條濕淋淋的獵狗。獵狗的毛是棕紅色的，正和伯爵頭髮的顏色一樣，到門口時，狗就在門外的地毯上躺下了。

伯爵在自己的家裏顯得自然多了，他見了客人非常高興。他叫人在壁爐裏添了木柴，端來馬代爾產的紅葡萄酒和餅乾，然後又突然叫道：

「我說您兩位留在這裏晚餐吧，對，就這麼辦了。」

約娜心裏丟不下孩子，竭力婉辭；伯爵十分堅持，約娜一定不肯，這時于連焦急地使了個眼色，約娜害怕他又發脾氣，引起爭吵，因此雖然要到第二天她才能看得見保爾，心裏不免很難過，卻也只好同意留下了。

下午過得很快樂。他們先去遊覽泉水。水從長滿青苔的岩石腳下噴湧出來，落到一個清澈的水池裏，翻騰不息；然後他們又坐了船，在乾枯的蘆葦叢中開闢出來的航路上穿行，伯爵盪着槳，兩條狗分坐在他的兩旁，揚着鼻子在向空中聞嗅；每一槳下去，船身向前一衝，推進了一大步。約娜有時把手伸進水裏去，一股清涼的感覺從她的指尖直奔到心頭。于連和圍着披肩的伯爵夫人坐在船尾上，像那默默無言地沉醉在幸福中的人們一樣，時時刻刻都在微笑。

暮色降臨，帶來了冰冷的寒氣，一陣陣的北風吹拂着枯萎了的燈心草叢。太陽已經沉落到松林後面，通紅的天空裏，飄浮着奇形怪狀、小片小片紅艷艷的雲彩，令人望去就感到寒意。

他們回到那個寬大的客廳裏，壁爐裏的火正熊熊地燃燒着。一進門就給人一種溫暖和舒適的感覺。這時伯爵的心情愉快極了，伸出粗壯的雙臂，抱住他的妻子，把她像孩子似的舉到他自己的嘴唇邊，就像一個稱心如意的老好人一樣，在她左右面頰上都親了一個響吻。

約娜笑嘻嘻地望着這個善良的巨人，他那駭人的鬍髭會叫人想起童話中吃人的妖怪，於是她就想：「看人是多麼容易看錯啊！」這時她幾乎不由自主地把眼睛轉到于連身上，看到他正站在門框前，面色鐵青，眼睛盯在伯爵身上。她擔心地走到她丈夫身邊，輕聲問道：

「你病了嗎？你怎麼啦？」

他氣憤憤地回答說：

「沒有甚麼，你別管我。我剛才有點冷。」

當他們走進餐廳時，伯爵請求客人們允許他把狗也帶進來；於是那兩條狗立刻在主人的左右蹲下了。主人不時丟下一點吃的去，一面摸着牠們那光潤的長耳朵。兩條狗都伸着腦袋，搖着尾巴，得意洋洋地渾身顫動着。

晚餐後，約娜和于連準備要告辭的時候，伯爵又留住他們，讓他們看他用火炬打魚。

他請他們和伯爵夫人都站在湖塘邊的石階上，他自己帶着一個僕人上了船。僕人一手拿着漁網，一手舉着點燃了的火炬。夜色清澈而寒冷，天上佈滿了星斗。

火炬在水面上映出一道道奇異而流動的火光，把耀眼的光亮投射到蘆葦上，照明了湖邊高大的松林。突然間船轉換了方向，一個巨大的人形的怪影聳立在松林明亮的邊緣上。人影的頭部越過了樹梢，消失在天空中，兩條腿卻一直伸進到湖塘裏。然後那巨人揚起胳膊像要摘取天上的星星。這一雙粗大無比的胳膊猝然舉起來，頓時又放下去；水面立刻可以聽到一陣輕微的激濺聲。

船又緩緩地轉過去，火光隨着船在移動，照亮了樹林。那個巨大的怪影就像沿着樹林在奔跑，一眼卻不見了，接着又突然出現在邸宅正面的牆上，但影子已不及原先那麼龐大，那些古怪的動作也映得更清楚了。

這時聽到伯爵的嗓子喊道：「琪爾蓓特，我捉到了八條！」

船上的雙槳擊打着水波。那巨大的影子這時一動不動地聳立在牆壁上，但輪廓已逐漸縮小；頭低垂了，身子細瘦下去；而當伯爵走上石階，身後跟着那個掌火炬的僕人，這時影子已縮小到和他本人一般大了，但還在那裏表演他的一切動作。

他在網中帶回了八條蹦跳着的大魚。

當約娜和于連裹着主人借給他們的大衣和毛毯回家時，途中約娜情不自禁地說道：

「這個大漢可真是個好人！」

于連駕着車，答道：

「對呀，不過他在別人面前太放肆了一點。」

一星期之後，他們又去拜訪古特列夫婦。這是本省最知名的貴族。他們的勒米尼莊園靠近卡尼鎮。在路易十四時代新蓋的那所邸宅，深藏在一個有圍牆的宏麗的花園裏。從高處可以望見舊莊園的遺蹟。身穿制服的僕役把客人們引到一間氣派堂皇的大廳裏。大廳正中，在圓柱形的台座上供着一隻塞佛爾瓷的大盤子。台座的基腳上，有用玻璃板罩着的一封國王的親筆信，寫的是把這隻盤子賜贈給萊奧波德·埃爾韋·約瑟夫·日爾邁·德·瓦爾納維勒·德·羅勒博斯克·德·古特列侯爵。

約娜和于連正在觀賞這件御賜的禮品時，侯爵和侯爵夫人進來了。夫人的頭髮上撲了粉，她擺出做主人的和藹態度，但是為了要表露出自己更高貴的身份，就顯得很裝腔作勢。侯爵本人身材碩大，頭上的白髮梳得溜光，無論從他的姿勢、他的聲調和他整個態度上，都流露出他地位的高人一等。

他們屬於那些最講究禮節的人，他們的思想、感情、言談無一不安放在那副居高臨下的臭架子上。

他們自言自語，並不等待別人的答話，心不在焉地微笑着，彷彿總是在履行着由於自己的地位不得不彬彬有禮地接待附近小貴族的這個義務。

約娜和于連顯得手足無措了，他們竭力想討主人喜歡，局促得再也坐不下去，卻又不知如何告退；但是侯爵夫人像一個懂禮貌的皇后辭退覲見的人一樣，簡簡單單自自然然，把話談到適當的時機就不再說下去了，這樣就便於客人自動地告辭。

歸途中，于連對約娜說：

「如果你願意，我們訪客就到此為止吧；對我來說，和福爾維勒家來往就已經很夠了。」

約娜完全同意。

十二月這個歲暮的月份，這個陰沉晦暗的月份，日子過得很慢。像去年一樣，幽居的生活又開始了。約娜倒一點都不覺得煩悶，因為她時刻為保爾忙碌着，于連對孩子只是冷眼旁觀，目光中露出煩厭的神情。

常常當母親把孩子抱在懷裏，並像一般母親對自己的孩子一樣，百般愛吻和嬉弄之後，把孩子遞給父親，一面說道：「親親他呀，人們會說你不喜歡他哩。」這時他露出厭惡的神氣，轉着圈，偏着身子，彷彿生怕碰到孩子痙攣地亂抓的小手，用唇尖在他光禿禿的腦門上輕輕地接觸一下，然後便不勝其煩地急忙走開了。

有時鎮長、醫生和神甫到家來晚餐；有時是福爾維勒夫婦，他們兩家人現在愈來愈親密了。

伯爵對保爾彷彿十分鍾愛。他一上門來，總把那孩子抱在膝上，有時整整抱上半天。他把他放在自己巨人般的大手掌中小心翼翼地嬉弄着他，用自己長長的鬍髭尖兒搔癢他的鼻子，然後像許多母親一般，激動而熱情地抱吻他。他因婚後妻子一直沒有生育，不斷地感到苦惱。

三月間天氣爽朗而乾燥，幾乎顯得溫暖了。琪爾蓓特又提議他們四個人一同騎馬去遊玩。漫長的白晝，漫長的黑夜，日復一日，這種單調的生活，使約娜覺得有點厭倦了，所以她十分高興地接受了這個建議；整整一個星期裏，她興致勃勃地縫製她騎馬的服裝。

他們開始出遊了。每次伯爵夫人和于連總是走在前面，伯爵和約娜相隔他們約有百步遠的距離。後面這一對如同朋友一般安安靜靜地聊着天，這兩個人都為人正直，心地坦率，一接觸就成了朋友；前面的那一對常常低聲細語，有時發出一陣哄笑，突然互相對望着，彷彿他們嘴裏沒有講出的話想從眼睛裏傳達出來；忽然兩人都縱馬疾馳起來，像是想逃走的慾念支配着他們，叫他們跑向更遠更遠的地方去。

後來，琪爾蓓特似乎變得很暴躁。她發脾氣的聲音，被風傳送過來，有時鑽進走在後面的那兩個騎馬人的耳朵裏。伯爵就微笑着對約娜說：

「我的太太不是天天都那麼好脾氣的。」

一天傍晚騎馬回來的時候，伯爵夫人挑逗她騎的牝馬，她先用馬刺刺激牠，然後又猛然勒住繮繩，可以聽到于連幾次告誡她說：

「小心，要小心哪！牠會把您摔下來的。」

她回答說：「您別管，這不干您的事！」

那語調既乾脆又強硬，那斬釘截鐵的字眼遠近都聽得見，像是久久地懸掛在空中。

那匹牝馬忽而豎起了前蹄，忽而向後反踢，嘴裏吐着白沫。伯爵擔心起來，使盡力氣大聲喊道：

「小心哪，琪爾蓓特！」

她像女人在神經激動的時刻甚麼也不能阻攔的情況下，出於挑釁，狠狠地鞭打那匹馬，鞭子一下一下地落到牲口兩耳間的腦門上，馬被激怒得直立起來，兩條前腿向空中亂撲，然後一落地，猛力向前一躥，飛也似的向原野狂奔而去了。

牠先越過一片牧野，接着闖進耕地裏，把濕爛的泥土拋得四外飛濺；在牠飛速的奔馳中，人和馬看去也全然分不清了。

于連嚇呆了，一直站在那裏，絕望地呼喊：

「伯爵夫人！伯爵夫人！」

這時伯爵咆哮起來了，他把身子貼到高大的馬頸上，用全身的力量迫使馬前進；他用呼喊、用手勢、用馬刺激動牠，激勵牠，激怒牠，叫馬飛奔，這個巨人般的騎士就像用雙腿夾住這頭笨重的牲口，要提起牠來騰空飛去。人和馬以不可想像的速度向前直闖；這時約娜遠遠望見他夫婦倆的影子飛奔着，飛奔着，愈縮愈小，模糊難辨，最終消失，如同一對鳥兒互相追逐着，一直追到天邊隱滅了。

這時于連騎着馬，慢步走來，一面惱怒地嘰咕着說：「我看她今天是瘋啦！」

於是兩人朝着他們朋友所走的方向走去，但這時伯爵夫婦已在起伏不平的原野裏隱沒不見了。

一刻鐘之後，約娜和于連望見伯爵夫婦正迎面走回來；不久他們又都匯聚在一起了。

伯爵滿面通紅，流着汗，帶着勝利的神情得意地笑着，在他的鐵腕中牽着他妻子那匹哆嗦着的牝馬。伯爵夫人面色慘白，顯出一副痛苦而畏縮的表情；她的一隻手搭在她丈夫的肩膀上，像是要暈倒的樣子。

那一天，約娜才了解伯爵是十分疼愛他的妻子的。

在這之後的一個月中，伯爵夫人露出從來不曾有過的快樂的心情。她來白楊山莊的次數比以前更多了，老是笑着，熱情地抱吻約娜。彷佛她的生命陶醉在一種神秘的喜悅中。她丈夫也很快樂，眼睛從來不離開她，時刻熱情倍增地想摸摸她的手和衣裙。

一天晚上，伯爵對約娜說：

「現在我們真的生活在幸福中了。琪爾蓓特過去從來沒有這麼可愛過。她心情變好了，再也不發脾氣了。我感到她是愛我的，這一點過去我就不敢相信。」

于連似乎也改變了，比以前快活多了，不再煩躁，彷佛這兩家人的友誼替每一家都帶來了和平和快樂。

這一年，春天來得特別早，天氣已經非常暖和。

從柔和的早晨到寧靜溫暖的夜晚，陽光滋育着大地。轉眼間，所有嫩芽一齊欣欣向榮地萌放了，液汁不可抗拒地上升着，發散出熱力，這是在不尋常的好年頭裏大地回春的景象。

這種生命的悸動使約娜的心緒在不知不覺中引起紛亂了。她會面對草地上的一朵小花，突如其來地感到困倦，有時甜蜜的惆悵襲上她的心頭，她常常會幾小時沉湎在無目的的幻想中。

隨後她又回想起動人的初戀時期的種種；這並不是說她心裏對于連重新產生了愛情，這已經是一去不復返的了；而是她的肉體受和風的愛撫，為春的氣息所陶醉，引起了不安，像是有一種看不見的溫柔的呼喚在挑逗她一般。

她喜歡獨自一個人，在溫暖的陽光下，忘懷一切，不受任何思想的觸動，享受那種朦朧而恬靜的愉快心情。

一天早晨，當她正在這種夢幻的境界中時，心裏突然湧現出往日的一幅圖景，那是在艾特勒塔附近的一個小樹林裏，周圍都是陰暗的枝葉，陽光從天窗般的一個窟窿裏照射進來。就是在那林蔭下，在這個愛戀着她的年輕人身邊，她第一次感到肉體的戰慄；在那裏，他第一次怯生生地吐露了他心頭的願望；也是在那裏，她突然覺得接觸到了自己希望中的美好的未來。

她想再去看看那個樹林，作一次感傷性的、迷信的巡禮，彷彿舊地重遊能在她的生活歷程中產生甚麼新的變化。

于連一清早就出門了，她不知道他到哪裏去。她叫人把馬丁家的近來她常騎的那匹小白馬韝上了鞍子，接着她就出發了。

這一天到處都非常安靜，連一草一葉都一動也不動；風像是死滅了，一切彷彿都將永遠地靜止下去。昆蟲也都像是隱藏得無影無蹤。

太陽熾烈地照耀着，靜寂的原野籠罩在金黃色的霧靄中，約娜騎着那匹小馬，怡然自得地緩步前進。她不時抬起頭來，望着碧空中棉花似的那朵小小的白雲，這是一小塊凝聚的水汽，孤零零地像被人遺忘了似的懸掛在那裏。

約娜順着山谷下行，山谷直通到海邊，在稱為艾特勒塔拱門的懸崖高大的穹隆下入海；然後她緩緩地向樹林走去。陽光從稀疏的枝葉間散瀉下來。她走遍了許多小路，卻找不到她所探尋的地點。

當她穿過一條漫長的小道時，她突然望見路的盡頭有兩匹帶鞍的馬拴在一棵樹上，她立刻認出那是琪爾蓓特和于連所騎的馬。她正開始感覺寂寞，這種意外的相遇使她喜出望外，她便策馬向前跑去。

那兩匹拴着的馬非常悠閒，像已習慣於長時間的等待。當約娜跑到牠們跟前時，她大聲呼喚。但是沒有人答應。

一隻女人的手套和兩條馬鞭被扔在踩平了的草地上。顯然他們在那裏坐過，然後把馬留下，走到遠處去了。

她等候了一刻鐘，二十分鐘，心裏有點驚訝起來，不明白他們去幹甚麼。當她下了馬，靠在一棵樹幹上站着不動的時候，兩隻小鳥兒，沒有注意到她，就飛到她身邊的草地上。一隻小鳥在另一隻的四周忙碌地跳着，抖動着展開的翅膀，點點頭，唧唧喳喳地叫喊；忽然間牠們交尾了。

約娜吃了一驚，彷彿她並不熟悉這些事情似的；然後她暗自想道：「真的呢，這是春天呀！」緊接着，另一個想頭，一種猜疑，出現在她心中了。她重新看了看那隻手套，那兩條馬鞭和那兩匹丟在那裏的馬；她立刻跳上自己的馬，迫不及待地想避開了。

她飛馬奔回白楊山莊去。她不停地思考着，把一連串的事實和情況聯繫到一起，翻來覆去在思考這個問題。她怎麼沒有更早就看出來呢？她怎麼一點也沒有注意到呢？于連經常外出，他恢復了過去整整齊齊的打扮，他的脾氣變好了，怎麼對這一切她都沒有看清楚呢？她也記起了琪爾蓓特那種突然的神經質的暴躁，那種過份的嬌媚和親密，以及最近這一段時期以來她生活中心境的特別愉快，這是連伯爵也都替她高興的。

她勒住馬，讓牠慢步前進，因為她需要靜靜地思考一番，跑快了，會擾亂她的思想。

最初的那種激動過去之後，她心中幾乎又恢復了平靜，既不妒忌，也不憎恨，而是輕蔑。她根本不去想于連；他所做的一切已沒有甚麼使她吃驚的了；但是她的朋友伯爵夫人的這種雙重欺騙卻使她感到憤懣。這樣看來，世界上的人個個都是陰險的，說謊的，虛偽的。想到這裏，她的眼眶裏不禁滿噙着眼淚了。有時人們為幻滅而哭泣就像為死者而哭泣一樣地感到傷心。

可是她決心裝作甚麼也不知道，從此只愛保爾和她自己的父母，除此之外，再不使任何感情觸動自己的心，對其他一切人都採取冷靜旁觀的態度。

她一回到家裏，便撲倒在兒子身上，把他抱到自己的臥室裏，足足有一個小時，瘋了似的不停地和他親吻。

于連回家晚餐時，笑容滿面，殷勤可親，處處想討她的歡心。他問道：

「難道爸爸和小母親今年真的不來了嗎？」

這種關心深深地觸動了她，使她幾乎就要原諒他在樹林中被她所發現的行為；想重見這兩位老人的強烈願望頓時襲上她的心頭，因為除保爾以外，他們是她最心愛的人了。她把整個晚上的時間都用來寫信，敦促他們早日回來。

他們通知說五月二十日可以到達。這時才五月七日。

她帶着愈來愈焦急的心情等待他們到來，彷彿除了想念父母之外，她還感到另有一種需要，那就是她要使自己的心接觸那些誠實的心，她要敞開胸懷和那些不染污行的純潔的人們交談。在他們的一生中，無論行動、思想和願望，素來都是正派的。

她覺得生活在自己周圍的，都是一些精神上不健康的人，這才使她心靈上感到孤獨；雖然她也突然學會了喜怒不形於色，裝着笑臉，伸出手去接待伯爵夫人，但是她內心的那種空虛之感和對周圍人們的鄙視卻愈來愈擴大起來，把她整個包圍住了；每天在當地傳播的那些瑣瑣碎碎的閒話，只能在她心靈上引起更深的厭惡，對人產生更大的蔑視。

庫亞爾家的閨女生下了孩子，最近不能不結婚了。馬丁家的女僕，那個孤女，肚子大了；鄰居一個十五歲的小姑娘肚子也大了，那個瘸腿的、其髒無比的寡婦，諢號叫作「爛污」的窮婆子肚子裏也有了孩子。

隨時隨刻所聽到的，總不外是當地的一個小姑娘，或是一個有丈夫、有兒女的農婦，或是平素為人所尊敬的一個富農的妻子大了肚子或是幹出了其他醜事。

在這個火一樣熱情的春天裏，彷彿不僅草木的精力旺盛了，人也一樣。

而約娜呢，她的感官已經不再激動了，只有她那受了創傷的心和那多愁善感的靈魂，還在受着溫存的春風的波動，她已只沉醉於不染慾念的夢想，在夢幻中消耗熱情，至於肉的要求則早已絕跡，這才使她對污濁的獸性感到吃驚，從嫌惡而到了憤恨。

一切生物的性行為都使她惱怒，彷彿那是違反天性的事情；她所以怨恨琪爾蓓特，倒不是因為她搶了自己的丈夫，而是因為她也不免於跌進這種普遍存在的泥坑裏。

琪爾蓓特理應和那些受低級本能支配的鄉下人有所不同。怎麼她竟也做出這種畜生一般的行為來呢？

就在約娜父母要到來的那一天，于連興致勃勃地對他妻子講了一件在他看來是十分自然而又非常滑稽的事情，這就更引起了約娜的反感。他講到麵包房的那個老闆聽到烘爐裏有甚麼響聲，那一天卻並不是烘麵包的日子，因此他以為是鑽進了野貓去，結果卻發現了自己的老婆，「她並不是在那裏烘甚麼麵包。」

他還接着說：「麵包房的老闆把爐門關住了；叫那一對幾乎悶死在裏面；還是那小兒子去告訴了鄰居；因為他看見他母親是和鐵匠一起進去的。」

于連一再笑着說：「這些傢伙倒想讓我們嘗他們的愛情麵包啦！這真不愧是拉封丹筆下的一篇好故事。」

約娜聽了這個之後都不敢再摸麵包了。

當長途馬車停下在石階前，男爵慈愛的面容從窗口探出來時，約娜像從來不曾有過地受到了深刻的感動，一種思慕之情在她心靈深處激盪和翻騰起來。

但是當她一看見小母親時，她不禁愣住了，幾乎昏暈過去。男爵夫人經過了這個冬天，僅僅六個月不見，竟衰老得像相隔了十年。她那肥大的、鬆軟下垂的雙頰，像是脹滿了血而發紫了；她的眼睛已昏黯無神；除非兩臂有人扶持，她都不能行動了；呼吸時發出嘶嘶的聲音，而且愈來愈困難，這使她左右的人都感到痛苦不堪。

男爵天天和她在一起，反而覺察不到這種每況愈下的衰弱；當她訴說呼吸不斷地感到困難和身子日見滯重時，他便答道：

「那倒不一定，親愛的，我知道你一向都是這樣的。」

約娜陪她的父母到他們的臥室之後，回到自己的房裏，心慌意亂，不禁痛哭起來。接着她眼眶中含着眼淚，又去找她的父親，倒在他的懷裏，問道：

「啊！母親的樣子變得多麼快呀！她怎麼啦？告訴我，她究竟怎麼啦？」

他大為驚訝，答道：

「你是這麼想嗎？哪有這回事呢？還不就是這個樣子？我和她天天在一起，我可以保證說，她並沒有壞下去，仍然是這個樣子。」

當天晚上于連對他的妻子說：

「你母親的情況很不好。我看不會太久了。」

約娜聽了哭泣起來，他顯得不耐煩了。

「好啦，我並沒有說她已經完了。你怎麼這樣大驚小怪。她改了樣子，這是事實，她也到了年紀啦！」

過了一個星期，她已經看慣了她母親改變了的容顏，便不再想這件事情了，正像我們為了需要心境的平靜，出於自私的本能，排除或拋開威脅着我們的驚惶和憂慮，她也就這樣排除了她的恐懼心理。

男爵夫人沒有力氣走路了，一天只能出來半小時。每逢在「她的」林蔭路上走完一趟，她就疲乏得不能動彈，需要在「她的」長櫈上坐下了。當她覺得連一趟也走不完的時候，她便說：

「就到這裏吧；我的心臟擴大症今天把我的腿要壓斷了。」

她不再大笑了，那些在去年還會使她笑得渾身發抖的事情，今年只能使她微微一笑。但是她的目力仍然很好，她接連好幾天重溫《柯麗娜》和拉馬丁的《沉思集》來消磨時光；隨後她又叫人替她端來那隻裝「紀念品」的抽屜。她把那些使她念念不忘的舊信件統統倒在膝上，再把抽屜擱到身邊的椅子上，把這些「老古董」全部重讀過一遍，然後再一一放回到抽屜裏。當她一個人的時候，真正是一個人的時候，她就拿起一些信來吻着，正像人們偷偷地吻着親愛的死者的頭髮一樣。

有時約娜突然闖了進去，發現她在那裏掉淚，傷心地掉淚，便吃驚地問道：

「怎麼回事呀，小母親？」

男爵夫人深深地嘆一口氣，答道：

「就是這些老古董叫我傷心。一翻弄這些東西，就會想起快樂的日子，但現在已經都結束了。有些我們已經忘記了的人，一下子又都出現了。你彷彿看見了他們，聽到了他們的聲音，這真叫人心驚。這一切，將來你會明白的。」

男爵若在這種傷心的時刻走進來，就輕聲地對女兒説：

「約娜，親愛的，你聽我的話，就把信燒掉，不論是你母親寫的或是我寫的，統統燒掉。人到老年，再去回想年輕時候的一切，沒有比這更可怕的了。」

但是約娜也保存了她的信，準備着她的「放老古董的匣子」，儘管她在別方面都和她母親不同，但她卻本能地繼承了這種好幻想而又多愁善感的性情。

幾天之後，男爵因為要去料理一件事情，就離開了。

這正是最美好的季節。天天一清早是燦爛的晨曦，然後是晴朗的白日，接踵而來的又是寧靜的黃昏和柔和而星光滿天的夜晚。不久男爵夫人身體就好了些；約娜忘掉了于連不正當的戀情和琪爾蓓特陰險的行為，她幾乎覺得完全幸福了。鄉間到處都是花香，大海從早到晚靜靜地在太陽下閃閃發光。

一天下午，約娜抱着保爾，走向田野去。她時而望望她的兒子，時而望望沿路草地上的野花，心裏感到無比的幸福。她不停地吻着孩子，把他緊偎在自己的懷裏；從田野裏吹來一陣陣甜蜜的香氣，她感覺自己完全沉醉並融化在一種極樂的境界中了。她夢想着孩子的將來。他將成為怎樣的人呢？有時她希望他成為一個有名望、有勢力的大人物。有時她又寧願孩子終身守在自己身邊，虔誠孝順，永遠討媽媽的歡心。每當她從母親的自私心理來愛他的時候，便希望他永遠做她的兒子，光是做她的兒子；但是當她在熱情中懷有理性地戀愛他的時候，她就一心盼望他能成為世界上一個有地位的人。

她在水渠邊坐下來，細細地端詳着他，彷彿她從來不曾見到過他似的。當她想到這個小生命有一天長大了，邁着矯健的步伐走路，臉上長了鬍子，說話時發出洪亮的聲音，她心裏不禁驚異極了。

她聽到遠遠有人在叫她。她抬頭一看，卻是馬里于斯正向她直奔而來。她想一定是家裏來了客人，她站起身來，受了打攪，心裏覺得滿不痛快。這時那孩子已飛奔到面前，當他跑近時，他嚷着說：

「太太，男爵夫人不好了。」

她像被人從背上潑了一盆冷水，慌慌張張地大踏步奔回家去。

她遠遠望見一大群人圍在梧桐樹下。她奔上前去，人們讓出一條路，她看見她母親直躺在地上，頭底下墊着兩個枕頭。臉色完全是黑的，眼睛閉上了，她那喘了二十多年的胸部再也不動了。奶媽從約娜懷裏接過孩子，把他抱開了。

約娜瞪着眼睛問道：

「怎麼回事呢？她是怎麼跌倒的？快請醫生去。」

當她一回頭時，看見神甫已經在那裏，他不知是甚麼時候得了消息趕來的。他捲起黑袍的袖子，張羅着在那裏幫忙。但是無論用醋，用花露水抹擦，都已經不見效了。

「不如讓她寬了衣服睡到床上去吧！」神甫說。

農戶約瑟夫·庫亞爾、西蒙老爹和廚娘呂迪芬當時都在場。比科神甫幫着他們，大家想把男爵夫人抬走；但是他們剛把她扶起來，她的頭就向後倒垂下去，由於她身肥體重，難於搬動，弄得她身上的裙袍也被撕裂了。約娜看到這種情形，害怕得叫喊起來。他們便把這肥胖成軟綿綿的身體重新安放在地上。

人們不得不從客廳裏搬來一張圈椅，然後把她放進圈椅裏，這才把她抬走。他們一步一步地登上台階，再上樓梯，終於抬到臥室裏，把她安置在床上。

正當廚娘一個人怎麼也脫不下衣服時，唐屠寡婦及時地趕到了。按僕人們的說法她也和神甫一樣，是「嗅到了死亡的氣息」，頓時出現的。

約瑟夫·庫亞爾騎馬飛奔去請醫生；神甫正打算回去取聖油，看護便在他耳邊悄悄地說：

「不必了，神甫先生，您可以相信我的話，她已經過去啦！」

約娜瘋了似的向人懇求，她不知道怎麼辦，該從哪裏着手，還有甚麼藥可用。神甫堅持誦讀赦罪禮的禱文。

人們守着這個青紫色的無生命的軀體已有兩個小時了。約娜這時跪在地上，哀痛地哭泣着。

當醫生打開門進來時，約娜彷彿在他身上看見了救星、安慰和希望。她撲過去，把就她所知道的事情的前後經過，斷斷續續地說給他聽：

「她和每天一樣散着步……她沒有覺得不舒服……一點也沒有覺得不舒服……午餐時吃了清肉湯和兩個雞蛋……她忽然倒下了……人就和現在一樣發黑了……就再也不動了……我們用盡一切辦法想讓她醒過來……用盡一切……」

說到這裏，她看見看護暗暗地向醫生做手勢，表示病人早完了，她便呆住不出聲了。但是她還不肯相信，焦急地一再問道：

「情形嚴重嗎？您看這個情形嚴重嗎？」

醫生終於回答說：

「我想恐怕……恐怕是……完了。要拿出點勇氣來，要有很大的勇氣。」

約娜伸開胳膊，撲倒在她母親身上了。

這時于連回來了。他一下呆住了，顯然心裏很不高興。他並沒有表示出悲傷或哀痛，彷彿面對突如其來的場面，一下子他還來不及準備好適當的表情。他喃喃地說：

「我早就料到了，我早知道就要完啦。」

於是他掏出手絹來，擦着眼睛，跪到地上，在胸前畫了個十字，嘴裏喃喃地唸着甚麼，然後站起身來，同時還想把他妻子也扶起來。但是她抱住屍體吻着，幾乎全身撲在屍體上。人們只好把她拖走。她彷彿已經瘋了。

一小時之後，才又讓她進來。一切希望都完了。這時臥室已佈置成停屍室了。于連和神甫正在窗口低聲交談。唐屠寡婦舒舒適適地倒在一張圈椅上，已經快要睡熟了。她守屍慣了，哪一家死了人，在那裏她就像住在自己的家裏一樣。

天黑了。神甫走到約娜身邊，握住她的雙手，用宗教的大道理鼓勵她，勸解她，企圖使這顆破碎了的心得到安慰。他談到死者，說了些神甫本色的話來讚美她，顯出一副在他職業上應有的假慈悲的哀痛樣子——其實死了人對他總是有好處的——

要求守在屍體旁做一夜的祈禱。

但是約娜抽搐地哭泣着，不肯答應。在這永別的夜裏，她願意一個人，只有她一個人留下來。于連走來說道：

「這可不行，我和你一起留下吧。」

她說不出更多的話了，只是搖搖頭表示拒絕。終於她又說：

「這是我的母親，我自己的母親，所以我要一個人守着她。」

醫生悄悄地說道：

「聽她做主吧，看護可以留在旁邊的屋子裏。」

神甫和于連想到睡在床上更舒服些，也都同意了。於是比科神甫跪下去做禱告，然後站起身來，臨走時，口裏說：「這是一個聖女。」那聲調就像他唸「天主保佑你」一樣。

這時子爵用平時的語氣問道：

「去吃點東西好嗎？」

約娜不知道是在對她說話，一點沒有做聲。他又說：

「你最好還是吃點東西，這樣身子才支持得住。」

她心不在焉地回答說：

「你馬上派人去找爸爸回來。」

於是他出去派人騎馬到盧昂去。

她沉入在默默的哀痛中，彷彿要等待那最後面對面的時刻，來盡情發洩心頭極度的悲傷。

屋裏漸漸陰暗起來，夜色籠罩在死者的周圍。唐屠寡婦用極輕的腳步走來走去，用看護病人的那種悄悄的動作，在黑暗中摸索着看不見的東西，一一把它們拿來安放好了。然後她點燃兩枝蠟燭，輕輕地放在鋪着白布的床頭桌上。

約娜彷彿甚麼也看不見，甚麼也不覺得，甚麼也不了解。她只等待能獨自一個人留下來。于連晚餐後又進來了，又一次問道：

「你不吃一點東西嗎？」

他的妻子搖頭表示不要。

他帶着不是悲傷而是無可奈何的神情坐下了，一言不發。

他們三個人離得遠遠的，各人坐在自己的位子上，一動也不動。

有時看護睡熟了，發出輕微的鼾聲，接着突然又醒了。

最後于連站起身來，走向約娜身邊：

「你願意一個人留在這裏嗎？」

她突然不由自主地握住他的手，答道：

「啊，是的，讓我一個人留下吧。」

他在她額上吻了一下，喃喃地說：

「我會時常來看你的。」

他出去了，唐屠寡婦也推着圈椅，坐到旁邊屋子去了。

約娜關上了門，然後去把兩扇窗子完全打開。一股帶有乾草氣息的夜晚的和風向她迎面吹來。前一天割下來的青草，在月光下都成堆地晾在草地上。

這種溫柔的感覺使她痛苦，像嘲弄似的刺傷了她的心。

她回到床邊，握住一隻冰冷而僵硬的手，望着她母親。

她已經不像剛倒下時那樣肥胖了；她彷彿安靜地睡在那裏，睡得非常安靜，這是她過去從來不曾有過的；蠟燭慘淡的火光在微風中抖動着，光影投在死者的臉上，移來移去，看去彷彿她在那裏活動了。

她凝神地注視着；遙遠的幼年時代的種種回憶，一齊都湧現到她的心頭。

她記起小母親幾次到修道院來看她時的情景，她在接待室裏把一紙袋糕點遞給她的那種樣子，記起許許多多的小情節和小動作，她的笑貌和言談，她說話時的聲調和平時熟悉的手勢，她微笑時眼角的皺紋，她坐下時帶喘的嘆息。

她留在那裏端詳着死者，若癡若呆地反覆說：「她現在死了。」於是這個死字所包含的一切恐怖都出現在她的眼前。

這個躺着的人，她的媽媽，她的小母親，她的阿黛萊德媽媽，果真死了嗎？她再也不會動彈了，再也不會說話了，再也不會笑了，永遠也不會和小爸爸面對面地吃飯了；她再不會說：「早安，約娜！」她已經死了。

她快要被釘進棺材裏，埋葬在地下，到那時一切都完結了。從此再也不會見到她了。這是可能的嗎？這是怎麼回事呢？她就永遠沒有母親了嗎？這個在心頭如此熟悉如此親愛的人兒，這個從她一睜開眼睛時就認識了的，一張開胳膊時就喜愛的人兒，這個愛情的泉源，這個唯一的生命，這個在她心上比任何人都更可寶貴的她的母親已經不見了。她只有幾個小時還可以守着這張面孔，這張毫無表情一動也不動的面孔；以後甚麼也沒有了，除了一個記憶，甚麼也沒有了。

在一陣悲慘的絕望的掙扎中，她跪倒在地上；她用痙攣的雙手絞着被單，嘴貼着床，頭裏在被褥中，發出令人心碎的呼聲：

「啊！媽呀，我可憐的媽呀！」

她覺得她要發瘋了，瘋成像那天黑夜裏逃跑到雪地裏去一樣，因此便站起身來跑到窗口去清涼一陣，去呼吸一下和這死人室內的氣息全然不同的新鮮空氣。

修剪了的草坪、樹木、荒野、遠處的大海，都安憩在靜穆的和平裏，沉睡在幽美的月光下。這種溫柔而平靜的夜色觸動了約娜的心靈，她的眼睛裏漸漸充滿了眼淚。

她再回到床邊，坐下來，把小母親的手又握在自己的手中，彷彿她病了，自己守在她的身邊。

一隻大甲蟲被燭光吸引，飛了進來。牠像個球似的撞着牆壁，在房間裏飛來飛去。她被翅翼嗡嗡的響聲所吸引，抬頭去看那隻甲蟲；但她只在白色的天花板上望見了牠那晃來晃去的影子。

隨後她聽不見飛蟲的聲音了。這時她注意到台鐘發出輕輕的滴答聲，但除此之外，還有另一種輕得幾乎察覺不到的細微的聲音。這是床腳邊的一張椅子上，忘在脫下的裙袍裏的小母親的錶還在那裏走動的聲音。人死了，而這個機械卻還在不停地跳動，突然這個無意識的對比在約娜心上又引起了一陣刀割似的傷痛。

她看了看時間。這時還不到十點半；想到要在這裏度過一整夜，她實在害怕得有點不能忍受了。

接着在她心中又引起了其他的種種回憶：她自己的一生、蘿莎麗、琪爾蓓特，以及愛情苦味的幻滅。人世間的一切不外是苦痛、悲傷、不幸和死亡。人人都在欺騙，人人都在說謊，事事令人煩惱，事事令人落淚。在哪裏才能找到一點安靜和快樂呢？顯然只能在另一個世界裏！那時靈魂已從人世的苦難中解救出來。靈魂！她開始對這個深不可測的神秘作種種幻想，一時突然投入到詩意的信念中，一時這些信念又立刻被同樣空虛的臆想所否定。那麼她母親的靈魂，這個冰涼的已經一動也不動了的軀體裏的靈魂，此刻到底落在哪裏呢？也許落在很遙遠的地方。在空間裏的某個地方？但究竟是哪個地方？是像一朵枯萎了的花中的香氣一般蒸發了嗎？還是像脫籠的鳥兒一般無影無蹤地在那裏飛翔呢？

被上帝召回去了呢？還是偶然散佈到新的創造物中，或是摻和到剛露出來的幼芽中去了呢？

會不會就在很近的地方呢？就在這間屋子裏，就在這個它剛離開的失去了生命的肉體周圍呢？這時約娜突然以為有甚麼東西從她身邊吹拂而過，彷彿自己和無實體的精靈發生了接觸，她嚇壞了，確實嚇壞了，嚇得既不敢動，也不敢呼吸，更不敢回頭看一看。她的心恐怖得怦怦地跳着。

忽然間那看不見的甲蟲又飛起來，在牆壁上撞來撞去。她從頭到腳都顫抖了，然後她看明白那不過是甲蟲振翅飛舞的聲音，立刻就又安心了，她站起身來，回頭望了一望。她的目光落在四角上鑲有人面獅身像的那張擱「老古董」的寫字檯上。

頓時她心中出現了一個親切而古怪的念頭；她要在這永別的夜晚，像讀禱告書一般，把死者所珍愛的舊信讀一讀。在她看來，這是為實現一種微妙而神聖的義務，這彷彿真正是一種孝心的表示，這會使她母親在另一個世界裏感到高興。

這些都是她從未見過面的外祖父和外祖母給她母親的信。她想越過她母親的遺體向他們伸出手去，彷彿在這個哀悼之夜，他們也一定會感到痛苦，並在那逝世久遠的人們和剛故世的母親以及還活在世上的她自己之間聯成一道神秘的愛的鎖鏈。

她走過去拉開寫字檯的櫃門，從底層的抽屜裏，取出十來紮紙色發黃了的舊信，這些信都是按次序用繩子紮好，整整齊齊排列在那裏的。

出於感傷的細膩心情，她把那些信全都放在床上，擱在她母親的懷裏，這才開始讀起來。

這些舊信是在許多家庭的古老的書桌裏都可以找到的，它們帶有上一世紀的氣味。

第一封信的稱呼是「我的親女兒」，另一封是「我的美麗的小女兒」，其他還有「我親愛的小人兒」，「我的小愛女」，「我最寵愛的女兒」，「我親愛的孩子」，「我親愛的阿黛萊德」，「我親愛的女兒」，這些稱呼是按收信人生活中各個不同的時期而改變的，最初是小女孩兒，後來是少女，再後來是少婦。

信裏充滿了熱情而稚氣的疼愛，身邊種種瑣碎的小事情，和在一個不相干的人看來毫無意思的家庭中的日常大事：「父親患了感冒；女僕荷爾當斯燙傷了手指；捉耗子的貓兒死了；柵欄門右首那棵松樹砍掉了；母親從禮拜堂回來時丟了她的那本彌撒經，她想是被人偷走了。」

信裏還談到好些約娜所不認識的人，但她似乎記得在她童年時代曾聽到過這些人的名字。

這些瑣碎的細節都像啟示一般，引起她的感動；彷彿一下子她踏進小母親全部過去的私生活中，她的內心生活中。她的眼睛望着躺在那裏的屍體，突然大聲唸起信來，唸給死者聽，就像是替她解悶，使她得到安慰。

死者一動不動地躺在那裏，似乎感到幸福了。

她把這些信一封一封地拋到床腳邊，心想應該和人們安放鮮花一樣，把它們放進棺材裏去。

她又解開另一束信。這裏筆跡和以前的不同了。她開始唸道：「沒有你的愛撫我簡直不能生活下去了，我愛你愛得快發瘋了。」

信上只有這兩句話，也沒有署名。

她拿信箋翻來覆去地看了一遍，不能了解。收信人明明寫着是：「勒倍奇·德沃男爵夫人」。

於是她又打開第二封：「今晚等他一出門，你就來吧。我們可以有一小時的工夫在一起。我熱情地愛着你。」

在另一封信裏：「我徒然瘋一般地徹夜想念着你。我彷彿抱着你的身子，眼對着眼，嘴貼着嘴。當我想到這時候你卻睡在他的身邊，他可以隨心所欲地……我真發狂得想從窗口跳下去了。」

約娜驚呆得不能了解。

這些都是甚麼？這些情話都是寫給誰的？為誰寫的？是誰寫的？

她繼續看下去，每封信裏都是狂熱的表白，密約幽會和謹慎的叮囑，信尾總帶着這一句話：「此信務必焚毀。」

最後她翻到一張便條，一張接受應邀晚餐的普普通通的便條，筆跡卻和前面那些信中的一樣，署名是「保爾・德・恩納馬爾」，這人在當時每逢男爵談起時，總是用「我可憐的老保爾」稱呼他的，而他的妻子是男爵夫人最要好的朋友。

於是約娜頓時產生了疑惑，這個疑惑立刻又得到了證實：她母親就是他的情婦。

她頭腦一陣昏亂，急忙扔掉她手上這些齷齪的信，就像扔掉爬在她自己身上的毒蟲一樣，然後她跑到窗口，不禁震動着嗓門放聲痛哭起來；接着她精疲力竭地倒在牆腳邊，怕讓人聽見她的哭聲，用簾子蒙住臉，在悲痛絕望中嗚咽不止。

她也許會整夜地這樣哭下去；但這時隔壁屋子裏的一陣腳步聲使她吃驚地跳起來。這會不會是她父親呢？而所有這些信還都攤在床上和地板上！他只要打開一封，那就完了！他到底知不知道呢？他呀！

她撲過去，雙手抓起那些發黃了的舊信件，不管是她外祖父母寫的，她母親的情夫寫的，連同她還不曾打開的以及那些用繩子捆着還留在寫字檯的抽屜裏的，統統成把地扔進壁爐裏去。然後她端起燃點在床頭桌上的一枝蠟燭，把這一大堆信點着了。頓時冒出一道高高的火焰，火光閃閃地跳動着，照亮了臥室、床鋪和屍體；死人僵硬的面孔和被單下龐大的軀體的輪廓，在床後白色的布簾上，映出一幅顫動着的黑色的側影。

當壁爐裏只剩下一堆紙灰時，她又回到敞開的窗口，像是她已不敢再停留在死者的身邊，她坐在那裏，用手遮着面，又哭泣起來，悲痛地呼喊着：

「啊！我可憐的媽媽，啊！我可憐的媽媽！」

她十分痛苦地想道：如果小母親真的沒有死，如果她只是昏昏沉沉地睡熟了，如果這時她突然起來說話了，那麼她會不會因了解了她母親這個可怕的秘密而削弱對她的孝心呢？她還會用同樣虔敬的心去抱吻她嗎？她還會用同樣聖潔的愛去對待她嗎？不！不！那是不可能的！而這一思想撕裂了她的心。

夜已闌珊；星光黯淡下去；這是破曉前清涼的時刻。月亮正在沉到大海裏去，使水面閃出螺鈿色的銀光。

約娜頓時回憶起她初回白楊山莊時倚窗眺望夜色的那第一個晚上。那已是多麼遙遠的事情，一切都改變了，現實中的明天和她想像的是多麼不同啊！

現在天空又塗上一片薔薇色了，一種歡樂的、溫柔的、嬌媚的薔薇色。她看着這初升的曙光，像是面對一種不可思議的現象似的，感到了驚訝。她不禁自問，世上既有這樣美麗的晨曦，怎麼可能就沒有一點快樂和幸福。

推門的聲音使她一驚。于連進來了。他問道：

「怎麼樣，你不覺得太累嗎？」

她含糊地回答說「不」，心裏卻高興現在不再是獨自一個人了。

「現在你去休息一下吧。」他說。

她沉重、悲痛而哀傷地和母親抱吻，然後回到自己的臥室去了。

這一天就在準備喪事的淒切中度過。男爵傍晚才趕到家。他哭得很厲害。

葬儀在第二天舉行。

約娜在母親冰冷的面額上親了最後一次吻，替她做好了最後一次的打扮，看着屍體釘到棺材裏，這才退了出來。客人都快要到來了。

琪爾蓓特到得最早，她一見到約娜，就抱住她痛哭起來。

從窗口可以望見幾輛馬車正在拐進柵欄門快跑而來。寬大的外廳裏充滿着一片人聲。穿着喪服的女客陸續走到房間裏來，好些都是約娜沒有見過面的。古特列侯爵夫人和勃利瑟維勒子爵夫人都過來和她擁抱。

忽然間她看到麗松姨媽悄悄地躲在她背後，她那麼親切地抱住了姨媽，使這位老小姐感動得快暈倒了。

于連進來了，他全身喪服，穿得很有氣派，神情忙忙碌碌，顯然對這樣熱鬧的場面感到非常滿意。他壓低聲音和他妻子商量了一番，又機密地提醒說：

「所有貴族都來了，場面確實很像樣。」

他莊重地和女客們一一打了招呼，然後又出去了。

喪禮開始後，只有麗松姨媽和琪爾蓓特伯爵夫人一直陪伴在約娜身邊。伯爵夫人不斷地擁抱她，一再安慰着說：

「我可憐的好朋友！我可憐的好朋友！」

當福爾維勒伯爵來接他妻子時，他也痛哭得像死了自己的母親一般。

10

接踵而來的這些日子都過得很悲慘，在這些日子裏，因為親人永逝了，屋子裏就顯得淒涼和空虛，在這些日子裏，每遇到死者日常使用過的東西，就會令人感到難過。時時刻刻都會觸動回憶，叫人心酸。這裏是她坐的圈椅，那裏是她留在外廳裏的洋傘，還有女僕忘了收起來的死者曾經用過的酒杯！在每一間屋子裏，都能發現零零碎碎的小東西：她的剪刀，一隻手套，被她的粗手指翻破了的書，許許多多本來算不了甚麼的零星用物，正因為它們叫人想起她的種種瑣事，無一不令人感到傷心。

還有她的聲音到處追逐着你，響在你的耳邊；你想躲開這所房子的魔力，逃避到不論甚麼地方去。但是卻又不能不留在這裏，因為別人也都忍受着痛苦留在這裏。

此外，約娜始終痛心地忘不了她在她母親舊日的信件中所發現的那樁事情。這使她思想上感到非常沉重；她那破碎了的心再也不能復原了。由於這樁可怕的秘密，更增加了她目前的孤獨；她最後的一點信任連同她最後的一點點信仰，都一齊消失了。

父親不久之後就離開了，他需要活動一下，換一換空氣，跳出使他愈陷愈深的那種悲傷的心境。

這所大房子，見慣了它的主人一個又一個地離去，便又恢復了平靜和正常的生活。

不久保爾病了。約娜快急瘋了，接連十二天沒有睡覺，也幾乎不吃甚麼東西。孩子病好了；但她仍然膽戰心驚，總想到有一天他會死去，到那時她怎麼辦呢？她會弄成甚麼樣子呢？逐漸地在她心中不自覺地產生了再要一個孩子的念頭。不久，過去的願望重燃起來，她夢想能有兩個孩子，一男一女，環繞在自己身邊。這種想法把她糾纏住了。

但從發生蘿莎麗的那樁事情之後，她和于連一直不同床了，在當前的情況下，要恢復他們之間的關係，簡直是不可能的。于連另有所歡，這是她所知道的；她只要一想到必須再去接受他的愛撫，就憎惡得渾身發抖。

她為想要再生孩子的念頭深深地苦惱着；為了這個，她是情願忍受一切了；但是她自問怎麼去和于連恢復關係呢？如果讓他猜透了自己的心思，那真會叫她羞死的；並且他顯得早已不再想念她了。

她也許可以拋棄這個念頭；但是她夜夜夢想着生一個女兒；她看見保爾和他的小妹妹在那棵梧桐樹下一同遊戲，有時她覺得簡直忍耐不住，就想從床上爬起來，一言不發地跑到她丈夫的臥室去。事實上，已有兩次她都偷偷地溜到了他睡房門口，可是心裏一陣羞愧，又急忙退回去了。

男爵走了，小母親死了；約娜現在再也沒有人可以商量了，再也沒有人可以訴說自己的心事了。

最後她決心去找比科神甫，想用懺悔的方式保守秘密，把這個難題講給他聽。她去時，神甫正在他那個種着果樹的小花園裏讀經。

閒談了一陣不相干的事情之後，她紅着臉，很難開口地說道：

「神甫先生，我想要懺悔。」

神甫吃驚了，他把眼鏡往上一推，對她仔細端詳一番；然後他笑了。

「我想您不會是良心上有甚麼重大的罪過吧。」

約娜更慌張起來，回答說：

「不是的，我只是有一個問題想徵求您的意見，一個很難……很難開口的問題，所以我不敢在這裏講給您聽。」

他立刻收斂起他那副好好先生的臉色，顯出祭司般的神情說道：

「既然如此，我的孩子，我就到懺悔室裏去聽你講，走吧！」

但是她突然一想，在那嚴肅而寂靜的聖堂中，這樣羞人答答的話怎麼能出口呢，便又猶疑不決，退避不前了。

「神甫先生，我看……我看不必了吧……我可以……我可以，……如果您願意的話……就在這裏把我要講的話講給您聽。或是您看，我們坐到那邊那個小亭子下面去吧。」

他們慢慢地走了過去。她心裏盤算着應該從哪裏說起，怎麼說法。他們坐下了。

於是，就像懺悔時一樣，她開始了：

「我的聖父……」

她躊躇了，又一遍地說：「我的聖父……」便心慌得說不下去了。

他把雙手搭在肚皮上，等待着。他看出她很為難，便鼓勵說：

「喔，我的女兒，有甚麼不可以講呢；來，拿出勇氣來。」

像一個膽怯的人再不顧任何危險，下定了決心：

「我的聖父，我想再要一個孩子。」

他沒有答話，因為他不明白是怎麼回事。於是她想解釋，但是驚惶失措得不知道怎樣來表達。

「我現在的生活很孤單；父親和丈夫彼此不融洽；母親又死了；再加……再加……」說到這裏，她渾身發抖了，她把聲音放得更低……「那一天，我的孩子差一點完了！果真那樣，我怎麼辦呢？……」

她停住了。神甫還是莫名其妙，用眼睛瞪着她：「我說，開門見山地講吧。」

她重複說：「我想再要一個孩子。」

神甫習慣於農民們在他面前毫無顧忌地開點粗魯的玩笑，聽到這句話時，他微笑了，一面會意地點點頭，答道：

「不過，我覺得，這事全仗您自己呀！」

她用天真的眼睛望望他，羞得前言不搭後語地說：

「但是……但是……您得知道自從那次……那次關於……那個使女……那是您知道的……那件事情之後……我和我丈夫，我們就完全……不在一起生活了。」

神甫見慣了鄉間男女的混雜和不正當的關係，聽到這番話時不覺吃了一驚；突然他以為猜到了那少婦真正的心思了。他用眼角望着她，對她的不幸抱着滿腔的好心和同情：

「是的，現在我完全懂了。我懂得您的……您的孤單的生活使您煩惱。您正年輕，身體又很健康。這當然是自然的，完全自然的。」

他顯出鄉村神甫毫不拘束的快活性格，便又微笑了；他輕輕地拍拍約娜的手，說道：

「依照戒律，這是許可的，完全許可的。『肉體的結合僅僅只能由結婚才得到許可。』您是結了婚的人，可不是嗎？那就完全不是亂插蘿蔔了。」

這次輪到她不懂對方話中所暗藏的意思了；等到她一下明白之後，羞得滿面通紅，把眼淚也急出來了。

「啊！神甫先生，您說的是甚麼呢？您在想甚麼呢？我向您發誓……我向您發誓……」她啜泣得哽咽住了。

他吃驚了，安慰她說：

「好了，我沒有要使您難過的意思。我只是說了句笑話；只要心裏誠實，說句笑話也沒有關係。您把這事交給我；儘管交給我好了。我可以跟于連先生談一談。」

她簡直不知道該說甚麼。她怕這種調停是笨拙的，而且是危險的，她想阻止，但是又不敢開口；她含糊地說了一聲：「謝謝您，神甫先生。」便匆匆忙忙地離開了。

一個星期過去了。她生活在令人苦惱的不安中。

一天晚上晚餐的時候，于連古怪地望着她，嘴角上帶着一點微笑，她知道這是他平時戲弄人的時候慣有的一種表情。他甚至對她表示殷勤，但其中暗暗地帶有嘲弄的意味；餐後兩人在小母親經常散步的那條白楊路上走着的時候，他附在她耳邊低聲說道：

「這樣看來，我們又和好如初了。」

她甚麼也沒有回答。她望着路上那道筆直的痕跡，現在由於長出了青草，幾乎快看不清楚了。這是男爵夫人平時散步所留下的足跡，現在也像一個回憶一樣，逐漸地被磨滅了。約娜淒苦地感到一陣心酸；她覺得自己在人生道上迷了路，孤獨到與世隔絕了。

于連接下去又說：

「在我，這是求之不得的。我原來只怕你不肯。」

太陽西沉了；夜色溫柔而幽靜。約娜心裏鬱積得真想痛哭一場，她需要對一個知心的人敞開自己的胸懷，緊偎着他來傾訴自己的哀怨。她已經忍不住要哭出來，便伸開雙臂，倒在于連懷裏了。

她哭泣着。他吃驚了，他望着她的頭髮，但看不見藏在他懷裏的臉。他以為她還愛着他，便大模大樣地在她的髮髻上親了一個吻。

然後他們一言不發地走回去了。他跟她進了臥室，那一夜他就睡在她那裏了。

他們舊日的夫婦關係恢復了。他就像在盡自己的義務，但心裏卻也並不討厭；在她這方面，心裏覺得既痛苦又可厭，但也作為一種必要來承受了，她只等待一懷了孕，就決心斷絕這種關係。

但是不久，她發現她丈夫在愛情上的舉動和過去不同了，也許顯得更有經驗了，但是有所保留。他像一個小心翼翼的情夫一般地對待她，而並不像一個泰然自若的丈夫。

她詫異了，暗自觀察，很快發覺他每次和她發生關係時，都在她能受孕之前就停住了。

於是有一天夜裏，正當嘴對着嘴的時候，她就訥訥地說：

「為甚麼你不像從前一樣毫無保留地給我呢？」
他冷笑起來：
「天哪，就是為了不讓你肚子大起來。」
她哆嗦了一下：
「為甚麼你不再要孩子了呢？」
他驚呆住了：
「嗯？你説甚麼？你發癡啦？再要一個孩子？唉！那可要不得！有一個孩子哭哭啼啼已經夠受的了，人人為他操心，還要花錢。再要一個孩子！謝謝老天爺吧！」
她把他摟在懷裏，親他，吻他，低聲對他説：
「啊！我央求你，讓我再做一次母親吧。」
他彷彿受了她的傷害似的，大怒起來：
「你真是發昏啦！我求求你，別讓我再聽這種瘋瘋癲癲的話了。」
她不做聲了，決心想對他使用圈套，來獲得她所夢想的幸福。
於是她竭力設法要拖長他擁抱的時間，像演戲似的表現出瘋狂般的熱情，在那假裝的神魂顛倒的時刻，她用痙攣的雙臂把他緊緊地抱住。她用盡了種種詭計；但是他始終能控制住自己，一次也不敢大意。

她愈來愈被想做母親的強烈的慾望所激動，她決心不顧一切了，甚麼都不怕，甚麼都敢做，就在這種情況下，她又找到比科神甫那裏去了。

神甫剛用完午餐，由於餐後經常心跳，所以滿面通紅。他一看見她進來，便大聲問道：

「事情怎麼樣？」因為他也急於想知道那次調解的結果。

約娜現在已下定決心，也就不再膽怯害臊了，她立即答道：

「我丈夫不想再生孩子了。」

神甫對這事極感興趣，轉過身來望着她，準備以教士的好奇心來探問床笫間的秘密，這些原是他在懺悔工作中足以消遣解悶的部份。他問道：

「這話怎麼講？」雖然她已下了決心，到要解釋時卻又覺得為難了：

「但是他……他……他不肯和我再生孩子了。」

神甫明白了，他對這一類事情是內行的；他像一個齋戒而又貪嘴的人一般，連同種種精確的細節，一概都詳詳細細地詢問了一遍。

他思索了一陣，然後用平靜的聲調，就像在估計豐收的年成似的，替她擬定了一個考慮得很周到的巧妙的計策：

「親愛的孩子，您現在只有一個辦法，那就是要使他相信您已經懷了孕。這樣他就不再戒備了，到那時您便真的會懷孕了。」

她連眼睛都羞紅了；但是既然她一切都在所不惜了，便又追問道：

「可是……可是他要不相信我的話呢？」

神甫對掌握人們的心理是最擅長不過的：

「您把懷孕的事情對所有人都講，到處宣傳，結果他自己也就會相信了。」

然後像是為自己這道策略辯護，他又補充說：

「這是您的權利。教會容許男女間的關係，只有一個目的，那就是為了生育。」

她聽從了這個巧妙的主意，半個月以後，便告訴于連說自己可能懷孕了。他嚇了一跳。

「那怎麼可能呢！那不會是真的。」

她立刻指出她所以懷疑有孕的理由，可是他還自信地說：

「那可不一定，等着看吧！」

從此每天早上他都問：

「怎麼樣？」

她卻總是回答說：

「沒有，還是沒有來。要不是懷了孕，那才怪呢！」

他也焦急起來，心裏又懊惱又奇怪，反覆說道：

「這個我可真不懂，簡直不懂。吊死了我，我也不知道那是怎麼搞的！」

一個月之後，她把這個消息到處宣傳，只是出於愛面子的這種複雜而微妙的心理，才獨獨沒有告訴琪爾蓓特伯爵夫人。

于連從最初產生了顧慮之後，就不再和她接近了；後來懊惱極了，也就索性算了，說道：

「這一個可真是自己找上門來的。」

從此他又和他妻子同床了。

神甫所預料的一切完全實現了。她真的懷了孕。

這時約娜歡喜得快瘋了。她出於對她所崇敬的那不可知的神祇的感恩，立誓要永守貞潔，從此，每天晚上，她把臥室的門關得緊緊的。

她重新感到自己幾乎很幸福了，暗自驚奇在母親死後，悲哀會消失得這麼快。

她原以為自己再得不到安慰的了，可是現在不到兩個月，敞開的傷口竟痊癒了。剩下的只是一種淡淡的憂鬱，就像是籠罩在她生活上的一層惆悵的紗幕而已。她覺得不可以再發生任何其他事故了。孩子們會長大起來，都會很愛她：她無須再去為她丈夫操心，她的老境會過得平靜而稱心。

將近九月底的時候，比科神甫穿着一件上身才一個禮拜的新法衣，正式來告別了，同時也為介紹他的後繼人托耳彪克神甫。這是一位很年輕的神甫，身材瘦小，說話有些誇大，一對深陷的眼睛周圍有一道黑圈，說明他性情的急躁。

老神甫調到戈德鎮去當首席神甫去了。

約娜為他的離別實在感到傷心。這位好好先生的面影是和她做少婦的全部回憶聯繫在一起的。為她舉行婚禮的是他，給保爾施洗禮的是他，主持男爵夫人葬禮的也是他。她要一想到埃都旺村，就一定會聯想到比科神甫挺起大肚子沿着農莊院子路過的神氣；她喜歡他，因為他快活而又自然。

神甫雖然高升了，心裏卻並不覺得高興。他對約娜說：

「子爵夫人，我心裏是難過的，我心裏是難過的。我在這裏已經十八年了。啊！這個村莊收入少，進益不大。男人對宗教的信仰不高，婦女呢，您也知道，品德不好。女孩子不先朝拜大肚皮聖母，是不會到教堂來結婚的，因此這個地方桔花[1]不值錢。儘管如此，我對當地一向是有感情的。」

新神甫聽得很不耐煩，滿臉漲成通紅。他突然插嘴說：

「我在這裏，一切都不能這樣下去。」

他那樣子，就像一個瘦弱而性格暴跳如雷的孩子，他身上穿着一件乾淨的舊法衣。

比科神甫斜眼望着他。每逢他興致好的時候，他總是這樣看人的，接着說道：

「您看吧，神甫，您想防止這些事情，除非把全區的教徒都用鏈子鎖住；就是這樣，也得不到甚麼效果。」

那個青年神甫厲聲答道：

「我們將來看吧。」

老神甫往鼻子裏送了一撮鼻煙，慢慢嗅着，微笑地說道：

「神甫，年紀大起來，您就會心平氣和了，這和經驗也有關係；按您的做法，只會把最後的幾個信徒也從教堂裏趕跑了；此外再不會有甚麼好處。這裏的人宗教信念是有的，但也很能胡鬧，這一點您要注意。說老實話，每當我發覺一個肚子有點大了的姑娘來聽講道的時候，我心裏就想：『這一下，她要替我多帶進一個教徒來了。』我就盡力幫助她結婚。您要知道，您無法防止他們不出亂子，但是您可以去把那個小夥子找出來，免得他拋棄那個做了母親的姑娘。使他們結婚，神甫，使他們結婚，別的事您不要管。」

新來的神甫冷冷地答道：

「我們的想法不同，爭論也沒有用。」

這時比科神甫又戀戀不捨地談起他的村莊，談起從他教會住宅的窗口就能望見的大海，談起那些漏斗形的小山谷，那裏他常常一面誦讀着經文，一面望在大海上航行的船隻。

兩位神甫都告辭了。老神甫抱吻了約娜，她幾乎要哭了。

一個星期之後，托耳彪克神甫又來了。他像一個新接王位的王子似的，談到他正在進行的改革。然後他請求子爵夫人千萬不可在禮拜日望彌撒時缺席，並且所有節日也都必須參加。

「您和我，」他說，「我們是地方上帶頭的人；我們應該管理這個地方，並且凡事要以身作則。我們必須聯合起來，才能有勢力，才能受人尊敬。教堂和莊園攜手合作，住茅屋的人就會服從我們並且怕我們了。」

約娜的宗教完全是從感情出發的，她的信仰，像一般女人的信仰一樣，是帶有夢幻色彩的；她所以還能勉強盡她做教徒的責任，那完全出於在修道院時所養成的習慣，至於她的宗教信念，則早受她父親那種自由思想哲學的影響而拋到九霄雲外了。

比科神甫看見她多少能對教會盡點責任，心裏就滿足了，因此從來不作過份的要求。但是新來的神甫發現她上個禮拜日沒有去望彌撒，就嚴厲而焦急地跑來了。她不願意和教會的關係破裂，便答應了，但心裏卻是有保留的，她只準備為了情面關係在最初幾個星期到教堂去。

從此她漸漸養成了到教堂去的習慣，並且接受了這個嚴格而專橫的瘦個兒神甫的影響。他的那種狂信者的激昂和熱情使她喜歡。他挑動了她那根每個女人心靈中都有的宗教詩情的心弦。他那種執拗的苦行，他對於世俗和肉慾的蔑視，他對人世間種種牽掛的厭惡，他對天主的敬愛，他那種年輕人對人情世故的無知，他生硬的言辭，他那不屈的意志，所有這一切給了約娜一種印象，以為這就是殉道者的形象；於是飽經人世憂患的約娜，便被這個孩子、這個天國使臣的狂熱信仰吸引住了。

他引導她走向救苦救難的基督，指示她宗教虔信的快樂一定能解除她的一切痛苦；當她馴順地跪在這個看去不過十五歲的神甫面前懺悔時，真覺得自己既軟弱又渺小。

但是不久這個神甫被全村的人所痛恨了。

他因為對自己要求十分嚴格，所以對別人也絲毫不能寬容。其中愛情這件事情特別引起他的憤慨和惱怒。他在佈道時，常常按照教會的習慣，用狠毒的詞句，十分激烈地指摘愛情，並在鄉下聽眾的面前不時地大發雷霆，譴責淫風；而且因為他在憤怒中描繪出來的形象，刺激着他的神經，他會氣得渾身發抖，甚至跺起腳來。

年輕的小夥子和姑娘們，在教堂裏擠眉弄眼，偷偷地你看看我，我看看你；一向喜歡在這些事情上開開玩笑的老年農民，望完彌撒，在回家的路上走在穿藍布外罩的兒子和披黑斗篷的老婆身邊時，談起這個可惡的小神甫的偏激，也紛紛表示不滿。整個村莊裏，群情激憤起來。

人們竊竊地議論在懺悔室時他是多麼的嚴酷，懲罰人時又是多麼的厲害；當他堅決拒絕赦免那些貞操受到侵犯的姑娘們時，大家就都譏笑他。節日做大彌撒時，人們看見有些青年男女還留在座位上，不和別人一起去領聖體，便哄堂大笑。

不久，小神甫就像看守人追逐私獵戶一般，去偵察和阻止情人們的幽會。在明月的夜晚，他到路邊的溝渠裏，到穀倉背後或是海邊小山坡的草叢裏去驅逐幽會中的男女。

有一次，他碰到了一對，他們當着他的面仍然不分開，互相挽着腰，在滿是亂石的溪谷裏，一邊走一邊接吻。

神甫嚷道：

「不要臉的東西，你們夠了吧！」

那個小夥子回過頭來答道：

「神甫先生，您管您自己的事情好啦；這裏的事情和您不相干。」

於是神甫拾起一些鵝卵石，像趕野狗一樣，向他們扔去。

那兩個人笑着逃走了；可是下一個禮拜日，他在教堂裏當眾宣佈了他們的名字。

從此，當地所有的年輕小夥子都不去望彌撒了。

神甫每星期四到莊園來晚餐，在其他的日子裏也常來和他的女信徒談天。她也和他一樣，一談起精神的事物，便變得非常興奮，宗教論辯中所使用的古老而複雜的種種武器，她也全盤掌握了。

他倆在男爵夫人經常散步的那條白楊路上邊走邊談，當他們談到基督和他的使徒或是聖母和教會的聖者，那簡直就像談論他們所認識的熟人一樣。有時候，他們停下來，為的討論相互提出的一些莫測高深的問題，這時她就騰雲駕霧似的發出種種詩意的議論，而他呢，要求更嚴格，就像一個偏執狂熱的辯護人一般，抱定主意非要做到數學般精確地從圓形裏求得相等的方形面積。

于連十分尊敬地對待新來的神甫，屢次說：

「這位神甫很合我的胃口，他一點都不妥協。」

因此他按例去做懺悔和領聖體，出色地起着示範作用。

他現在幾乎每天必到福爾維勒伯爵夫婦家去，他和伯爵一起打獵，伯爵似乎沒有他都不行了，同時不論颳風下雨，他都陪着伯爵夫人去騎馬。伯爵說：

「他們騎馬騎得入迷了，不過這對我妻子的身體倒有好處。」

男爵在十一月中旬回來了。他變了樣子，蒼老而又衰弱，精神上再也擺脫不了那種陰沉憂傷的心情。他對他的女兒更戀戀不捨了，彷彿幾個月來的寂寞孤獨，使他更迫切地渴望家庭的溫暖，親人的愛和精神上的安慰。

約娜一點沒有向男爵談起她新近思想上的變化、她和托耳彪克神甫的交往和她的宗教熱情；但是男爵第一次和這位神甫見面，心裏就對他產生極大的反感。

晚上當約娜問他：

「你覺得這人怎麼樣？」

他就回答說：

「這個人嗎，這是一個十足的宗教裁判官！所以是個危險的人。」

後來，他從他所熟悉的那些農民口中，知道了這個青年神甫的嚴酷和兇暴，他那種違反自然法則和對人性本能的迫害，他心裏對他就越發憎恨了。

男爵原是屬於崇拜大自然的前輩哲學家的信徒，當他看見一對生物的交合，他會受到感動，他是個熱心腸的泛神論者，因此怒斥天主教觀念中的那個「天主」，那個合乎資產階級的意圖、具有耶穌會教士的迫害狂和暴君的復仇心理的「天主」，那個「天主」，在他看來，實際上是縮小了不可避免的、無邊無際的、全能的「創造」，而「創造」同時也就是生命、光、大地、思想、植物、岩石、人、空氣、牲畜、星辰、神、昆蟲等這一切的總和，「創造」所以稱之為「創造」，就因為它創造一切，它比意志更堅強，比理念更廣闊，它隨着時機的需要和溫暖宇宙的日月星辰的運行，在無限的空間裏，四面八方，不問形式，無目的、無理知、無終結地產生着一切。

「創造」包括萬物的萌芽，它培育了生命和思想，正如樹木的開花和結果。所以在男爵看來，生殖是自然的大法則，是聖潔而可敬的行為，它實現了宇宙本體永恆而不可索解的意志。因此男爵開始在各個農莊裏激烈地鼓動農民起來反對這個頑固的神甫，這個「生命」的迫害者。

約娜感到很苦惱，她向天主禱告，向她父親央求；但男爵總是回答說：

「必須和這樣的人鬥爭，這是我們的權利，也是我們的義務。這種人簡直毫無人性。」

他搖動着長長的白髮，反覆說道：

「這種人簡直毫無人性；他們甚麼都不懂，簡直甚麼都不懂。對甚麼都是昏頭昏腦地亂來一氣；這種人是違反自然的。」

他喊出「違反自然！」這幾個字在他口中就像是給人下的咒語。

神甫很清楚遇見了敵人，但是由於他要把莊園和年輕的女主人掌握在自己的手中，並且確信他能獲得最後的勝利，他便等待着時機。

不久，一個固執的念頭時刻出現在他腦海中了：他曾經在無意中發現了于連和琪爾蓓特之間有着不正當的男女關係，現在他就想不惜用一切手段來打散他們。

有一天，他去看約娜，經過一番神秘的長談之後，他要求她聯合作戰，和他一同來驅除她家庭中的邪惡，挽救那兩個走向毀滅的靈魂。

她不懂他的意思，想要問個明白。他卻答道：

「時機還不成熟，不久我會再來看您的。」說完就突然走了。

冬天快過去了，按鄉間的說法，這是一個發霉的冬天，既潮濕又溫暖。

不到幾天神甫又來了，他隱隱約約地說，在有些人中間存在着不正當的關係，而這些人照理應該是無可指摘的。他又說，知道這種事情的人，有責任想盡一切辦法去阻止他們。他發了許多冠冕堂皇的議論，然後握住約娜的手，勸她一定要睜開眼睛，弄個明白，並且和他合作。

這一次，約娜已經懂了，但是她不做聲，想到家庭裏如今平安無事，又要招來一場風波，心裏就很害怕；因此她裝作沒有聽懂神甫話中的意思。這時他就不再猶疑，明白地攤出來了。

「子爵夫人，我要來做的這件事情是令人很痛苦的，但這是我的責任，我沒有別的辦法。我所處的職位有必要叫您明白一件您能阻止的事情。您要知道，您丈夫對福爾維勒伯爵夫人的友誼是罪惡的。」

她忍辱無力地低下了頭。

神甫接下去說道：

「現在您準備怎麼辦呢？」

她訥訥地問道：

「神甫先生，您叫我怎麼辦呢？」

神甫粗暴地回答說：「您必須出面干涉這種罪惡的情慾。」

她哭了，帶着悲痛的聲音說道：

「他已經和一個使女欺騙過我，但是他並不聽我的話；他已經不愛我了；如果我有甚麼要求不合他的意，他會很粗暴地對待我。我有甚麼辦法呢？」

神甫不做正面回答，咆哮說：

「那就是說，您默認啦！您屈服啦！您同意啦！通姦的罪人就在您自己家裏，而您就容許啦！罪惡發生在您的眼前，而您竟裝作看不見嗎？您是一個妻子嗎？一個基督教徒嗎？一個做母親的人嗎？」

她啜泣着：

「您叫我怎麼辦呢？」

神甫答道：

「甚麼都比容許這種可恥的事情好。我告訴您，甚麼都比這要好。離開他吧！逃出這個骯髒的家庭。」

約娜又說：

「但是，神甫先生，我自己沒有錢生活，而且我現在也沒有勇氣；再說我並沒有證據怎麼就離開呢？我沒有權利這樣做的。」

神甫氣得渾身發抖，站起身來：

「夫人，這都是因為您懦弱無能啊，我沒有想到您是這樣的人。您是不配受天主的憐恤的！」

她在他面前跪下去了：

「啊！我央求您，不要拋棄我，請您指點我吧！」

他說得很乾脆：

「您叫福爾維勒先生睜開眼睛看看吧。來斬斷這種關係，那是他的事情。」

她一想到這個，真是覺得可怕極了：

「他會把他們殺死的，神甫先生！那我就犯了告密的罪！啊！那可不行，絕對不行！」

這時神甫生氣極了，舉起手來像對她發出詛咒似的，說道：

「您就生活在您的恥辱和罪惡中去吧；因為您的罪過比他們更大。您是一個容忍姦情的妻子！我沒有必要留在這裏了。」

他走了，憤怒得渾身發抖。

她慌張地跟在他後面，準備讓步，要答應他了。但是他仍然怒不可遏地匆匆往前走去，手裏激動地揮舞着那柄幾乎和他身子一般高的藍色大雨傘。

他瞥見于連站在柵欄門附近，正在那裏指揮修剪樹枝；於是他向左一拐，想從庫亞爾家的農莊穿過去，嘴裏反覆說：

「夫人，讓我走吧，我沒有甚麼可對您說的了。」

就在他要經過的農莊的院子中間，一群莊上的和附近鄰居的孩子們正聚攏在母狗米爾扎狗棚的周圍，這群孩子一聲不響，好奇而又緊張地在那裏觀看甚麼東西。男爵就像一個小學裏的老師似的，也站在孩子們中間，背着手，在那裏好奇地觀望着。但是當他遠遠看見神甫走來時，為了免得和他見面、打招呼和寒暄，便躲開了。

約娜還在那裏懇求說：

「給我幾天時間吧，神甫先生！請您再來一趟，那時候，我可以告訴您我所能做的，和我所能準備的一切；然後我們再一起商量。」

這時他們已來到那群孩子身邊；神甫便走近去看看到底是甚麼東西使孩子們這樣感興趣。原來是那條母狗正在生小狗。在狗窩前，已經生下的五條小狗，正在母狗的周圍蠕動着，母狗疲憊不堪地側身躺在那裏，喜愛地舐着牠們。正當神甫彎下身去觀看時，母狗痙攣地把身子一挺，第六條小狗鑽出來了。這時孩子們都樂極了，拍手嚷道：

「又是一條，又是一條！」

在孩子們眼裏，只覺得這是很好玩的，除了很自然地覺得好玩以外，並沒有任何不潔的觀念在內。他們看着小狗生下來，就像看見蘋果落到地上一樣。

托爾彪克神甫最初驚呆了一陣，然後怒不可遏地舉起他的大雨傘，用全身的力氣，向孩子們的頭上打去。小傢伙們都嚇壞了，拔腿就跑；只剩下神甫面對着那條正在分娩中的母狗。母狗掙扎着想站起來，但是神甫已不能控制自己，他不等狗站起來，便拚着命想把牠打死。狗被鏈子鎖着，不能脫身，在他的痛打下，一面掙扎，一面駭人地哀號。他的雨傘打斷了。這時他赤手空拳，只好跳到狗身上，瘋狂地踩着，踢着，想把牠弄個稀爛。在他的踐踏之下，最後的一條小狗被擠出來了；母狗已被打得鮮血淋淋，還在那堆沒有睜開眼睛、嗚嗚地叫着正在尋找奶頭的小狗中間顫動着，他最後又抬起腳跟，狠狠地踢過去，這才結果了牠的性命。

約娜早已逃開；但是神甫突然覺得有人抓住了他的脖子；一個耳光打飛了他頭上的三角帽；憤怒到了極點的男爵一直把他拖到柵欄門前，然後一下把他扔到大路上去了。

當勒培奇先生回轉身來，他看見他的女兒正跪在那堆小狗中間，一邊哭泣，一邊把牠們撿起來放到自己的裙兜裏。他指手畫腳地匆匆向她走來，大聲嚷道：

「你看這個傢伙，你看這個傢伙，這個穿道袍的傢伙！現在你看明白了吧？」

農莊裏的人都跑來了，人人看着那條在血泊中的母狗；庫亞爾大娘嘆道：

「真會有這樣野蠻的人哪！」

這時約娜已經把那七條小狗都撿起來了，想要把牠們撫養起來。

人們試着用牛奶來餵牠們；有三條第二天就死了。於是西蒙老爹跑遍各處，想要找出一條帶奶的母狗來。他沒有找到帶奶的母狗，結果卻找來一隻帶奶的母貓，說那也能頂事。結果只好把其他三條小狗也犧牲了，留下最後一條交給母貓來撫養，這個異族的奶娘立刻收容了牠，側躺着身子給小狗餵奶。

為了不使母貓過份吃力，兩星期之後小狗就斷奶了，另由約娜自己用奶瓶給牠餵奶。她替小狗取了名字，叫「多多」。男爵堅決要替牠取名為「屠殺」。

神甫不再來了，可是在下一個星期日講道時，他便對莊園痛施詛咒、辱罵和威嚇，說一定要無情地撲滅一切病疫，革除男爵的教籍，男爵自然一笑置之；同時神甫還風言風語，影射于連另有了新歡。子爵聽得非常惱怒，但是生怕醜事宣揚出去，也只好把怒火壓在心頭。

從此，每次講道，神甫必定要宣講一番他報仇的心願，預言天罰的日子就要到了，所有他的敵人都不能脫身。

于連給大主教寫了一封既恭敬而又強硬的信。托耳彪克神甫有被撤職的危險，就不再做聲了。

人們常常遇見他邁着大步，十分激動地獨自在四處漫遊。琪爾蓓特和于連每次騎馬外出散步時，總能望見他，有時遠遠地看去，在原野的盡頭或是在懸崖的邊上，就像一個黑點子，有時當他們正要走近一個窄谷時，他卻正在那裏讀經。這時他們便掉轉馬頭，免得從他身邊經過。

春天來到了，他們的愛情更熾烈起來。天天不是在這裏，就是在那裏，騎馬找個隱蔽的地方，互相摟抱在一起。

不過樹葉還很稀疏，草地又很潮濕，所以他們不能像在盛夏時節那樣，躲進小樹林裏去。為了避免被人撞見，他們秘密的幽會經常利用伏高特小山坡頂上牧羊人休息用的一間小木屋，這木屋是能移動的，但從去年秋天起就一直被棄置在那裏。

木屋高高地架在輪子上，孤零零地豎立在那裏，和懸崖相距約有五百公尺，正在山谷開始陡峭直降的山坡上。他們隱蔽在木屋裏是萬無一失的，因為居高臨下望得見整個原野；兩匹馬拴在木屋的轅木上，一直等待到主人們的歡樂興盡而止。

但是有一天，當他們離開那小屋時，望見托耳彪克神甫坐在山坡下，幾乎是隱藏在蘆草叢中。

于連說道：

「以後應該把馬留在山谷裏，不然人們老遠就能望見了。」

從此他們總是把牲口拴在一個長滿荊棘的山坳裏了。

又有一天傍晚，當他們正返回佛麗耶特莊園去，那裏伯爵等着他們晚餐，他們遇見埃都旺的神甫正從裏面出來。他站在一旁讓他們過去，低着頭向他們打了個招呼。

他們感到一陣擔心，可是很快也就忘記了。

誰知五月初的一個下午，外面颳着大風，約娜正在火爐邊看書，她從窗口望見福爾維勒伯爵急急忙忙地步行而來，以為一定發生了甚麼意外的事情了。

她趕快下樓來招呼他，當她站在他面前時，以為他真的瘋了。他頭上戴着那頂平時只在家裏戴的大皮帽，身上穿着獵裝，面色變得那麼鐵青，一向和他鮮紅的皮膚很調和的紅鬍子，這時看去就像一團火焰了。他的眼睛很兇猛，眼珠滾來滾去，顯出喪魂失魄的神情。

他喃喃地說：「我的妻子在您這裏嗎？」

約娜不知所措地答道：

「沒有呀，我今天還沒有看見過她。」

他的兩條腿彷彿直發軟，他便坐下了；他摘下帽子，三番五次不由自主地用手絹擦一擦前額；然後身子一挺又站了起來，伸着手，張着嘴，向約娜走去，像要向她吐露內心極度的痛苦；可是他又站住了，眼睛盯着她，像說夢話似的自語道：「但是您的丈夫……您也……」

說着他就直奔海邊而去。

約娜跑去想阻攔他，一面叫喚他，懇求他。她已嚇得膽戰心驚，暗自想道：「他全都知道了！可是他想去做甚麼呢？啊！但願他找不着他們！」

但是她沒有能趕上他，她的話對他也不起甚麼作用。他彷彿很自信，毫不猶疑地直奔而去。他跳過水溝，邁着大步穿過那片蘆草地，然後登上了懸崖。

約娜站在種了樹木的土崗上，久久地望着他，直到看不見了，才滿懷憂慮地回到家裏。

這時伯爵轉向右手，開始奔跑起來。喧騰的大海上，波濤洶湧；大片大片的烏雲從天邊飛奔而來，每一片雲都帶來一陣暴雨。風颼颼地怒嘯着，掠過草地，颳倒禾苗；大群的白鷗，像起伏的浪花似的，乘風向大陸飛去。

大粒的雨點陣陣地打在伯爵的臉上，他的雙頰和髭鬚上濕淋淋地掛着雨珠，雨聲在他耳邊嘩啦嘩啦地響，他的心房突突地跳動着。

那邊，就在他眼前，伏高特山谷張大了幽深的咽喉。一眼望去，只看見一個空寂的羊欄和羊欄旁牧羊人的小木屋。兩匹馬拴在這所活動房子的轅木上。在這樣暴風雨的天氣，還有甚麼可不放心的呢？

伯爵一望見那兩匹馬時，便伏倒在地上，然後用兩膝和雙手匍匐前進，這個渾身是泥、頭上戴着獸皮帽的龐然大物，看去真像一個鬼怪。他一直爬到那所孤零零的木屋邊，為了不叫人從木板縫裏望見他，他便躲到木屋底下。

那兩匹馬一看見他，便騷動起來。他用手中的小刀悄悄地割斷了馬身上的繮繩；驟然吹來一陣狂風，冰雹敲打着木屋的斜頂，木屋在輪子上搖動起來，把兩匹馬嚇得都逃跑了。

伯爵跪直了身子，眼睛貼在門縫裏，向裏面窺望。

他一動也不動，像是在等候着甚麼。經過了一陣相當長的時間，他突然站起來，身上從頭到腳沾滿了爛泥。他憤怒地撥動門閂，把門從外面反扣住了，然後握住轅木，把小屋拚命地搗動着，彷彿想把它搗得粉碎似的。忽然間他挽住轅木，像牛拉車似的，彎着高大的身軀，喘着氣，拚死命地把這所活動的木屋連同關在木屋中的那對情人，一起拖向陡峭的山坡邊上。

關在木屋裏的人，一邊用拳頭敲着木板，一邊大聲叫喊，他們還不了解究竟出了甚麼事情。

當伯爵把木屋拖到斜坡邊緣時，一鬆手，輕巧的小屋子便順着斜坡滾下去了。它勢不可當地往下直滾，就像一隻野獸，橫衝直撞，愈滾愈快，轅木拍打着地面。

一個蜷縮在山溝裏的老乞丐，看見那木屋從他頭頂上躍過；他聽到從裏面發出駭人的叫喊。

猛然間那木屋撞掉了一個輪子，倒向一邊，接着就像一個皮球，就像一所連根拔起的房子從山頂上翻滾下來。當它滾到最後那道山坳邊時，一躍而在空中劃出一道弧形，跌到谷底裏，像一個雞蛋似的，砸得粉碎了。

木屋一撞碎在石頭上，那個曾經看到它從頭上躍過的老乞丐，立刻躡手躡腳地踩着荊棘，從山坡上走下來；他帶着鄉下人的那種小心謹慎，不敢直接走近那間砸碎了的木屋，便先到附近的農莊去報信。

人們都跑來了，撥開碎片，發現了兩具屍體，但全已血肉模糊，慘不忍睹。男的前額裂開，面孔壓得稀爛。女的受了撞擊，顎骨脱落下來；他們的四肢折斷，軟酥酥的皮肉下，彷彿都已沒有骨頭了。

但是人們對死者都還認得出來，便開始紛紛議論，推究產生這場慘劇的原因。

「他們到這裏面去幹甚麼呢？」一個女人說。

這時那個老乞丐便說他們顯然是為了避暴風雨，躲到裏面去的，後來狂風把小屋吹倒，這才滾了下來。他還解釋最初他自己也想躲到木屋裏去，只因看到轅木上拴着兩匹馬，他才知道裏面已經有了人。

他又得意地補充說：

「不然，我就送了命了。」

有人打岔說：「那不更好嗎？」

於是老漢怒不可遏地說道：

「為甚麼那就更好呢？難道就因為我是窮漢，他們都是闊人嗎？看看現在他們這副樣子！……」

老漢氣得發抖了。他衣衫襤褸，渾身濕透，亂蓬蓬的鬍子和從破帽子裏鑽出來的長頭髮髒成一片，他用手裏的那根彎曲的棍子，指指那兩具屍體，叫道：

「死了，我們大家還不都是一樣。」

這時又有一批農民趕來了，他們帶着不安、疑慮、驚慌、自私而又膽怯的神色，冷眼旁觀着。接着大家商量辦法，最後決定把兩具屍體分別運回到各自的莊園裏去，企圖獲得一筆犒賞。兩輛小篷車駕好了，但這時又發生了新的難題。有些人主張車子裏鋪上一點稻草就行了，另一些人卻認為要放上墊褥才成個樣子。

剛才說過話的那個女人嚷道：

「但是墊褥上會染得滿處是血，將來還得用漂白水才能洗掉。」

一個氣色快活的胖農民答道：

「自然會有人出錢的。東西愈貴重，錢就愈出得多。」

這話使大家都信服了。

兩輛沒有裝彈簧的高輪小篷車，一輛向左，一輛向右，快步出發了，這兩個生前摟抱在一起，從今再不會見面的屍身，每當車輪走在高低不平的車轍中時，在車子裏被震動得晃來晃去，東搖西擺。

伯爵一看到小屋從陡峭的山坡上滾下去，便在狂風暴雨中飛奔地逃走了。他越過大路，衝開籬笆，跳下土崗，這樣跑了幾個小時，在黃昏時才到了家，連他自己也不知道是怎麼回去的。

僕人們驚慌地正在家裏等着他，告訴他兩匹馬——于連的那一匹跟在另一匹後面——剛到家，卻不見馬上的人。

福爾維勒先生一陣眼花，用斷斷續續的語聲答道：

「在這樣可怕的天氣裏，也許出了甚麼意外的事情，讓所有的人都去找他們吧。」

他自己也出去了；但一走到人家看不見他的地方，便躲進樹叢裏，偷偷地朝大路上探望着，至今還被他死命地愛着的這個女人，就要從這條路上回來，她也許已經死了，也許還留着最後的一口氣，或是折斷了四肢，永遠成為殘廢的人了。

不久一輛小篷車從他面前經過，像是載了甚麼奇怪的東西。

車子先在莊園門前停住，後來才進去。對呀，那一定是「她」；但是一種極度的恐怖把他牢牢地釘在那裏了，他害怕面對事實的真相；他一動不動，畏縮成像一隻野兔，任何聲響都會使他發抖。

他等了一小時，也許是兩小時。那輛篷車並沒有出來。他對自己說，他妻子也許只剩最後一口氣了；一想到去見她，去面對她的目光，他心裏就恐怖極了，他害怕有人會在他隱藏的地方發現他，強迫他回去目睹她垂死時的慘狀，便又一直逃進樹林中去。但是他忽然間想起，也許她正需要照料，而周圍顯然沒有任何人能服侍她，他便瘋了似的跑回家去。

進門時，他遇見了家裏的園丁，便叫道：

「怎麼樣啦？」

那人不敢應聲。於是福爾維勒先生更大聲地吼道：

「她死了嗎？」

僕人訥訥說：「是的，伯爵先生。」

頓時他心中感到無比的輕鬆。他的血液和他緊張的肌肉突然間都恢復正常了；於是他穩步登上高大的台階。

這時另一輛篷車到達了白楊山莊。約娜老遠就望見了，她看到車上的墊褥，猜想那上面一定躺了人，她一下都明白了。她所受的刺激是那樣的強烈，她立刻暈倒了。

當她恢復知覺時，她父親正托着她的頭，拿香醋擦在她的鬢角上。他猶疑地問道：

「你知道嗎？……」

她喃喃地說：

「是的，爸爸。」

但是當她想站起來時，她痛得怎麼也站不住。

當天晚上，她就分娩了，生下的嬰兒是死的。那是個女孩子。

于連下葬她一點都沒有看見，一點也不知道。她只知道一兩天之後麗松姨媽已經回來了；在昏昏沉沉的噩夢裏，她總是想知道那個老處女究竟是甚麼時候，在甚麼時間和在甚麼情況下離開白楊山莊的。後來在她神志清醒的時候，她也仍然記不起來，只是肯定在小母親死後，她還見過她的。

註釋：

[1] 桔花象徵貞潔，常用作裝飾新娘的花冠。

11

約娜三個月不出房門，她變得那麼虛弱，那麼面無人色，看去是無可挽救的了，誰都這樣想，誰都這樣說。後來她卻逐漸有了起色。她父親和麗松姨媽都在白楊山莊住下來，不再離開她了。她在這一次的打擊中，得了神經衰弱症，動不動就頭暈，一點細故就會使她昏過去很久。

她從來沒有細細地問過于連是怎樣死的。她管這些做甚麼呢？難道她還知道得不夠嗎？人人都以為那是意外的遭遇，其實她卻知道內情；他們通姦的行為她知道，出事那一天，伯爵怒氣沖沖突然跑來看她的那一幕她記得很清楚，這些折磨着她的秘密，只有她自己心裏知道。

但是現在佔據她整個心靈的，卻是對往事溫馨而惆悵的回憶，她丈夫所曾經給予她的短暫的愛情的歡樂。每當她突然想起他時，她的心就發抖了；這時在她眼前出現的，是他們訂婚時期的那個于連，是他們在火熱的科西嘉島上旅行時她在短促的時刻中所熱戀着的于連。現在人已進了墳墓，隨着相隔的距離愈來愈遠，他的種種缺點縮小了，他的粗暴不見了，就連他那些不忠實的行為也不是那麼不能令人容忍了。約娜對這個曾經把她抱在懷裏的男人，在他死後，產生了一種對他近乎感激的心情，她只去回憶那些幸福的時刻，而不再計較過去他所帶給她的痛苦了。時光不斷地消逝，一個月又一個月，遺忘就像逐漸積聚的塵埃，遮蓋了她所有的回憶和痛苦；從此她把自己的一生完全寄託在兒子身上。

保爾成了圍繞在他身邊的三個親人的偶像，成了他們唯一念念不忘的對象；他就像暴君似的騎在他們頭上。而在他這三個奴隸中間，甚至還產生了一種妒忌，約娜心裏怪不舒服地看着孩子騎在外祖父的膝上，騎完了還親熱地抱吻他。麗松姨媽常常躲到自己的房間裏去流淚，因為這個還不大能說話的孩子也像人人一樣，冷落了她，有時像對待女僕似的對待她，孩子對自己的母親和外祖父親親熱熱，而她則煞費苦心才能討得他一點歡心，兩相比較，姨媽心裏就覺得很委屈。

兩個安靜的年頭都在專心照顧孩子的身上太太平平地度過。到了第三年初冬，他們決定到盧昂去住到春天，全家就都出發了。到了久未有人居住的潮濕的老房子裏，保爾害了嚴重的支氣管炎，大家又怕是肋膜炎；三個大人慌張起來，都說這孩子離開了白楊山莊的空氣是不行的，因此等他病剛復原，全家就又搬了回來。

從此便開始了平靜而單調的歲月。

他們總是包圍着這個小人兒，有時在他的臥室裏，有時在大客廳裏，有時在花園裏。孩子已能結結巴巴地説話，他那些滑稽的用語，他的一舉一動，都逗起他們的驚喜。

他的母親為了稱呼得更親暱，管他叫保萊，孩子咬音不準，説成了普萊[1]，這就引得他們笑個不停。從此普萊就成了他的小名，大家都這樣稱呼他了。

他長得很快，這三個大人——男爵所謂「三個媽媽」——最感興趣的事情之一，就是替他量身材。

他們在客廳的門框上，用小刀刻上了一連串的橫道，標記他每個月長高的進度。這一道一道的記號，也就是所謂「普萊的進度表」，在全家人的生活中成了一件大事。

然後，家庭裏又出現了一個新的重要的角色，那就是小狗屠殺。自從約娜全神貫注在她兒子身上以後，早不去注意那條狗了。牠一直被人用鏈子鎖着，孤單單地生活在馬房前面的一隻舊木桶裏，由廚娘呂迪芬餵牠一點吃的。

一天早晨保爾看見了，嚷着要去抱牠。人們小心翼翼地把孩子帶到那裏。狗和孩子玩得很親暱，孩子哭叫着不肯再離開了。於是只好把屠殺解去了鎖鏈，讓牠住在屋子裏了。

牠成了保爾一刻也離不開的遊伴。孩子和狗在地毯上一起打滾，挨着睡覺。後來屠殺竟睡到牠小朋友的床上去了，因為保爾再也不肯讓牠離開。約娜擔心狗身上的跳蚤，有時顯得很着急；麗松姨媽討厭那條狗，因為她覺得牠霸佔了這孩子的心，她自己在孩子心中應有的地位，倒被那隻狗奪去了。

他們很難得同勃利瑟維勒和古特列這兩家人有來往，經常在這寂寞和古老的莊園裏進進出出的，只有鎮長和醫生兩個人了。自從神甫殺害母狗，以及在伯爵夫人和于連的慘死中約娜對神甫起了疑心之後，她就不再到教堂去，她對天主手下竟能有這樣的神甫，感到憤懣不平。

托耳彪克神甫仍然時時對莊園進行攻擊，他毫不隱諱地暗示說，莊園裏有「罪惡的精靈」「永恆反叛的精靈」「謬誤和謊言的精靈」「不義的精靈」「敗德和不潔的精靈」在作祟。他所指的是男爵。

很少有人到教堂去了；每當托耳彪克神甫經過田間時，正在耕地的農民從來不停下活來和他談天，也不轉過頭來和他打招呼。由於他曾經從一個中了魔的女人身上驅走了魔鬼，他就被看作是一個弄妖術的人。大家都說他懂得驅除妖魔的咒語，這些妖魔在他看來，都不過是魔王所設的圈套。他把手按在奶牛身上，牛奶就變成藍的，牛尾巴就挽成一個圓圈；他唸幾句咒語，失掉的東西就能重新找回來。

他那狹隘而固執的頭腦，特別喜歡鑽研記述有關魔鬼在世上出現的歷史、魔鬼權力的各種表現、魔鬼變化莫測的作用、魔鬼所使用的一切手段以及最常見的詭計之類的宗教典籍。他認為自己負有特殊的使命，要來和這種神秘的宿命的惡勢力作鬥爭，因此他學會了教士手冊上的各種驅除妖魔的咒語。

他隨時都覺得有惡魔在黑暗中徘徊，因此嘴上總是掛着這一句拉丁文：Sicut leo rugiens circuit quoerens quem devoret.[2]

因此周圍的人對他都害怕了，這是一種為他的神秘力量所引起的恐懼。連他那些同行，那些無知的鄉下神甫也都把宗教和魔術混為一談，因為在他們的信仰中，魔王佔着一個重要的地位，魔王顯靈時有關儀式上的種種詳盡的規定使他們感到迷惑，因此他們也把托耳彪克神甫看作是一個多少懂妖術的人；他們設想他具有一種神秘的力量，他們對這種力量和對他日常生活中無可訾議的謹嚴作風，表示同樣的敬佩。

現在當他遇見約娜時，他不再和她打招呼了。

這種情況使麗松姨媽心裏感到痛苦和不安，在這位老處女膽怯的心靈中，簡直不能理解人們怎麼可以不到教堂去。她自己毫無疑問是虔敬的，她去懺悔和領聖體，不過誰也不知道，誰也不想知道。

當她獨自和保爾在一起的時候，她便悄悄地對他講述「仁慈的天主」。當她講到有關開天闢地的那些神奇的故事時，孩子多少還聽一點；但當她告訴孩子應該多多地，多多地，多多地敬愛仁慈的天主時，有時孩子就問道：

「姨奶奶，天主在哪裏呢？」

這時她就用指頭指着天上說：

「就在那裏呀，普萊，但是不要說出來。」

因為她害怕男爵不樂意。

但是有一天，普萊對姨媽說：

「仁慈的天主到處都在，就是不在教堂裏。」

顯然他已經把姨媽那些神秘的啟示對外祖父講了。

孩子已長大到十歲，他母親看去卻像四十歲的人了。他很健壯，蹦蹦跳跳，爬起樹來膽子很大，但是並不懂事。他不喜歡讀書，一讀就厭。每次男爵管住他多唸一會兒書時，約娜馬上就過來了，說道：

「該讓他去玩一玩了。他還那麼小，不要讓他累着了。」

在她眼裏，他始終像是個一歲或半歲的孩子。她好像不知道他能走能跑，說話已經像個小大人了；她總是不放心，怕他跌跤，怕他着涼，怕他活動多了太熱，怕他吃多了不消化，吃少了又不夠營養。

保爾到了十二歲，這時就產生了一個很大的難題，那就是關於他第一次領聖體的問題。

一天早上，麗松姨媽來找約娜，勸她不能再拖延孩子的宗教教育，不能不教他去履行初步的宗教義務了。她百般勸說，舉出種種理由，其中最主要的是周圍人們的議論。做母親的很為難，猶疑不決，最後卻說還可以等一個時期。

但是過了一個月，約娜去看勃利瑟維勒子爵夫人時，子爵夫人偶然提到說：

「您家的保爾今年一定要參加第一次領聖體了吧！」

約娜事前沒有防到，便信口答道：

「是的，夫人。」

這一句話就使她決定下來了，她並沒有和父親商量，就託麗松姨媽把孩子帶去進教理問答班了。

一個月很順利地過去了；但是有一天晚上普萊回家時嗓子啞了。第二天就咳嗽起來。做母親的驚慌了，問他是怎麼回事，這才知道他在班上不規矩，神甫罰他站在迎風的教堂門口，一直站到下課為止。

她只好把他留在家裏，由她自己來教他初步的宗教知識。但是托耳彪克神甫認為他學習不夠，拒絕他參加第一次領聖體。儘管麗松姨媽一再懇求，神甫仍然不肯答應。

第二年仍然如此。男爵非常生氣，公開地說孩子要長大成為一個正直的人，本來就沒有必要去相信那種無稽之談，去相信「聖體」[3]這類愚蠢的象徵；於是決定用基督徒的精神來教養這個孩子，而無須使他成為一個地道的天主教徒，等他成年之後，再聽他自由選擇好了。

過了不久，約娜又拜訪了勃利瑟維勒夫婦，可是這次他們沒有來回拜她。她深知這些鄰居都是極講究禮節的人，這就使她感到詫異了；但是古特列侯爵夫人卻高傲地向她解釋了不通往來的理由。

侯爵夫人由於她丈夫的地位和真實的頭銜以及巨額的財產，素來把自己看作是諾曼底貴族中的女王，而她也真像女王般統治着一切，她說話一點沒有顧忌，看情況有時表現出對人很關懷，有時又毫不留情，她甚麼事情都過問，她教訓，她批評，有時她也誇獎。約娜去見她時，這位貴婦人冷冰冰地敷衍了幾句話之後，便板着面孔說道：

「社會分作兩個階級：一個是信天主的，一個是不信天主的。信天主的，即使是最貧苦的人，也是我們的朋友，和我們是一種人；至於那些不信天主的人，那我們就完全沒有把他們放在眼裏。」

約娜覺得這是在攻擊自己，便反問道：

「難道一個人不到教堂去就不能相信天主嗎？」

侯爵夫人答道：「那不成，夫人。信徒一定應該到教堂去禱告天主，這正像我們要找人總得到他家裏去一樣。」

約娜受了屈辱，反駁說：

「天主是無處不在的，夫人。說到我自己呢，我是從心底裏相信天主的慈悲的，但是當有一些神甫站在我和天主之間，我倒反而看不見天主了。」

侯爵夫人站起身來：

「神甫是教會的旗手，夫人；誰不跟着這面旗幟走，便是反對教會，也便是反對我們。」

這時約娜也站起來，渾身顫抖着：

「夫人，您相信的是某一派人的天主。我呢，我相信的是正直人的天主。」

她一鞠躬就出來了。

農民中間也在那裏議論約娜，責備她沒有讓普萊去參加他的第一次神功。儘管他們自己不去望彌撒，不參加領聖體，或是只按教會的明文規定在復活節才去參加，但是對於孩子們，那就是另外一回事了。誰也不敢違背了這條人人尊重的戒律去教養一個孩子，因為宗教畢竟是宗教啊。

約娜對這種責備看得很明白，她覺得這些人表面是一套，實際是另一套，他們違背良心，對一切都害怕，明明是怯懦卻還要用許多冠冕堂皇的理由來粉飾，她對所有這一切從心底裏感到氣憤。

男爵親自督促保爾學習，教他拉丁文。他母親只叮嚀着一句話：「千萬別讓他累着了！」她還是不放心，在書房附近踱來踱去，男爵不讓她進去，因為進去了她會時刻打斷學習的進行，不時問孩子說：「普萊，你腳上不冷嗎？」「普萊，你不頭痛嗎？」或是來阻攔男爵：「別教他說這麼多的話喲，你會把他嗓子累壞了！」

孩子一下課，便同母親和姨媽到花園裏去。他們現在都對園藝特別感興趣；春天，三個人一起栽樹苗，撒種子，種子發了芽，長出苗來，他們就看得樂極了，他們還修剪樹枝，採摘鮮花拿去紮成花束。

保爾最感興趣的是種菜。他在菜園裏開闢了四大片地，極細心地種了各式品種的生菜。他鬆土、澆水、鋤草、分秧，他母親和姨媽幫着他，他指使她們彷彿是他所僱用的兩名短工。她們一連幾小時跪在地埂上，裙袍和雙手都沾滿了泥，在那裏用指頭在地上掏着窟窿，然後把菜秧插進去。

普萊長大了，他已滿十五歲；客廳裏的進度表上他身高已達一公尺五十八公分，但是整天和這兩個女人以及一個跟不上時代的慈祥老人生活在一起，他始終還是一個傻頭傻腦、稚氣而不懂事的孩子。

一天晚上，男爵終於提出了要送他進中學去唸書的問題；約娜一聽就啜泣起來。麗松姨媽也嚇壞了，縮在一個陰暗的角落裏。

他母親終於回答說：

「他要那麼多知識有甚麼用呢。我們就讓他在鄉下住下去，做一個鄉下紳士就行了。就像許多貴族一樣，他種自己的地。我們在這所房子裏生活過來，我們死也死在這裏，他也可以在這裏舒舒服服地生活到老。還有甚麼可求的呢？」

但是男爵搖搖頭，説道：

「等他長到二十五歲，他來質問你説：『我無知無識，一無用處，這都是由於你的錯誤，由於你做母親的太自私自利了。我沒有工作能力，在社會上毫無地位，可是我的命運不該過這種不見天日、窮愁潦倒的生活，都是因為你只顧了疼我，瞎了眼睛，把我害成這個地步。』到那時，你又怎麼回答呢？」

她一直哭着，央求她的兒子説：

「普萊，你説，你將來一定不會責備我今天太疼你了吧？」

這個吃驚的大孩子答應説：

「不會的，媽媽。」

「這話是真的嗎？」

「是的，媽媽。」

「你願意在這裏住下去，對吧？」

「是的，媽媽。」

這時男爵大聲而堅決地說道：

「約娜，你沒有權利來支配這個孩子的一生。你現在這種想法是最沒有出息的，幾乎是犯罪的；你為了個人的幸福而去犧牲你的孩子。」

她雙手遮着臉，嗚嗚咽咽地哭泣着，從眼淚中斷斷續續地說道：

「我的命真苦……真苦！現在我和他生活得好生生的，可又要把他帶走了。如今……孤單單的一個人……我又怎麼辦呢？……」

她的父親站起來，坐到她身邊，抱住她說：

「我呢，約娜？」

她突然摟住他的脖子，激動地吻着他，邊咽淚邊抽噎着說：

「是的。……也許……你說得對……小爸爸。剛才我太糊塗了，但是這也因為我經受的痛苦太多了。我很願意他到學校去。」

普萊並不十分瞭然他們準備怎樣擺佈他，這時也開始掉眼淚了。

於是這三位媽媽都來抱吻他，安慰他，鼓勵他。到上樓去睡覺時，每個人的心裏都很悲傷，各人都在自己的床上流淚，連一直支撐着的男爵也不例外。

他們決定在下學期開學的時候，送保爾到勒阿弗爾中學去；因此在那一個夏天裏，他更受寵愛了。

他母親一想到離別，就常常傷心嘆氣。她替他準備的行裝，就像他要在外面住上十年的樣子；然後，在十月的一個早晨，這兩位婦女和男爵一夜也沒有合上眼睛，終於陪他一同上了馬車，兩匹馬拉着車子嘚嘚地出發了。

他們上次去的時候，已替他選定了寢室裏的床位和課堂裏的座位。這次來到學校，麗松姨媽幫着約娜把衣服整理好放在一個小五斗櫃裏，這就忙了一整天。櫃子太小，裝不下他們帶來的東西的四分之一，約娜就去找校長，想再要一個櫃子。庶務給找來了，但他表示這麼多的衣服和用物完全沒有必要，反倒是礙手礙腳；他按校規辦事，不同意再另給一個櫃子。母親發愁了，決定替他到附近的一家小旅館裏租一個房間，並且特別關照旅館主人，普萊需要甚麼時，他就得親自送去。

然後他們到勒阿弗爾港的碼頭上去走了一圈，觀望那些進進出出的船隻。

淒涼的夜色降落到城市上，街燈逐漸都亮了。他們走進一家餐館去，但是誰也不餓，各人含着眼淚，相互望着，菜一道接着一道送上來，但幾乎原封不動地又撤回去。

之後他們緩步向學校走去。大大小小的孩子們，由家長或是由傭人護送着，從各個方向匯聚到學校來。許多孩子流着眼淚。在學校燈光暗淡的大院子裏，可以聽得見啜泣的聲音。

約娜和普萊擁抱了很久。麗松姨媽站在後面，用手絹護着臉，完全被忘掉了。男爵也受了感動，他拉開女兒，為的可以早點離去。馬車等在門口；三個人登上車子，當夜返回白楊山莊去了。

在黑暗中時時發出嗚咽的聲音。

第二天，約娜一直哭到晚上。第三天她叫人準備好車子，又到勒阿弗爾去了。普萊離別後倒像已經安於他的生活了。平生第一次他有了這麼多同學；他一心惦記着遊戲，在會客室的椅子上簡直坐不住。

約娜每隔兩天去看他一次，星期日就接他回家。平時上下課之間，她既捨不得離開學校，又沒有其他事情可做，便一直坐在會客室裏。校長差人請她到校長室去，當面勸她以後少來幾次。她一點沒有聽從這個勸告。

於是校長警告她說，如果再要繼續使她孩子下課時不能娛樂，上課時不能安心學習，學校只好請她把孩子接回去了；男爵還接到了學校書面的通知。從此約娜就像囚徒一樣被看守起來，不准她離開白楊山莊了。

每次她等候假日，比她兒子還焦急。

她心裏愈來愈感到煩惱。她開始在附近遊來遊去，獨自一人整天帶着狗兒屠殺，一面散步，一面空想。有時整個下午，她坐在懸崖頂上眺望大海，有時她穿過樹林，一直走到意埠，重溫縈繞在她記憶中的舊遊之地。當年她在這些地方散步的時候，她還是一個做着美夢的少女，現在距離那個時代，已是多麼遙遠，多麼遙遠了啊！

每次和她兒子見面時，她總覺得他們像已離別了十年。他一個月一個月地長大成人，她卻一個月一個月地衰老下去。她和父親看去就像兄妹了，至於麗松姨媽，自從二十五歲起就已容顏憔悴，倒也一直老不到哪裏去，現在都像她的姐姐了。

普萊在學校一點也不用功；四年級唸了兩年。三年級勉勉強強及了格；到了二年級，又重讀了一年，升到修辭班時，已經二十歲了。[4]

這時普萊已是一個高大而漂亮的青年人，雙頰和上嘴唇都開始長出鬍鬚。現在每到星期日，他就自己回白楊山莊來。他早就學騎馬，只消租一匹馬，路上走兩個小時就到家了。

星期日一清早，約娜就同姨媽和男爵到路上去迎接他。男爵已逐漸直不起腰來，走路時像個小老頭兒，雙手抄在背後，像為避免撲倒的樣子。

他們順着大路慢慢地走去，有時在溝邊坐下來，望着遠處看有沒有騎馬的人出現。每當在白茫茫的路上出現一個小黑點的時候，這三個人就揮動着他們的手絹；這時他便策馬飛奔，像一陣旋風似的衝了過來，約娜和麗松姨媽害怕得心裏噗噗地跳，外祖父高興得不知如何是好，直嚷着：「真了不起啊！」

雖然保爾已比他母親高出一頭，但她始終把他看成是個孩子，總是問：「普萊，你腳上不冷嗎？」午餐後，他抽着煙卷在台階上散步時，她又推開窗子向他喊道：「我求求你，別光着腦袋出去，你會着涼的。」

保爾夜間騎馬回學校時，她更是憂慮萬分：

「千萬不要跑得太快啊，我的小普萊！一定要謹慎，記住你要出了事，你那可憐的母親可會急瘋的。」

可是有一個星期六的早上，她接到保爾一封信，信裏說他第二天不回家了，因為他的一些朋友組織了一個野餐會，也邀他去參加。

星期日一整天，她都是在焦急和憂慮中度過的，像是就要發生甚麼災禍似的；

挨到星期四，她再也忍不住了，就又自己趕到勒阿弗爾去。

她覺得他的樣子改變了，但也說不出在哪一點上有了改變。他似乎興致很高，說話的聲音更像一個男人了。突然他顯得非常自然地告訴她說：

「我說，媽媽，今天既然你來了，那麼下個星期日我就不回白楊山莊了，因為我們又要去野餐。」

她吃驚得發呆，嗓子也噎住了，就像聽到說他要到新大陸去一般；最後她終於說道：

「啊！普萊，告訴我，你怎麼啦？這究竟是怎麼回事情啊？」

他笑了，抱住他母親說：

「真的甚麼事情也沒有，媽媽。我只是和朋友們一道去玩，我已經這麼大了。」

她找不出一句話可以回答，但當她獨自一人坐在馬車裏的時候，各種怪念頭都出來了。她已經認不出他就是她的普萊，從前的那個小普萊。她第一次發現他已經長大成人，他不再屬於她了，他要過他自己的生活，顧不得那些老年人了。她覺得在一天中他已變作另外一個人。看呀！這難道還是她的兒子嗎？從前叫她移植生菜的她那可憐的小東西，今天已成了自己心裏有主意、長出鬍子來的年輕人了！

三個月中保爾都不過是偶然回來看看家裏人，來了又總是急着想走，晚上巴不得早走一個鐘點也是好的。約娜心裏着慌了，男爵一直勸解她說：

「他已經是個二十歲的孩子了，隨他去吧！」

一天早晨，一個穿得不很體面的老頭兒，說着德國人腔調的法國話，要求見子爵夫人。他對約娜恭恭敬敬地行了許多禮之後，從口袋裏掏出一個油污的皮夾子，說道：

「這張小紙條是給您的。」

說時他把一張油膩膩的紙片展開了交給她。

約娜看了一遍又一遍，望望那個猶太人，再看了一遍，問道：

「這是甚麼意思呢？」

那個人滿臉堆着諂媚的笑容，解釋道：

「我來講給您聽。您的公子當時需要一點錢用，我知道您太太是個好心人，我就借給他一點兒錢，應他的急用。」

約娜渾身發抖了，說道：

「但是為甚麼他不向我要呢？」

那個猶太人解釋了許久，説這是一筆賭賬，當時必須在第二天中午以前還清，因為保爾還未成年，自然誰也不肯借錢給他，要不是他出來給這個年輕人「幫了個小忙」，他可要「名譽掃地啦」！

約娜想要叫男爵，但她已激動得全身都麻木了，站也站不起來。最後她對那個放高利貸的人説道：

「請您替我按一下鈴，好不好？」

他猶豫着，生怕上了圈套。他訥訥地説道：

「您要是覺得不方便，我下次再來吧。」

她搖了搖頭，表示沒有必要。他按了鈴；兩個人面對面默默無言地等待着。男爵一進來，立刻就明白是怎麼回事了。借據上寫的是一千五百法郎。他付了他一千法郎，同時用眼睛盯着那個人，説道：

「下次可不能再來了。」

那人謝了又謝，鞠着躬，退出去了。

外祖父和母親馬上動身到勒阿弗爾去；到了學校之後，他們才知道保爾已有一個月沒有上學了。校長收到過四封由約娜署名的信，最初的信是説學生病了，以後的都是報告病情的。每封信裏都附有醫生的證明書，自然全部都是假造的。父女倆都呆住了，面面相覷地站在那裏。

校長也很痛心，只好帶他們一同去見警察所長。當天兩位家長就在旅館裏住宿。第二天，從當地一個私娼家裏把年輕人找回來了。外祖父和母親把他帶回白楊山莊，一路上誰也沒有講一句話。約娜用手絹掩着臉，哭個不停。保爾無動於衷地望着田野。

在不到一個星期裏，他們發現他在最近三個月中，已負了一萬五千法郎的債。債主最初所以沒有找上門來，因為他們知道不久他就成年了。

家裏誰也不談起這些事情。他們都想用好心爭取他，給他吃好的，寵着他，慣着他。那正是春天；儘管約娜總是膽戰心驚的，他們還是替他在意埠租了一隻船，好讓他隨時到海上去解解悶。

他們只是不許他騎馬，怕他又到勒阿弗爾去。

他沒有一點事情可做，常發脾氣，有時態度很粗暴。男爵擔心他的學業半途而廢，約娜想到再要分離，真是憂心如焚，但又不知道如何替他打算。

一天晚上他沒有回家。後來知道他是和兩個水手乘船出去的，他母親着急得沒有戴帽子就在夜裏自己趕到意埠去。

海灘上正有幾個人在那裏等待着那隻船回來。

海面上出現了一小點燈光，擺動着漸漸靠近岸來。但是保爾不在船上，他叫人送他到勒阿弗爾去了。

警察多方探尋，也沒有能找到他。上次把他藏起來的那個妓女也不見了，並未留下一點痕跡，她的家具賣了，房租也付清了。在白楊山莊保爾的房間裏，找到了這個女人寫來的兩封信，從信裏看出她像發瘋似的愛着他。她講到準備到英國去，還說必要的費用也已有了着落。

從此莊園裏的這三位主人，無聲無息，悽悽慘慘，就像住在讓人受精神折磨的陰暗的地獄中一般。約娜的頭髮本來已變成灰色，現在完全白了。她天真地自問為甚麼竟這樣受到命運的捉弄。

她接到托耳彪克神甫的一封信：

夫人，天主的懲罰已經落在您頭上了。您沒有把您的孩子交給天主，現在天主便把他從您身邊奪走，扔給一個娼妓去了。上天的這個教訓還不夠教您睜開眼睛嗎？主的恩情是無邊的。只要您肯回心轉意來跪在他的面前，也許您能得到他的寬恕的。我是他謙卑的僕人，您若來敲他住宅的門，我一定會替您開門。

她把這封信擱在膝上坐了許久。也許神甫所說的話是對的。她過去對宗教的種種疑慮又開始折磨着她的良心了。天主難道真和凡人一樣，既妒忌而又愛報復嗎？但是如果他不妒忌，就沒有人怕他，沒有人崇拜他了。毫無疑問，他所以具有凡人的感情，就為的讓我們更容易理解他。正是這種因怯懦而產生的疑惑，驅使游移的和受痛苦的人們去接近宗教。現在她心裏也起了這種疑惑。一天傍晚，在夜色剛降臨的時候，她便偷偷地跑去叩神甫住宅的門了，她跪在這個瘦小的神甫的腳跟前，祈求寬恕她的罪過。

他答應可以赦免她一部份罪惡，因為天主不能把全部的恩惠降給那個住着像男爵這樣的人的家庭的。

「您一定很快就會感覺到神恩的效驗的。」他很肯定地說。

兩天之後，她果然接到了她兒子的一封信；她在極度的痛苦中把這封信看成是神甫所期許的吉兆的開端。

我親愛的媽媽：

你不要擔心。現在我在倫敦，身體很好，只是經濟極成問題。我們一文錢也沒有了，常常整天得不到吃的。我真心所愛的那個女伴陪我在一起，她為了不離開我，已把她所有的錢，共五千法郎，都用光了；你知道，我以名譽擔保，首先一定要償還這筆款子。我很快就成年了，你若肯從爸爸的遺產中先撥一萬五千法郎給我，那你真是太好了；這樣就解除了我一個很大的困難。

再見，我親愛的媽媽，我用整個的心擁抱你、外祖父和麗松姨媽。我希望不久就能和你見面。

你的兒子

保爾・德・拉馬爾子爵

他寫信給她了！可見他沒有忘記她。她根本不去想他要的是錢。既然他手裏沒有錢，那當然要寄給他的。錢算得了甚麼呢！主要是他寫信給她了！

她哭着跑去把信拿給男爵看，麗松姨媽也給叫來了；這是他親筆的信呀，大家把這封信上的每一個字又都讀了一遍，還分析了每句話的意義。

約娜化憂為喜，拚命替保爾辯解：

「既然他來信了，他一定會回來的，他就要回來的。」

男爵比較平靜，說道：

「那還是一樣的，他原先離開我們就是為了那個女人。既然他當時毫不躊躇，這說明他愛她遠勝於愛我們。」

一陣極強烈的痛苦突然襲上約娜的心頭，那個奪走了她兒子的情婦在她身上燃起了一種憎恨；這是一種狂熱的不可壓抑的憎恨，一個妒忌的母親的憎恨。在這以前，她心中念念不忘的是保爾。她很少想到她兒子所以走入歧途，就是為了這個賤女人的緣故。但是男爵這番話提醒了她，使她認清了自己面前的這個具有無比威力的敵手；她感到在她和這個女人之間正在展開一場激烈的搏鬥，她覺得寧肯丟掉她的兒子，也不能讓這個女人來和她分享她兒子的愛。

她滿心的喜悅全部消失了。

他們寄去了一萬五千法郎，但在五個月中間卻再沒有得到他的消息。

接着一個受委託的律師出面來清理于連遺產的詳細賬目了。約娜和男爵一句也不多說，便把賬目算清，就連依法屬於母親的部份也放棄了。保爾回到巴黎時收進了十二萬法郎。在這以後的半年中，他寫過四封信，都是簡簡單單地報告他的消息，然後結尾時，寫上一兩句很冷淡的敷衍話。信中這樣說：「我在工作，我在交易所裏得到了一個位置。親愛的老人家們，我希望有一天我能到白楊山莊去擁抱你們。」

信中一字沒有提到他的情婦；即便他寫滿四頁信紙來談她，也比不上這種緘默更說明問題。在這些冷冰冰的信中，約娜仍然能嗅出那個隱蔽着不露面的女人，那個娼婦，那個在母親的眼中永遠勢不兩立的敵人。

這三個寂寞的老人經常商議怎樣能解救保爾，但是他們甚麼辦法也想不出來。到巴黎去一趟嗎？這又有甚麼用處呢？

男爵常說：「等他這股熱勁兒用完了，他自己也會回來的。」

他們繼續過着淒涼的生活。

約娜和麗松姨媽常常瞞過了男爵，一起到教堂去。

很長一個時期沒有任何消息，然後，一天早晨，保爾寄來一封在絕望中所寫的信，把他們都嚇壞了。

我可憐的媽媽：

我完了，如果你不來救我，我除了用手槍自殺，再沒有其他的路可走了。我所做的一項絕對有把握的投機生意，竟意外地失敗了；我欠了八萬五千法郎的債。如果我不能償清這筆款子，我就破產了，從此名譽掃地，甚麼事情也不能做了。我完了。我再說一遍：與其忍受這種恥辱，我寧願用手槍結果我自己的生命。要沒有那個女人鼓勵我，我也許早就這麼做了。我從來沒有對你談起過她，她是我的救星。

再見了，親愛的媽媽，我衷心地擁抱你，但這也許就是最後一次了。

保爾

信中附有一疊商業上的單據，足以詳細說明他這次生意失敗的經過。男爵立即回信說，他們盡力去設法解決。接着他自己動身到勒阿弗爾去了解情況，抵押了一部份地產，把得來的款子給保爾寄去。

年輕人寫了三封信回來，表示非常感動和感激，並說他自己立刻就要回來擁抱這幾位可愛的老人家了。

但他並沒有回來。

整整一年又過去了。

正當約娜和男爵要動身到巴黎去找他，並企圖作一番最後的努力去說服他，這時他們卻突然接到他的一封短簡，說他已經又到倫敦，正在組織一個以保爾·德·拉馬爾命名的輪船公司。他寫道：「公司的前途是完全有保障的，我還可能獲得極大的財富。一點也不冒風險。目前你們就可以看到各種有利的條件。等我將來和你們會面時，我一定有很高的社會地位。在今天，要能有出路，只有經營商業。」

三個月之後，輪船公司就破產了，因賬目上有不法行為，正在追究經理的責任。約娜精神失常了好幾個鐘點；接着便病倒在床上了。

男爵又到勒阿弗爾去，向各處探聽情況。他訪問了律師、經紀人、代理人、執達吏，終於了解到德·拉馬爾公司負債達二十三萬五千法郎，他只好又去抵押產業。這次把白楊山莊和附帶的那兩個農莊全部抵押出去，才弄到了一大筆款項。

一天晚上，正當他在一個經紀人的辦事處辦理最後的手續時，突然中風，倒在地上了。

他們派人騎馬去向約娜報信。等她趕到時，男爵已經死了。她把屍體運回白楊山莊，她所受的打擊使她那麼痛苦，與其說是絕望，還不如說是麻木不仁了。

托耳彪克神甫不顧兩個女人的百般哀求，始終拒絕男爵的遺體抬進教堂去。遺體在日暮時分下了葬，沒有舉行任何儀式。

保爾從一個替他清理債務的代理人那裏，才得知這次意外的事件。這時他還躲藏在英國。他寫信回去，說他知道這個不幸的消息時已經太晚了，因此沒有能趕回來，表示歉意。信中說：「不過，我親愛的媽媽，你已經替我解除了困難，我就要回法國，不久一定能去擁抱你了。」

約娜陷於精神極度衰弱的狀態中，她似乎對甚麼事情也不理解了。

冬天快過去時，年已六十八歲的麗松姨媽害了支氣管炎，後來又轉成肺炎；她無聲無息地死去時，喃喃地說道：

「我可憐的小約娜，我就要去見仁慈的天主，求祂對你發個慈悲。」

約娜把姨媽送到墳地裏，看泥土落在她的棺木上，自己也真想一死了事，免得再去思想，免得再受痛苦，但正當她支持不住而倒下去時，一個粗壯的農婦把她抱在懷裏，像抱孩子似的把她抱走了。

約娜已經在她老姨媽的床頭度過了五個通宵，當這個不相識的農婦關切而又果斷地把她抱回家裏放在床上時，她只好完全聽她擺佈；痛苦和勞累一齊壓在她身上，她竟精疲力竭地睡着了。

她到半夜才醒來。壁爐台上點着一盞小油燈。一個女人睡在圈椅上。這人是誰呢？她不認得。她靠到床邊，借浮在油盞上的燈芯抖動着的微光，想要辨認出她的面目來。

她彷彿見過這個人。但在甚麼時候，甚麼地方呢？這女人安靜地睡着，頭歪在肩膀上，帽子落在地下。她看去年齡在四十到四十五歲之間，身體健壯，面色紅潤，肩膀寬闊，魁梧有力。兩隻大手懸在椅子的兩邊。頭髮開始斑白。約娜經過種種的不幸之後，從昏沉沉的睡眠中醒來，神志還不很清楚，目不轉睛地窺望着她。

這張面孔，她確實一定是見過的。是從前呢？還是最近呢？她一點也弄不清楚，這個模糊的觀念糾纏住她，使她心煩。她便輕輕地起來，踮着腳尖走過去，想更仔細地看看那個睡着的人。這時她才模模糊糊地記起，原來這正是從墳地裏抱她回來把她安置在床上的那個女人。

但是在她過去的生活中，她曾經在別的地方遇見過她嗎？或者她還以為只是在昨天模糊的記憶中才認識她的呢？而且她怎麼又會在她的臥室裏呢？那是為甚麼呢？

那個女人睜開眼睛看到約娜時，立刻站起來了。她倆面對面站得那麼近，幾乎是胸貼胸了。那個不相識的人嘰咕着說：

「怎麼？您起來啦！在這個時候，小心您可又會病倒的。您還是躺着去吧！」

「您是誰呀？」約娜問道。

但是這個女人張開雙臂，把約娜抱住，使出男人一般的力氣，又把她抱回床上。當她輕輕地把她放在褥單上時，她彎下身去，幾乎貼到約娜身上，邊哭邊狂熱地吻着她的雙頰、她的頭髮、她的眼睛；她的眼淚落在約娜的臉上，她喃喃說道：

「約娜小姐，我可憐的女主人，我可憐的女主人，難道您竟一點不認識我了嗎？」

這時約娜喊道：

「啊！蘿莎麗，我的孩子啊！」

約娜伸開雙臂，摟住她的脖子，抱着她接吻；兩個人都嗚嗚咽咽地哭泣起來，臉偎着臉，淚和着淚，互相緊抱着再也分不開了。

還是蘿莎麗先平靜下來，說道：

「好了，要懂事一些，別着了涼！」

於是她把床重新整理好，把被鋪平了，把枕頭擱回到她當年的女主人的頭下。約娜由於心頭湧起了舊日的種種回憶，還在渾身發抖，抽噎不止。

她終於問道：「我可憐的孩子，你怎麼回來的呢？」

蘿莎麗答道：「現在只剩您一個人了，難道我能這樣丟開您嗎？」

約娜又說：「點上一枝蠟燭吧，讓我看看你。」

點燃的蠟燭端到床頭桌上時，兩人默默無言地面對面望了許久。然後約娜把手伸給她當年的使女，輕聲說道：

「叫我怎麼能認得你呢？我的孩子，你知道你的樣子完全改變了，當然，我和你比，就更不如了。」

蘿莎麗看到眼前這個瘦削而又憔悴的白髮婦人，當年她離開時曾是那麼年輕、美麗和鮮艷，答道：

「約娜夫人，說真的，您也變了，而且變得厲害。但是您想一想，我們已經有二十四年不見面了。」

兩人又都不做聲了，各人都在那裏沉思。最後約娜囁嚅說：

「至少你還過得幸福吧？」

蘿莎麗躊躇了，害怕引起太令人痛苦的回憶，她結巴着說：

「可以……可以……那麼說，夫人。我沒有甚麼太可抱怨的，的確……我比您過得幸福。只有一件事情叫我心裏難過，那就是沒有能留在這兒……」

她話沒有說完就突然停住了，因為一不留意，竟又觸到了那個問題。但是約娜委婉地接着說道：

「我的孩子，那怎麼能怪你呢？一個人總不能事事都稱心如意。你丈夫也死了，對嗎？」

這時一陣痛苦，使約娜的聲音都發抖了，她繼續問道：

「後來……後來你又有過孩子嗎？」

「沒有，夫人。」

「那麼……你……你那個兒子……他現在怎麼樣了？你對他還滿意吧？」

「是的，夫人，這孩子很好，很有股子衝勁。他結婚有半年了，他把我的農莊接過去了，所以，我到您這裏來啦。」

約娜感動得顫抖着，喃喃問道：

「那麼，我的孩子，以後你不會再離開我了吧？」

蘿莎麗回答得很乾脆：

「那是一定的，夫人，我把一切都安排好了。」

接着隔了相當時間她們都沒有說話。

約娜忍不住把她們兩人的生活做一番比較，但是她心裏並不難過，因為現在她對不公平的殘酷的命運，已經採取逆來順受的態度了。她便問道：

「你的丈夫，他待你好嗎？」

「啊！夫人，他是一個正直的人，又勤勞又儉樸。他是害肺病死的。」

約娜很想知道個底細，從床上坐起來說道：

「來吧，我的孩子，把一切，把你全部的生活都說給我聽聽。今天，這對我是有好處的。」

蘿莎麗把椅子挪近一些，坐了下來，就開始談她自己，談她的房子，談她那小天地。她把農村裏的人所喜歡談的細枝末節也都說了，還描繪了她的院子，談到那些叫人想起過去幸福時光的古老的事情時她就笑了，談話的聲調一步一步高起來，這也正是習慣於支配一切的農婦的本色。最終她表白說：

「現在我手頭有一點產業了。我甚麼也不怕了。」

接着她又露出有點為難的樣子，把聲音放得更低，說道：

「不管怎麼說，這一切還不都是靠了您的照顧；所以您知道，我這次來是不能要工錢的。啊！真的不能要，真的不能要。您要不答應，我就走了。」

約娜問道：「你的意思總不是說要白白地來服侍我吧？」

「唉！夫人，我就是這個意思。給錢！您來給我錢！但是我可以說我的錢和您的也差不多了。您只要想一想，這多次的抵押和借債，再加上每期應付的愈積愈多的利息，除此以外，您所剩還有多少呢？您都知道嗎？您不知道，可不是？好了，我可以告訴您，您一年的收入未必能有一萬法郎。未必能有一萬法郎，您明白嗎？但是這一切，都讓我來替您安排，並且愈早愈好。」

她說話的聲音又高起來了，她看到欠息不去清理，破產的威脅就在眼前，心裏就按捺不住，簡直氣憤極了。當她女主人臉上掠過一陣若有所思的微笑時，她真急得嚷起來了：

「這沒有甚麼可笑的，夫人，因為沒有錢，就不能好好生活。」

約娜把她的雙手握在自己的手裏；心裏念念不忘的還是那個老念頭，她慢條斯理地説道：

「啊！我呀，我的運氣不好。所有倒霉的事情都落在我身上，我這一生都受着命運的打擊。」

但是蘿莎麗搖搖頭：

「不能這樣説，夫人，不能這樣説。沒有別的，只怪您結婚結錯了。連對方是怎麼一個人也沒弄明白，不應該這樣就結婚了。」

就像兩個老朋友一樣，她們一直談着她們自己的事情。

太陽出來了，她們還在那裏談個不停。

註釋：

[1] 保萊是法文中保爾的愛稱，「普萊」（Poulet）僅一音之差，卻成了「小雞」。

[2] 「他像怒吼的獅子般來往奔馳，追逐可以吞噬的一切」。

[3] 「聖體」，指天主教參加宗教儀式時所吃的麵包和葡萄酒，麵包象徵耶穌的肉體，葡萄酒象徵耶穌的血。

[4] 法國中學學制年級的計算和我國相反，一年級是最高班，即修辭班。

12

一週之間，蘿莎麗已把莊園裏所有的事和所有的人都掌握在自己手中了。約娜聽憑她安排，對甚麼也不作主張。她衰弱得和當年的小母親一樣了，走路時拖着腿，出去時由蘿莎麗攙着。這個使女不僅扶着她慢慢地散步，同時還用直率而關切的言辭勸誡她，安慰她，彷彿對待一個病了的孩子一樣。

她們總是談起當年的事情，這時約娜嗓子裏咽着眼淚，蘿莎麗卻像那些農民一樣，語調平靜，一點不動感情。老使女幾次都提到有待解決的利息問題；後來她要求約娜把各種契約和單據都交給她，約娜對這些經濟上的問題毫無觀念，她之所以藏起來，只為的不使她兒子丟醜而已。

於是一個星期中，蘿莎麗天天跑到費崗去，找她所認識的一個公證人，幫助她了解這些單據的內容。

然後一天晚上，她照料女主人上床之後，便坐在她的床頭，突然說道：

「現在您已經躺下了，夫人，我來跟您談談吧。」

接着，她把實際情況都攤開來談了。把一切舊賬都算清之後，所剩也就只是每年七八千法郎的收入，再也不能更多了。

約娜答道：

「我的孩子，你還想怎麼樣呢？我知道我活不到很大年紀的；這已經夠我用的了。」

蘿莎麗卻生氣了：

「夫人，為您一個人，那倒夠了；但是保爾先生呢，您就一個錢也不留給他嗎？」

約娜一陣寒戰。

「我求求你，再別跟我談起他來。一想到他，我心裏太痛苦啦！」

「我倒偏要談他，因為，約娜夫人，您太懦弱了。他犯了很多錯誤；但是他總不能老犯錯誤呀！而且以後他還要結婚，還要生孩子。孩子就要用錢去養。聽我一句話：您還是把白楊山莊賣了吧！……」

約娜大吃一驚，跳起來坐在床上，說道：

「把白楊山莊賣了！你怎麼想的呢？啊！那可萬萬不能！」
但是蘿莎麗一點也不慌張。
「夫人，我跟您說要把它賣掉，因為非這樣做不可。」
接着她說明了她的打算、她的計劃、她的理由。
一旦把白楊山莊和附帶的兩個農莊賣給她已經物色好的買主之後，就可以保留下已經抵押出去的在聖萊奧納的那四個農莊，把押款償清之後，這四個農莊每年還可得八千三百法郎的收入。除了每年提出一千三百法郎做莊上的修理和保養費用之外，還剩下七千，其中拿五千來作為每年的開支，留下兩千以備急需時使用。
她又補充說：
「其他甚麼也沒有了，剩下的就是這些。將來鑰匙由我管，您明白吧！至於保爾先生，一點也不能給他了，一點也不行；不然他會把您最後的一文錢也拿走的。」
約娜默默地流着眼淚，喃喃說道：
「倘若他連一點吃的也沒有了呢？」
「他餓肚子找上門來，我們就請他吃。反正這裏總有他可睡的地方，也有他可吃的東西。從一開頭，您要一個錢也不給他，他就不會搞出這種種蠢事來的，您說對不對？」

「但是他欠了債，不替他還清，他就沒有臉做人了。」

「到您甚麼都沒有了的時候，就能使他不欠債了嗎？您替他還了債，那很好；以後您可不能再替他還債了；我就是這樣對您說的。晚安啦，夫人。」

說完她就走了。

約娜翻來覆去不能入睡，心裏老想着出賣白楊山莊這回事兒，想到要搬家，從此就要離開這所和她一生分不開的房子。

第二天，當她看見蘿莎麗走進她的臥室來時，她告訴她說：

「我可憐的孩子，不論怎麼樣，我可不能離開這兒。」

使女惱怒了：

「夫人，非這樣辦不可。公證人和那個想買這所房子的馬上就要來了。您不這樣做，四年之後，您手裏甚麼也不剩了。」

約娜絕望地反覆說道：

「我不能離開這兒，我怎麼也不能。」

一小時之後，郵差送來保爾的一封信，又是向她要一萬法郎。怎麼辦呢？約娜沒有了主意，便找蘿莎麗商量。蘿莎麗把胳膊一舉，說道：

「您看我剛才對您說的話對不對，夫人？唉！我要不回來，您母子倆可有意思啦！」

約娜只好聽從她使女所出的主意，給保爾寫了一封回信：

我親愛的兒子：

我再沒有甚麼可給你了。你害得我破了產，我弄到只好賣白楊山莊了。但是不要忘記：無論甚麼時候你沒有路可走了，願意回來，我這裏總給你留着一個棲身的地方。你老母親為你受的苦夠多的了。

約娜

當公證人和前糖廠廠主約弗倫先生到來時，約娜親自接待他們，帶他們把房子仔仔細細看了一遍。

一個月之後，她在賣契上簽了字，同時在戈德鎮附近買進了一所中等人家的小房子，坐落在巴特維勒村中，在蒙提維利公路旁邊。

那一天，她懷着悽慘悲痛的心情，獨自在小母親的白楊路上散步到傍晚，她望望遠處的天空，看看周圍的樹木和那張在梧桐樹下已經蟲蛀的靠背長櫈，這一切事物她都熟悉得彷彿就在她的眼睛裏，就在她的心靈裏，還有那灌木林，荒野上她經常坐過的那個土崗，于連送命的那一天，她就是從這土崗上看着福爾維勒伯爵奔向海邊去，還有那棵禿頂的老榆樹，她過去常常靠在這棵樹上，還有那整個熟悉的花園，她對這一切一一致以傷心和絕望的告別。

蘿莎麗過來牽着她的胳膊，把她拉回屋子裏。

一個二十五歲左右的高個兒的莊稼漢等在門口。他向她問候，說話的語氣很親切，彷彿他已經認識她多年了。

「您好啊，約娜夫人。母親叫我來幫您搬家。我想知道您要搬的東西都是些甚麼，這樣我可以隨時帶走一些，不會影響下地幹活兒。」

這個人就是她使女蘿莎麗的兒子，于連的兒子，也就是保爾的兄弟。

她覺得自己的心臟都停止跳動了，但她又多麼想和這個小夥子擁抱在一起。

她望着他，想看出哪些地方他像她的丈夫，或是像她的兒子。他面色紅潤，身強力壯，金黃的頭髮，碧藍的眼睛，這些都像母親。然而他也像于連。究竟像在哪些地方？為甚麼像？她説不上來，總之在面貌的整體上有和他相似的地方。

小夥子又一次説道：

「您要能立刻指給我看一遍，那就好了。」

新房子很小，她自己也還不知道該帶些甚麼過去；她約他過一個星期再來。

從這時起，她心裏總惦記着搬家這件事情了，雖然這是很悽慘的，但在她黯淡而無目的的生活裏，也算有了一點事情可做。

她從這間屋子走到那間屋子，搜尋那些對她説來特別能喚起回憶的家具。那些家具就像是和我們一起生活過的朋友，成了我們生活中的一部份，幾乎也就是我們自身的一部份，從青年時代起就相識，我們歡樂和悲傷的記憶，我們一生的各個時期都和這些家具有聯繫，它們曾是我們美好的或陰沉的時刻無言的伴侶，如今它們和我們一樣上了年紀，變得衰老了，布套上有了破洞，裏子撕破了，榫頭鬆了，光彩消失了。

她一件一件地挑選，常常猶疑不決，為難得彷彿在作甚麼重大的決定，在兩把圈椅中挑一把，或是搬走那張舊寫字檯呢還是那張針線台呢，她都要考慮了又考慮，比較了又比較，拿不定主意。

她拉開抽屜，作了種種回想；然後等她下了決心說：「是的，我帶走這一件。」這時人們才把那件家具搬到樓下餐廳去。

她要把自己臥室裏的家具全部帶走，包括床、掛氈、台鐘和其他一切。

她選定了客廳中的幾把椅子，那些椅子上面的圖案是她從小時候起就喜歡的，像狐狸和仙鶴、狐狸和烏鴉、秋蟬和螞蟻，還有那憂鬱的鷺鷥。

她在這所就要離別的住宅裏，走遍了每一個角落，有一天，她登上了閣樓。

這使她大吃一驚：閣樓上堆滿了各式各樣的東西，有些是破的，有些不過是髒了，也有一些誰也不知道為甚麼放在那裏，也許覺得不好看了，也許另有了新的。她還發現了許許多多從前她熟悉的小擺設；這些東西後來突然不知去向，也就不再想起來了，一些沒有甚麼價值的小物件，在她身邊攤了十五年，天天見到，可也從來沒有注意過，這時在閣樓上突然發現了，並且和那些更古老的東西堆在一起，她還記得在她初到白楊山莊時這些東西都擺在甚麼地方，所有這些零零碎碎的小東西，猶如被遺忘了的見證人，猶如久別重逢的朋友，一下都具有很重大的意義了。在她心目中，它們就像是來往很久而相知不深的朋友，而忽然一天晚上，想也沒有想到，竟暢所欲言地談起來，把自己心裏的話全部吐露了出來。

她看了這一件，又看另一件，心頭噗噗地跳着，自言自語說：「瞧！那是在我結婚前幾天的一個晚上被我打破的一個瓷杯子。啊！這是小母親的小燈籠，那是父親的手杖，那時，因為他想去打開那扇被雨水泡脹了的柵欄門，結果把手杖弄斷了。」

那裏還有許許多多是她祖父祖母或是曾祖父曾祖母所留下來的東西，這些她都不認識，自然對她也不能喚起甚麼回憶。時代過去了，這些東西被丟在一邊，積滿了塵埃，看去更顯得淒涼。誰也不知道這些東西的歷史和經歷，誰也沒有見過曾經選購、收藏和喜愛過這些東西的人，誰也不熟悉經常使用過這些東西的手，欣賞過這些東西的眼睛。

約娜摸摸這些東西，拿到手上看一看，在厚厚的塵土上留下了許多指印；她在從屋頂小玻璃窗射進來的暗淡的光線下，在那些老古董中間，逗留了許久。

她仔仔細細地察看了那幾把只剩了三條腿的椅子，思索着能否回想起一點甚麼來；她又看了一個銅湯壺，一個她彷彿有點認識的破腳爐，和一大堆不能使用了的家常用具。

然後她把要帶走的整理了出來，下樓叫蘿莎麗去取。那使女看到這些「破爛東西」就生氣了，不肯替她搬下去。約娜平時甚麼也不堅持，這一回卻堅持不讓步；蘿莎麗也就不得不遷就她了。

一天早晨，那個年輕的莊稼漢德尼．勒科克——于連的兒子——趕着大車來做第一次的搬運。蘿莎麗為了照顧把東西從車上卸下來並作適宜的安置，陪着她兒子一起去了。

當留下約娜一個人時，她又陷入一陣絕望的痛苦中。她從這一間屋子走到那一間屋子，四處徘徊，有時狂熱地抱吻一切她所不能帶走的東西，客廳掛氈上的大白鳥，古老的高腳燭台，遇到甚麼就吻甚麼。她眼眶裏掛着眼淚，發瘋似的在屋子裏走來走去，然後她又出門去和大海「道別」。

這時已近九月底了，低沉而灰白的天空籠罩着大地；愁慘而黃濁的海浪，一眼望去，無邊無際。她在懸崖上佇立了很久，種種痛苦的回憶在她腦海中翻騰。直到夜色降臨時，她才走回去。這一天她心裏的感受，不下於她生平最悲痛的日子。

蘿莎麗已經回來，正在家裏等着她。老使女對新房子非常滿意，說比這遠離公路死氣沉沉的莊園痛快多了。

約娜整整地哭了一個晚上。

農莊上的人自從知道白楊山莊已經賣出去，對約娜就不是那樣有禮貌了，在背後管她叫「瘋婆子」，原因是甚麼也不很知道，想必他們從敵意的本能出發，覺得她那病態的嬌氣愈來愈嚴重了，胡思亂想更厲害了，種種倒霉的事情使她那可憐的靈魂已經失去了常態。

臨走的前一天，她偶然走進馬房裏去。一聲吼叫使她吃了一驚。原來是屠殺。幾個月以來她都沒有想到這條狗。牠已活到超出了一般狗的年齡，眼睛也瞎了，身子也癱瘓了，仍然躺在那張草薦上，全仗廚娘呂迪芬給牠一點照料。約娜把牠抱了起來，親着牠，把牠帶進屋裏。牠的身子變得又粗又圓，像一個裝酒的木桶，走路時四條腿僵硬得擺也擺不穩，叫起來就像兒童的玩具木狗一樣。

最後的一天終於到來了。前一夜約娜睡在從前于連的臥室裏，因為她自己的房間已經搬空了。

她起床時非常疲乏，喘着氣，就像剛跑過了一大段路似的。院子裏停着一輛車子，裝滿了衣箱和最後的一些用具。後面還有一輛雙輪敞車，是準備給女主人和使女乘坐的。

只有西蒙老爹和廚娘呂迪芬暫時還留在莊園裏，要一直等到新主人到來；那時他們就將各回自己的親戚家去。約娜給他們安排了一筆數目不大的年金，此外他們自己也都有一點積蓄。他們都是家裏多年來的老傭人，現在變得既囉嗦，又沒有甚麼用處。馬里于斯成家之後，早就不在莊園了。

八點光景，天下雨了。這是一場寒冷的細雨，乘着海上的微風輕輕地飄着。他們不得不用油布蓋在車上。片片木葉從樹上吹落下來。

幾杯牛奶咖啡在廚房的桌上冒着熱氣。約娜坐下去，拿起自己的一杯，小口小口地喝着，然後站起身來，說道：「我們走吧！」

她戴上帽子，圍上披肩，正當蘿莎麗替她穿套鞋時，她哽咽着嘆道：

「孩子，你還記得嗎？我們從盧昂動身到這裏來時，那一天下着多麼大的雨啊！……」

她突然起了一陣痙攣，雙手撫着胸口，仰面倒下去，失去了知覺。

她像死了一樣昏過去足有一個多鐘點；然後她睜開眼睛一面抽搐着，一面簌簌地流着眼淚。

她稍稍平靜下去的時候，渾身覺得那麼軟弱，連站也站不起來了。蘿莎麗害怕遲遲不走又會發作，便出去把她兒子找來。母子倆托着她，把她送進車廂，讓她坐在那條漆皮的長木櫈上。老使女也上了車，坐在她的身旁，拿毯子替她裹住腿，把一件大斗篷蓋在她的肩上，然後撐開雨傘遮在她的頭上，向她兒子喊道：

「德尼，快一點，我們走吧！」

年輕人跳上車子，擠在他母親身邊，因為櫈子不夠寬，只擱下了一條腿。他抽動鞭子，馬便放開步子奔跑起來，一上一下，把車上的兩個婦女震得東倒西歪。

到村口拐彎的時候，他們看見一個人在大路上徘徊，那正是托耳彪克神甫，他像在那裏窺伺他們的起程。

他站住讓車子過去。他生怕濺着路上的泥水，便用一隻手撩起法衣。他那穿着黑襪子的兩條細腿，伸在一雙沾滿爛泥的大皮鞋裏。

約娜為了免得和他照面，低着頭；蘿莎麗對事情前後的經過完全清楚，這時生氣極了。她嘴裏咕嚕着：「壞蛋！壞蛋！」接着拉住她兒子的手，吩咐說：「趕快抽他一鞭子！」

年輕人趁車子經過神父面前時，讓那轉得很快的車輪突然衝到車轍裏，嘩啦一聲，把神甫從頭到腳濺了一身泥漿。

蘿莎麗快活極了，轉過臉去向他伸伸拳頭，神甫卻在那裏用一條大手絹擦着泥水。

他們又走了五分鐘之後，約娜忽然嚷道：

「我們把屠殺忘掉了！」

車子只好停下來，德尼下了車，跑回去找狗，蘿莎麗拉着馬韁。

年輕人終於抱着那條脱了毛、胖得不成樣子的狗走了回來，他把狗擱在兩個婦人的腿底下。

13

兩小時以後，馬車在靠大路的一所小磚房面前停下來了。房子周圍是一個果園，種着修剪得很整齊的梨樹。

園子的四個角上各有一個格子花棚，攀懸着金銀花藤和牡丹蔓。園子裏是一小壟一小壟的菜圃，壠上種了果樹。

園地四周圍着一圈很高的樹籬，和旁邊的農莊之間隔着一片田地。前面離開百步遠的地方，是大路上的一家鐵匠店。其他最近的人家相距都有一公里光景。

從這裏一眼望去是滿佈在高奧平原上的農莊，這些農莊的外圍都有四排雙行的大樹，圈在裏面的是種了蘋果樹的園子。

約娜一到就想歇着，但是蘿莎麗不允許她，怕她又會想得悲傷起來。

為了佈置房子而從戈德鎮叫來的木匠已經在那裏，最後一車行李就會到來，到來以前，他們立刻先動手安排已經運到的家具。

這是一樁很費工夫的事情，需要多方的斟酌和考慮。

一小時之後，運行李的那輛馬車已停在柵欄門前了，他們不得不在雨中把東西搬下來。

到了晚上，屋子裏還亂得不成樣子，到處堆滿了東西；約娜已經十分疲倦，一上床就立刻睡着了。

接連幾天約娜忙於料理，弄得精疲力竭，也就沒有悲傷的閒空了。她甚至對佈置新居還頗有興致，因為她思想上總覺得她兒子一定會回來的。她把原先自己臥室裏的掛氈掛在餐室裏，這個餐室同時也當作客廳使用；二樓有兩個房間，其中有一間她特別花了心思去佈置，那就是她心目中的「普萊的房間」。

另一間是留給她自己的；蘿莎麗住在頂上閣樓旁邊的一間小屋裏。

這所小房子經過一番佈置，倒也很美觀，她在最初一段時期住得很高興，儘管她心裏還是感到有些缺陷，但也說不出到底是甚麼。

一天早晨，費崗那個公證人的辦事員給她送來三千六百法郎，這是留在白楊山莊的那一部份家具經家具商估價後折舊的一筆款子。她收到這筆錢時，簡直高興得發抖了；等那個人一走，她就趕快戴上帽子，立刻想到戈德鎮上，把這筆意外的款子寄給保爾。

但當她急急忙忙走在大路上時，碰上了蘿莎麗從市場回來。那使女沒有立刻猜到是怎麼回事，但心裏起了疑心；約娜是甚麼也瞞不過她的，蘿莎麗一發覺之後便把筐子往地上一放，大鬧起來。

她兩手叉着腰，大聲叫嚷；之後，她用右手牽住她的主婦，左手挽着筐子，怒氣沖沖地走回家去。

一到家，使女便要約娜把錢交給她。約娜藏起了六百法郎，把其餘的都拿出來了；但是蘿莎麗已懷戒心，立刻就拆穿了她的把戲；約娜只好把全部都交了出來。

蘿莎麗同意把那六百法郎寄給保爾。

幾天之後，他寫了一封信回來，表示感激：「你幫了我一個很大的忙，我親愛的媽媽，因為我們實在窮得厲害。」

約娜在巴特維勒總住不慣；她時刻感到呼吸不像從前那樣暢快，自己比以前更孤單、更冷清、更無依靠。她常常獨自出去散步，一直走到韋納村，然後再從三池村繞回來，可是一到家，還是坐不住，又想出去，彷彿剛才恰恰忘了到她應去的地方，到她想要去散步的那個地方。

天天都是這樣，她自己也不明白為甚麼會有這種古怪的念頭。但是有一天晚上，坐下來晚餐時，她無意中嘆道：「啊！我多麼想去看一看大海呀！」這才使她恍然大悟，她所以安不下心來的原因，就是為的這個。

她那樣地渴望的，正是大海。二十五年來，海一直是她偉大的鄰舍，那帶有鹽水的氣息、呼嘯奔騰、吹起烈風的海，那從白楊山莊的窗口每天早晨她都見到、晝夜都呼吸到、時刻都感覺在身邊的海，她在不知不覺中就像愛一個人似的愛上了它。

屠殺也生活得極其不安。剛到的那天晚上，牠就躲到廚房的櫃子底下，再也不肯走開了。牠整天幾乎動也不動地躺在那裏，偶爾才轉動一下身子，發出低沉的怨聲。

可是天一黑，牠便爬起來，拖着身子，撞着牆，向園子的門口走去。在露天停留了牠所必需的幾分鐘之後，便又進來，蹲在還溫暖的爐灶面前，但一到牠的兩個女主人走開去睡覺，牠就哀號起來。

牠徹夜地哀號，聲音淒厲而悲傷，有時停了一個鐘點，等再開始時，聽來就更悽慘。她們把牠拴到屋子前的一個木桶裏，牠便在窗口哀號。後來看牠病得快要死了，才又把牠搬進廚房裏。

約娜聽着老狗不斷的呻吟和抓搔，弄得再也不能入睡了。這狗總像努力想使自己適應新居的生活，因為牠知道這裏已經不是牠的老窩了。

但是甚麼也不能使牠安靜下來。白天裏，當一切生物正在活動的時候，牠卻昏昏沉沉地躺着，彷彿牠意識到自己已經雙目失明，病弱不堪，就懶得再動彈了；可是一到夜間，牠卻開始不停地轉來轉去，彷彿在黑暗中一切生物都失明了，這才使牠敢於出來活動似的。

一天早晨，發現牠死掉了。大家這才安了心。

時已隆冬；約娜陷入一種無可奈何的絕望裏。這不是那種嚙噬心靈的尖銳的痛苦，而是一種淒迷愁人的憂傷。

沒有任何事情能使她振作起來。再也沒有人想到她了。門前向左右伸展的大路上，難得見到人影。偶然一輛輕便馬車疾馳而過，趕車的人露出紅紅的臉，身上的罩衫迎風鼓得圓圓的，就像一個藍色的氣球；有時出現一輛緩慢的大車，或是望見遠遠走來兩個農民，一男一女，在地平線上時顯得很小，愈近愈大起來，但當他們走過屋門前以後，又逐漸縮小，直到隨着地形的起伏，在遠處蜿蜒伸展的白線盡頭時，看去小得就像兩個甲蟲了。

初春野草萌芽的時候，一個穿短裙的小女孩，每天早晨帶着兩條在大路上沿溝啃草的瘦牛，從柵欄門前經過。到傍晚時，她又經過，仍然慢吞吞地跟在牛後面，每隔十分鐘，才走上一步。

約娜每天晚上都夢見自己還住在白楊山莊。

像從前一樣，父親和小母親都和她在一起，有時甚至還有麗松姨媽。她重新做着已經過去了的、早被遺忘了的事情，她夢見自己攙着阿黛萊德夫人在那條白楊路上散步。每當夢醒時，她總是帶着眼淚。

她經常想起保爾，自言自語說：「他做着甚麼呢？他現在怎麼樣啦？他有時想到我嗎？」每當她緩緩地在農莊之間的小路上散步時，腦子裏翻騰的盡是這些痛苦的念頭；特別使她感到苦惱的，是她極度妒忌那個不相識的女人，因為她搶走了她的兒子。正是這種怨恨使她留在家裏，使她不能有所行動，使她沒有到他的寓所裏去找他。她彷彿看到那個女人站在門口，問道：「您到這裏來幹甚麼，夫人？」想到會遇見這種場合，她做母親的自尊實在不能忍受。這始終純潔沒有沾染一絲污點的女性的尊嚴，使她愈來愈憤恨男人的懦弱行為，他們沉溺在肉慾的享樂中，使他們的心也變得污濁了。當她想到男女間那些淫穢的秘密、齷齪的戲狎、如膠似漆難分難解的肉體關係時，她覺得人這東西也是污穢的了。

又是一個春天和夏天都過去了。

當秋天來到時，天色陰沉，秋雨連綿，使她對生活厭倦到極點了，於是她決心要作最後的嘗試，想把她的普萊爭取回來。

年輕人的那股熱情現在也該過去了吧。

她給他寫了一封哭訴的信。

我親愛的孩子：

我懇求你回到我的身邊來。你想想吧，我年老而又多病，孤孤單單，常年只有一個使女和我在一起。現在我住在靠大路邊的一所小房子裏。生活真夠淒涼。但是如果你在這裏，我的一切就會大不相同了。在這世界上，我只有你了，但是我已經七年沒有見到你了！你永不會知道我生活得多麼不幸，我是怎樣把自己的心全部寄託在你身上。你就是我的生命，我的理想，我唯一的希望，我唯一所愛的人。而你卻不在我身邊，你丟下了我！

啊！回來吧，我的小普萊，回來擁抱我，回到你老母親的身邊來，她絕望地伸着胳膊在等你回來。

約娜

幾天之後，他回了一封信：

我親愛的媽媽：

我但願能去看你，但是我身邊一個錢也沒有。寄一點錢來，我就可以回來。我本想去看你，和你談談我的計劃，這個計劃如能做到，就可以實現你對我的要求了。

在我最困難的日子裏始終和我在一起的那個人，她對我的恩情真是一言難盡。我對她這種無限的忠誠和始終如一的愛情，今天不能再不公開承認了。她的舉止和禮貌都很周到，將來一定會使你喜歡。她的知識很豐富，書唸得很多。更主要的是你很難想像她一直對我是多麼的好。我對她不表示感激，那我就太沒有良心了。所以我現在要求你允許我和她結婚。你會原諒我過去的種種錯誤，將來我們大家可以一起住在你的新房子裏。

如果你認識她，你一定會立刻同意我的要求的。我向你保證她是一個完美和高貴的人。我相信你一定會喜歡她的。至於我呢，要沒有她，我簡直生活不下去。

我急切地等候着你的回音，我親愛的媽媽，我們衷心地擁抱你。

你的兒子

保爾・德・拉馬爾子爵

約娜簡直氣壞了。她把信擱在膝上，一動也不動地坐在那裏。她看透了這個女人的計策：她一刻不停地纏住她的兒子，一次也不放他回家來，她等待着會有那麼一天，那絕望的老母親盼子心切，再也抵抗不了，到那時候，她會軟化下來，她會答應他們的一切要求。

保爾對那個女人寵愛到這種程度，實在叫約娜傷心極了。她反覆地對自己說：

「他不愛我。他不愛我。」

蘿莎麗進來了。約娜喃喃說道：

「他現在想和她結婚了。」

使女嚇了一跳，答道：

「啊！夫人，您可不能答應呀！保爾先生可不能要這種下流的女人。」

約娜絕望地掙扎說：

「這可絕對不行。現在既然他不肯來，我就自己去找他，倒要看看，我和她之間究竟誰的本領大。」

於是她立刻寫信給保爾，通知他說她要去，並且要不在那個女人住的地方和他會面。

然後她一面等回信，一面就做動身的準備。蘿莎麗替女主人把內衣和服裝都裝在一隻舊箱子裏。但是當她摺疊一件連衣裙時，發現那還是許多年前式樣很土氣的服裝，便嚷着說：

「您一件可穿的衣服也沒有。我不能讓您這樣出門去。人人都要為您丟臉；巴黎的太太們會把您看成是一個女傭人了。」

約娜聽從她的意見辦事。兩人一同到戈德鎮去選了一身綠色花格子的衣料，交給鎮上的女裁縫去做。然後她們又去找那個每年要在首都住上半個月的公證人魯塞勒先生，向他打聽情況。因為約娜已經二十八年沒有到過巴黎了。

公證人一再提醒她們，要怎樣躲避車輛，怎樣防備小偷，勸她們只把隨手要用的錢放在口袋裏，其餘的都縫在衣服裏子的夾縫裏；他講了許多關於中等餐館的情況，指出其中有兩三家是女客去得最多的；最後又提到車站附近他經常住的那家諾曼底旅館。到那裏可以説明是由他介紹去的。

巴黎和勒阿弗爾之間火車已經通了六年了，人人談論火車，但是約娜由於自己痛苦的遭遇，一直心情沉重，至今還沒有見過使附近地區引起重大變革的這種用蒸汽推動的車子。

保爾一直沒有回信。

約娜等了一個星期，接着又等了半個月，天天早晨到大路上去迎接郵差，向他顫聲問道：

「馬朗丹老爹，有我的信嗎？」

由於時令不調，馬朗丹老爹的嗓子總是沙啞的，每次他都回答説：

「老太太，這一趟還沒有。」

顯然是那個女人不讓保爾寫回信！

因此約娜決定立刻動身。她想把蘿莎麗帶在身邊，但是那使女為了免得多花旅費，沒有答應。

她只許她女主人帶三百法郎去，説道：

「不夠時再寫信給我，我會託公證人給您寄去。現在我要給多了，結果又都落在保爾先生的荷包裏。」

這樣在十二月的一天早上，德尼．勒科克趕了馬車來接她們到火車站去。主僕一同上了車子，蘿莎麗準備護送她的女主人一直到車站上。

她們先問清了火車的票價，然後一切手續都辦好了，行李也登記了，她倆便在鐵軌面前等着，想弄明白這火車究竟怎樣開動，一心都被這個奧妙吸引住了，也就不去想這趟叫人傷心的旅行的目的了。

終於，遠遠的汽笛聲使她們轉過頭來，她們望見一架黑色的機器，愈近愈大，開到她們面前時，聲音可怕極了。那機器拖着一長串活動的小房子，一個乘務員打開一扇車門，約娜哭着抱吻過蘿莎麗，就走進一間小木屋裏去了。

蘿莎麗很激動，叫道：

「再見，夫人！一路平安，早早回來！」

「再見，孩子。」

汽笛又響了，一整串的車子起初蠕蠕地轉動起來，愈轉愈快，到後來飛奔前進，快得怕人。

約娜坐的那間車廂裏，只有兩位男客靠在兩個角落上打瞌睡。

她看着田野、樹木、農莊、村落飛越過去，這種速度使她驚駭，她覺得自己落到一種新的生活裏，被帶到一個新的世界去，這個世界不再是她的了，既不像她青年時代那麼安靜，也不像她的生活那麼單調。

薄暮時分，火車開進了巴黎。

一個搬運行李的人替她拿了箱子，她慌慌張張地跟着他，很不習慣地在亂哄哄的人群中擠來擠去，因為怕走失了搬運夫，她幾乎就跟在那個人的後面跑。

到了旅館的賬櫃前，她急忙聲明說：

「我是魯塞勒先生介紹來的。」

旅館的女主人是一個一本正經的大胖子，她坐在賬櫃前，問道：

「魯塞勒先生是甚麼人哪？」

約娜吃了一驚，答道：

「就是戈德鎮的那個公證人，他每年來都在你們這裏住。」

胖女人說道：

「那是可能的。我不認識他。您要一個房間嗎？」

「是的，太太。」

一個茶房提着她的行李，帶她上樓去。

她覺得心裏很難過。她在一張小桌子面前坐下，要了一盆清湯和一份子雞翅膀，叫他們送上樓來。從清早起到現在，她還沒有吃過東西。

她在一枝蠟燭的微光下，冷清清地進晚餐，心裏回想起許許多多的事情，想到她從蜜月旅行回來時曾經路過這個城市，而且就是住在巴黎的那幾天，于連的性格第一次暴露出來。但那時她年輕，精力充沛，朝氣勃勃。現在她覺得自己已經衰老了，又拘謹又畏縮，一點點小事情就弄得頹喪不安。餐後她靠到窗口，望着那滿是行人的街道。她很想出去，但又不敢。她想她一定會迷路的。她上了床，吹滅了蠟燭。

但是那喧囂的聲音、剛到一個陌生城市的感覺和旅途的困頓使她不能入睡。時間一個鐘點一個鐘點地過去。外面的鬧聲漸漸平靜下去，但她還是睡不着，這種大城市的半休息狀態使她心煩。她已經習慣於鄉間那種安靜而濃重的睡眠，無論人畜和草木都不出一點聲音，而現在呢，她覺得周圍總像充滿了神秘的活動。細微得不可捉摸的聲音就像從旅館的牆壁上滲透進來。有時地板格格地響，再是關門的聲音，打鈴的聲音。

快到早晨兩點鐘時，她剛要睡着，突然隔壁房間裏一個女人嘶叫起來；約娜立刻從床上坐起身來；這時她似乎又聽見一個男人的笑聲。

離天亮愈近，她想念保爾的心也愈切；天剛一破曉，她就穿好了衣服。

保爾住在舊城區的索瓦熱街。為了聽從蘿莎麗的囑咐，節省用度，她想走着去。天氣晴朗，寒風刺痛着皮膚；匆忙的人群在人行道上奔走。她按別人給她指點的路，盡快地走着，走完這條街，應該先向右轉，後來再向左轉，到一個廣場以後，她還得重新問路。她因為沒有找到那個廣場，便向一個麵包房的人打聽，他指點的路卻是另一個走法。她又走了一程，仍然沒有走對，東問西問，後來完全弄不清方向了。

她着慌了，逢路便走。正當她決心想叫一輛車子的時候，她卻望見了塞納河。於是她便順着碼頭走去。

大約又走了一小時光景，她終於找到了索瓦熱街，那是一條十分陰暗的小巷。她到門口時停了下來，心裏激動得一步也不能再走了。

普萊，他就住在這裏，住在這一所房子裏。她感到四肢都發抖了；最後她才走進門去，順着走廊，看見管門人住的一個小房間，她遞過一枚錢幣去，問道：

「可否麻煩您上樓去告訴一下保爾·德·拉馬爾先生？說有一位老太太，他母親的一個朋友，在樓下等他。」

管門人回答說：

「太太，他已經不住在這裏了。」

她渾身一陣戰慄，囁嚅道：

「那麼他……他現在住在哪裏呢？」

「我不知道。」

她感覺一陣頭暈，幾乎像要跌倒，好一陣呆着說不出話來。她竭力掙扎，才終於恢復了神志，訥訥地問道：

「他離開多久了？」

管門的這才詳細告訴她說：

「已經半個月了。一天晚上他們走了，就再沒有回來。他們在附近到處欠了錢，您就能明白他們是不會留下地址的。」

約娜眼前閃過一陣火光，就像有人在她面前開了幾槍。但是一個堅定的念頭支持着她，使她站在那裏表面上很鎮靜，很理智。她要知道普萊在哪裏，並且找着他。

「那麼，他走的時候甚麼也沒有說？」

「啊！甚麼也沒有説，他們是為逃債才跑的，就是這麼回事。」

「但是他總要有人來替他取信吧？」

「通常是我交給他們的。不過他們一年裏也收不到十封信。在他們離開的前兩天，倒有一封信是我替他們送上樓去的。」

毫無疑問那就是她寫的那封信。她急忙説道：

「您聽我説，我是他的母親，我就是來找他的。這裏十個法郎給您。要是您得到他甚麼消息，請您到勒阿弗爾路諾曼底旅館給我送個信，我一定重重地酬謝您。」

他回答道：「太太，您託給我好啦！」

她就匆匆地走了。

她跑在路上，自己也不知道要到哪裏去。她急急忙忙的，像是有甚麼要緊的事情；她沿着牆腳走去，有時被拿小包的行人撞着了；她穿過街道時不先望一望迎面過來的車輛，因而受到車夫的辱罵；她一點不注意人行道的石級，有時幾乎要摔倒；她喪魂失魄地匆匆向前奔跑。

忽然她已經在一個公園裏了，她覺得十分疲乏，便在一條長櫈上坐下來。顯然她在那裏坐了很久，不知不覺地流着眼淚，因為經過的人都停下來望着她了。她覺得身上很冷，便站起來想走；但她已經那麼疲乏和虛弱，兩條腿幾乎不聽使喚了。

她想走進餐館去喝一點熱湯，但是內心的羞愧和膽怯，怕被別人看出自己的悲傷而丟面子，這一切都使她不敢進去。她在門口站了一會兒，向裏面張望，看見一桌一桌都是在那裏用餐的人，便又膽怯地縮回來了，暗自說道：「換一家再進去吧！」但是走到第二家餐館仍然沒有膽量進去。

最後她在一家麵包店裏買了一個半月形的小麵包，在路上邊走邊吃。她很口渴，但又不知道哪裏去找喝的，也就忍着算了。

她穿過一道穹頂的大門，來到另一個有環廊的公園。她認得那是故宮公園。在太陽下走了很多路，這時她身上覺得暖和一些了，便又在公園裏坐了一兩個小時。

一群人進來了，這是一群衣飾很講究的男女，禮貌彬彬，談笑自如，這些有福氣的人，女的美麗，男的富有，他們就是為了打扮和享樂而活在世上的。

約娜夾在這群豪華的人中間，心裏慌張起來，便站起身來想跑；但突然她又想到在這種地方也許可以遇見保爾，她便開始來回徘徊，膽怯而又急促地從公園的這一頭走到那一頭，暗暗窺探着遊人的面目。

有些人回過頭來望望她，另一些人指着她互相笑笑。她感覺到了，趕快避開，心想別人一定在笑話她那副樣子和她所穿的那身綠色花格子的連衣裙，這是蘿莎麗選定了料子特意叫戈德鎮的女裁縫替她縫製的。

她連向行人問路也不敢了。但最後還是鼓起勇氣問了一下，才算回到了旅館。這一天其餘的時間，她就動也不動地坐在床腳邊的椅子上消磨過去了。晚餐時，她像前一天一樣，要了一份湯和一點肉。然後她就上了床，每一行動都只是機械地按習慣做去。

第二天她到警察局去，請求他們替她找回她的孩子來。人們不能向她保證，但同意替她去找。

於是她又到街上走來走去，總希望能遇見保爾。但在這熙熙攘攘的人群中，她覺得自己比在荒野裏更孤單、更可憐、更無路可走。

傍晚回去時，旅館裏的人告訴她，保爾先生曾經派人來找過她，並且這人明天還要再來。她心中感到熱乎乎的，整夜沒有合眼。這人就是他嗎？是的，一定是他，雖然從別人描述的細節來判斷卻又不像是他。

早晨九點鐘光景有人敲她的門，她叫道：「請進來！」一面伸着雙臂準備撲過去了。一個不相識的人進門來了。當他道歉在這個時候來打擾她，說明他來訪的目的是為索還保爾欠他的債，這時候，她覺得眼淚已經抑止不住了，但她不願意顯露出來，淚珠湧到眼邊時，便趕快用指頭抹掉。

這人從索瓦熱街的門房那裏聽說她來了，因為找不到保爾，他就來找他的母親。他取出一張紙條，她毫不思索地接過來。她看到數目是九十法郎，便掏出錢來，還給了他。

這一天她沒有出門。

第二天，又一批債主上門來了。她把所有的錢都給了他們，自己只留下了二十來個法郎；她寫信給蘿莎麗，告訴她目前的情況。

她等候她使女的回信，自己不知道做甚麼是好，不知到哪裏去消磨這漫長的愁慘的時光，沒有一個人理解她的困苦，沒有一個人可以訴說一句知心的話，她仍然只能天天在街頭流浪。她毫無目的地走去，心裏只惦記着能趕快回去，回到她那冷清清的大路邊的小房子裏去。

幾天以前，她覺得那裏淒涼得叫她不能生活下去，現在反過來了，她覺得只有那裏才是她能生活的地方，因為她那沉悶的生活習慣已經在那裏生下了根。

終於一天晚上，她接到了信和二百法郎。蘿莎麗在信中寫道：

約娜夫人：

快回來吧，因為我不能再給您寄錢了。至於保爾先生，等我們有了他的消息時，由我去找他吧。

向您致敬禮！

您的女僕　蘿莎麗

一個下雪的嚴寒的早晨，約娜又回到巴特維勒了。

14

從此以後，她不再出門，不再走動了。每天早晨，她在一定的時間起床，從窗口望一望天氣，然後下樓去坐在客廳的爐火面前。

她整天坐在那裏不動，目光凝視着火焰，過去種種傷心的遭遇一一在她眼前湧現，她聽憑這一切悲苦的念頭在腦際盤旋。暮色漸漸籠罩了這個小客廳，她除了偶爾向壁爐裏添進一些木柴以外，仍然一動不動地坐在那裏。這時蘿莎麗把燈端進來，嚷道：

「來吧，約娜夫人，您應該去活動活動，不然到晚上您又吃不下東西了。」

一些固執的念頭常常不斷地纏繞着她，種種無足輕重的瑣事也都使她苦惱；在她病態的頭腦中，極小的事情都有了極重大的意義。

她尤其忘不了過去，思想總愛逗留在以往的日子裏，經常出現在她腦海中的是她早年的生活，她在科西嘉島上的蜜月旅行。久已忘卻了的海島的風光突然在她眼前的爐火中湧現出來；她記起了當時的一切細節，一切瑣事，以及在那裏遇見過的一切人物；嚮導若望·臘沃利的面貌時時出現在她面前，有時她彷彿還聽見他說話的聲音。

然後她又想到保爾童年時代恬靜的歲月，那時候為了替他種生菜秧，她和麗松姨媽跪在肥沃的泥土上，兩人都不辭辛苦要討孩子的喜歡，互相競賽着，看誰種的菜秧長得快，看誰種的菜秧長得旺。

她在唇邊輕輕地呼喚着：「普萊，我的小普萊。」彷彿她在和他說話一樣；她的幻想就停留在這個名字上，有時接連幾個鐘點，她伸着手指，在空中比畫構成這個名字的字母。她對着爐火慢慢地畫着，彷彿這些字母就像停留在她面前，然後發現畫錯了，她不顧手瘦得發抖，又從第一個字母開始，一直描到最後一個字母；整個名字寫完了，便又從頭開始。

最後，她疲乏得實在不能支持，筆畫也亂了，寫成了別的字，心裏緊張得煩躁極了。

孤獨生活的人所特有的種種怪癖都到了她的身上。任何手頭的用物變動了一個位置，也會使她發脾氣。

蘿莎麗常常強迫她去走動走動，把她帶到大路上去；但是才走上二十分鐘，約娜便說：「孩子，我走不動了！」她就坐在路邊。

不久任何活動都使她感到煩厭了；早晨躺在床上，她就盡可能地晚起。

本來她一直保持着從小養成的一個習慣，那就是一喝過了牛奶咖啡，她馬上便起床。她對這杯牛奶咖啡看得比甚麼都重要，缺少了這個，比缺少了任何其他東西都要難受。每天早晨，她眼巴巴地等着蘿莎麗把咖啡送來，滿滿的一杯剛放到床頭的小桌上時，她便坐起身來，又香又甜地一口氣把它喝完。然後，撩開被窩，她就開始穿衣服了。

但是後來她的習慣慢慢改變了：起先是把杯子放到碟子裏以後空想一會兒再起床；接着索性又在床上躺下了；到後來懶成在床上愈躺愈久，直到蘿莎麗生着氣走進來，幾乎強迫着她，才把衣服穿上。

而且她成了一個完全沒有意志的人了，每逢她使女和她商量一件事情，問她一個問題，或是想了解一下她的意見，她總回答說：「孩子，你說怎麼做就怎麼做吧！」

她覺得自己碰來碰去都是厄運，也就像一個東方人似的相信起命運來了；她看到自己的夢想一再幻滅，希望一再落空，到後來每遇到一點點小事，就整天猶疑不決，認為自己一定又會走到錯路上去，後果一定不好。

她時時刻刻說道：

「我這個人一生中沒有過一點運氣。」

蘿莎麗就不平地嚷道：

「如果您必須為麵包而工作，如果您不能不每天清早六點就起來去幹活，真要那樣，您又怎麼說呢？天下有的是這樣的人，後來老得幹不了活的時候，還不是窮死。」

約娜答道：

「你也替我想一想，我是多麼孤單呀，我的兒子把我扔掉了。」

於是蘿莎麗氣極了，嘆道：

「那又算得了甚麼呀！多少孩子在那裏服兵役！多少孩子都到美國去謀生！」在蘿莎麗的心目中，美國是一個虛無縹緲的地方，大家到那裏去發財，卻再不見回來。

蘿莎麗繼續說道：

「遲早人總是要分開的，年老的人和年輕的人哪能永遠在一起！」

最後她毫不客氣地問道：

「要是他死了，您又怎麼說呢？」

這時，約娜甚麼也回答不出來了。

到了初春天氣漸漸轉暖的時候，她稍稍有了一點力氣，但她沒有更好地利用這點剛恢復的精力，卻愈來愈深地陷入憂鬱的沉思中去。

一天早晨，她上閣樓去尋找甚麼東西，偶然打開一口木箱，發現裏面裝滿了舊日曆；因為鄉間許多人有這種習慣，愛把逐年的日曆保存起來。

她覺得彷彿找到了自己過去的歲月，面對這一大堆正方形的硬紙板，她落在一種異樣複雜的感慨中了。

她把這些大大小小式樣不同的日曆都搬到樓下的客廳裏，把它們按年份在桌上排列起來。忽然她找到了其中最早的一份，那是她自己帶到白楊山莊去的。

她注視了許久，日曆上的一些日子是她從修道院回家的第二天，也就是從盧昂動身的那天早晨用鉛筆劃去的。於是她哭了。面對展開在桌上的她自己悽慘的一生，她默默地流着沉痛的眼淚，一個老婦人傷心的眼淚。

她心裏產生了一個十分強烈而固執的念頭，想要把自己過去的生活，幾乎一天不缺地尋找回來。

她把這些發黃了的紙板一份一份地釘在牆壁的掛氈上，她可以在這些日曆面前接連消磨好幾小時，看看這份又看看那份，自言自語地問道：「那一個月，我是怎麼過的呢？」

她把自己一生中值得紀念的那些日子都一一標了記號，這樣她以重大的事件做中心，把前後所發生的小事情一樁一樁地串連起來，有時便把整個月的情形都回想出來了。

她集中意志，費盡腦力，一心一意地去回想，終於把最初回到白楊山莊居住的兩年間的情景幾乎全部都整理出來了，她對自己生活中那一部份遙遠的歲月記得非常清楚，往事的來龍去脈活生生地展現在她的眼前。

但對後來的年代，她記憶中就像隔着一重雲霧，歲月交錯，模糊不清了；她耗費了無數時間，在日曆面前低着頭，用盡心思追懷往事，但連某一件事情是否發生在這一年中，也仍然想不起來。

這樣，在她的客廳裏，就像耶穌受難的連環畫一般，掛滿了她已往歲月的圖表。她在這些日曆面前來回地瀏覽，有時突然她把椅子移過來，對着一份日曆，一動不動地坐在那裏望着，一直望到夜晚，陷入沉思。

然後，當草木在艷陽下開始欣欣向榮，作物在田間萌芽，樹木變得一片蔥綠，院子裏的蘋果樹開出團團的粉紅色的花球，在平原上瀰漫着香氣時，約娜忽然變得激動不安了。

她坐立不安，一天來來去去，進進出出，總要有二十次，有時她沿着農莊，走得老遠老遠的，興奮得像是因遺憾而發了狂熱病一般。

看到在野草中探出頭來的一朵雛菊，照射在樹葉間的一縷陽光，倒映在車轍積水中的一抹晴空都會觸動她的心，使她神魂顛倒，彷彿她又回到遙遠的少女時代在鄉間夢幻的那種感情世界裏去了。

那時候，她盼望着未來，曾經也有過這種激動，在暖洋洋的日子裏品嘗過這種惱人的溫馨和沉醉。現在她又重新遇到了這一切，但是前途已經沒有了。她心裏還在欣賞這種風光，但同時卻也感到哀傷，彷彿春回大地所帶來的永恆的歡樂，如今當她的皮膚乾枯了，她的血液變冷了，她的靈魂憔悴了，這歡樂的滋味對她不僅沖淡了，而且反更引起痛苦了。

她覺得周圍的一切都多少發生了變化。太陽不再像她年輕時候那麼溫暖，天空不再那麼蔚藍，青草不再那麼碧綠，而朵朵鮮花不及過去的鮮艷和芬芳，也不再像往日那樣教人陶醉了。

不過也有些天，她感到生活是那麼美好，使得她重新幻想，重新希望，重新期待；因為不管命運多麼殘酷，在美好的天氣裏，人怎麼能始終不懷一點希望呢？

內心的激動驅使她接連幾個小時地走着，一直往前走着。但有時她會突然站住，坐在路邊，回想種種傷心的事情。為甚麼她沒有像別的女人一樣被人所愛呢？為甚麼她連平靜的生活中最普普通通的幸福都得不到呢？

有時一瞬間她竟忘記自己已經老了，忘記在她面前除了還有幾年孤獨和淒涼的生活之外，再沒有甚麼可以等待的了，忘記她自己的路已經走到盡頭了；於是她就像從前還是十六歲的少女時，做着種種甜蜜的夢想，計劃着自己所剩無幾的美好的未來。然而無情的現實生活的感覺又落到她身上，她像險些兒被千鈞重量壓斷了腰似的，疲乏不堪地站起身來，慢慢地走回家去，嘴裏咕嚕着說：「啊！真是老糊塗！真是老糊塗！」

現在蘿莎麗時刻提醒她說道：

「您安靜點吧，夫人，您這樣跑來跑去究竟要幹甚麼呢？」

於是約娜淒切地答道：

「有甚麼辦法呢，我就像『屠殺』在最後的那些日子一樣了。」

一天早晨，使女比平時早一些走進她的臥室裏，她把一杯牛奶咖啡放在床頭的小桌上以後，說道：

「來，快喝吧，德尼在門口等着我們。我們一起上白楊山莊去，因為我在那裏有點事情需要料理。」

約娜激動得幾乎要暈過去了；她邊發抖邊穿衣服，一想到就要重見親愛的故居，心裏又惶恐又焦急。

一抹晴空照耀着大地；那匹歡跳的小馬時而飛奔起來。他們進到埃都旺村時，約娜胸口突突地跳着，連呼吸都覺得困難了；等到她望見柵欄門兩邊的磚柱子時，她不知不覺小聲叫了兩三次：「啊！啊！啊！」彷彿她看見了甚麼東西使她的心翻騰起來。

他們把車子停在庫亞爾家的農莊裏；接着蘿莎麗和她的兒子辦自己的事情去了。恰好白楊山莊的主人都出門了，農莊裏的人便把鑰匙交給約娜，讓她趁這個機會到裏面去看看。

她獨自走去。來到邸宅臨海的一面時，她站着觀望了一番。從外面看去甚麼也沒有改變。這一天，陽光正好照在這所高大的灰白色建築物陰暗的牆壁上。所有的窗扉都關閉着。

一小截枯了的樹枝落到她的連衣裙上，她抬頭看時，原來是從那棵梧桐樹上飄下來的。她走近那棵大樹，摸摸那光滑的青灰色的樹皮，就像人們撫摸一頭牲口似的。她的腳在草地裏蹴到了一塊爛木頭，那是一張長櫈剩下的最後的斷片，她從前經常和一家人坐在這張櫈子上，這還是于連第一次來拜訪的那一天擺在那裏的。

她走到正屋的大門口，這兩扇雙合門很不好開，那把生鏽的大鑰匙，怎麼也轉不過來。費了大勁，最後鎖孔中的彈簧鬆動了，再用力一推，門才打開。

約娜立刻幾乎跑着上樓到她的臥室去。牆上裱了淺色的花紙，她都不認識這間屋子了；但是當她打開了一扇窗之後，她感動得渾身都發抖了，眼前展開的正是這幅她那樣地喜歡的景色：灌木林、老榆樹、曠野和遠處的大海，海面上漂着望去像是靜止的棕色船帆。

接着她在這所空無人影的大房子裏轉來轉去，邊走邊看，牆壁上的許多斑點都是她所熟悉的。她走到露出石灰的一個小窟窿面前站住了，這個窟窿是她父親所留下的：男爵想起自己年輕時擊劍的情景，每經過這裏時，常愛用手杖當武器，對着牆壁舞弄一陣，拿來取樂。

在小母親臥室的門背後，離床不遠的一個陰暗的牆角裏，她找到了一枚金頭的細針，現在她才記起來這是從前她自己插在那裏的，後來好些年她都在尋找這枚針，但是誰也沒有能找到。她取下來作為一件無比寶貴的紀念品，拿在手上吻着它。

她走到每一間屋子裏，在沒有更換過的裱牆紙上，探尋和辨認過去所留下的最細微的痕跡；從織物和大理石的花紋中，從年久玷污了的天花板的暗影中，她重新見到了自己想像中所產生的古怪的形象。

她輕輕地走着，獨自一個人在這靜悄悄的高大的邸宅裏就像在墓園裏一樣。她的一生就被埋葬在這裏。她走到樓下客廳裏。百葉窗都是關着的，室內陰暗得使她好一陣甚麼也分辨不出來；後來，當她的目力在黑暗中習慣了，她才慢慢辨認出高高的掛氈上繡着的鳥兒。壁爐前面，擺着兩把靠手椅，看去彷彿剛有人坐過；正像各種生命都有自己的氣味，這間客廳也仍然保存着一般老房子所特有的那股淡淡的既柔和而又能辨別出來的甜香味兒，這氣息撲到約娜的鼻子裏，逗起她種種回憶，使她的頭腦感到沉醉。她喘着氣，深深地呼吸着那已往時代的氣息，雙眼凝視着那兩把椅子。猛然間，她固執的思念產生了刹那的幻覺，她彷彿看見、她真的看見了她父親和小母親在爐火前烤着腳，像她在往日常見的情景一樣。

她驚駭了，身子直往後退，背撞着了門框，她靠在那裏，免得跌倒，眼睛仍然盯在那兩把椅子上。

但是幻景已經消失了。

她驚惶失措地又站了好幾分鐘，才慢慢地清醒過來；她害怕自己真會發瘋，就想趕快走開。這時她的目光偶然落在她剛剛靠過的門框上，於是她瞥見了刻在那裏的記錄普萊身長的進度表。

油漆上留着許多輕微的記號，間隔不等的橫線一道一道地往上升，用小刀所刻的數字標誌着年月和保爾身高的尺寸。有的字大一些，是男爵寫的；有的字小一些，是她自己寫的；有的筆跡有些發抖，是麗松姨媽寫的。她眼前彷彿又看見了那個金髮孩子像從前一樣地站在那裏，那小腦袋貼着牆，讓人家量他的身材。

男爵叫道：「約娜，他在一個半月中，又長高了一公分。」
她想到這過去的一切，便喜愛得像發瘋似的對着門框親吻。
這時外面有人在叫她了。那是蘿莎麗的聲音：
「約娜夫人，約娜夫人，大家等着您午餐呢！」
她走了出去，但腦子還是懵懵懂懂的。別人和她說話，她一點也沒有聽懂。別人給她甚麼，她就吃甚麼；她聽着別人在談天，但並不知道他們談的是甚麼；農莊的女主人問起她的健康，她彷佛也應答了幾句；她聽憑人家抱吻她，當別人伸過臉來，她也抱吻人家，然後她登上了車子。
當隔着樹林再望不見白楊山莊高大的屋頂時，她的心悲痛得快要碎裂了。她覺得自己從今已和老家永遠告別了。
她們又回到了巴特維勒。
她剛要走進她的新屋去，卻瞥見門下面擱着一件白色的東西；這是她出門的時候郵差塞在那裏的一封信。她馬上認出是保爾寄來的，她心裏發着抖把信拆開。信上說：

我親愛的媽媽：

我所以沒有更早給你寫信，是因為我不願意讓你來巴黎空跑一趟，應該由我經常去看你才對。目前我遭遇到一件非常不幸的事情，使我處在極大的困難中。我的女人病得快要死了，她在三天前剛生了一個女孩，而我手頭卻一個錢也沒有。對這個嬰兒我真不知道該怎麼辦，現在暫由門房的女人設法用奶瓶給她餵奶，但我怕不一定能保得住。你肯撫養她嗎？我實在不知道怎麼辦好，我也沒有錢給她寄養出去。盼你立即回信。

你的愛子　保爾

約娜倒在椅子上，連叫喚蘿莎麗的力氣也沒有了。使女走來之後，她倆又一起重讀那封信，接着面對面沉默了許久。

最後蘿莎麗說道：

「夫人，我去把那個小東西抱回來。我們不能把她丟在那裏不管。」

約娜答道：

「孩子，你去吧！」

她們又都不做聲了，後來還是使女提醒說：

「您把帽子戴上，夫人，我們先找戈德鎮的公證人去。為那小東西的日後着想，如果那女人活不下去了，保爾先生應該趕快和她辦好結婚的手續。」

約娜一聲不響地把帽子戴上。她兒子的情婦活不下去了！這使她心裏深深地充滿了一種不可告人的喜悅，一種她要想盡辦法掩蓋起來的自私的喜悅，一種會令人羞紅臉的可恥的喜悅，但正是這種喜悅使她內心深處感到無比的興奮。

公證人向使女作了詳細的指示，她又自己反覆地重說了幾遍；這時她心裏有了數，知道不會再出甚麼錯誤了，便說道：

「甚麼也不用擔心了，由我去辦吧！」

她當夜就動身到巴黎去了。

約娜心亂如麻地度過了兩天，甚麼事情也不能想。第三天早晨她接到蘿莎麗的通知，說她乘當天下午的火車到家。別的話一句也沒有。

快到三點鐘的時候，她坐了鄰居的馬車到伯茲鎮的火車站去接她的女僕。

她站在月台上，眼睛望着那兩根筆直伸展出去的鐵軌，直到遠處，遠處，在地平線上才終於合而為一了。她時時看着鐘：還差十分鐘！還差五分鐘！還差兩分鐘！現在時間到了！但是在遠遠的路軌上甚麼也還沒有出現。後來突然她望見一個白點，冒着煙，然後在煙霧下出現一個黑點，愈來愈大，飛奔着前進。那個龐然大物的火車頭，終於逐漸放慢了速度，轟轟地喘息着從約娜面前經過，她睜大了眼睛望着一扇扇的車門。好幾扇車門都打開了，旅客走下車來，有穿罩衫的農民，有挎着籃子的農婦，還有頭戴軟帽的小市民。她終於看見蘿莎麗懷裏抱着一個布包似的東西出來了。

她想迎上前去，但她的兩條腿完全發軟了，她害怕就會跌倒。使女一看見她，就像平常一樣神態自若地向她走來，說道：

「您好，夫人；我回來啦，可也夠麻煩的。」

約娜囁嚅問道：

「怎麼樣呢？」

蘿莎麗答道：

「昨天夜裏她才死了。他們結了婚，小東西就在這兒哪。」

她把孩子遞過去，嬰兒包在襁褓裏，誰也看不見她。

約娜毫不躊躇地接在手裏，兩人便走出車站來，上了馬車。

蘿莎麗又説：

「保爾先生等安葬完畢就回來。可能就是明天的這班火車。」

約娜低聲説：「保爾……」話就不再接下去了。

太陽向天邊降落下去，光芒普照在碧綠的原野上，原野裏盛開着金黃色的油菜花和血紅的罌粟花。無限的和平籠罩在欣欣向榮的寧靜的大地上。馬車輕快地奔馳着，趕車的農民用舌頭嗒嗒作響，驅馬前進。

約娜的眼睛一直向前望着，一群一群的燕子箭一般地掠過天空。突然間她感到一種輕微的熱氣、一種生命的溫暖透過她的裙袍，傳到她的腿上，鑽進她的血肉中；這正是那個睡在她膝上的小生命傳來的溫暖。

這時一種説不出的感情湧上她的心頭。她輕輕地揭開面紗，露出那個她還沒有見過的嬰兒的面龐，而這就是她的小孫女兒。這脆弱的小生命受到光線的刺激，睜開她那碧藍的小眼睛，抖動着嘴唇。約娜緊緊地擁抱着她，用雙手把她托起來，接連地吻着她。

蘿莎麗心裏雖然高興，但同時也帶有一點埋怨地阻止了她，説道：

「好了，好了，約娜夫人，別再逗她了，您要把她逗哭啦！」
然後，她好像是回答她自己心中的問題似的，自語說：
「您瞧，人生從來不像意想中那麼好，也不像意想中那麼壞。」

天地外國經典文庫

① **到燈塔去** [英] 弗吉尼亞．伍爾夫 著 瞿世鏡 譯

② **鼠疫** [法] 阿爾貝．加繆 著 劉方 譯

③ **動物農場** [英] 喬治．奧威爾 著 榮如德 譯

④ **人間失格**（附《女生徒》）[日] 太宰治 著 竺家榮 譯

⑤ **美麗新世界** [英] 奧爾德斯．赫胥黎 著 陳超 譯

⑥ **都柏林人** [愛爾蘭] 詹姆斯．喬伊斯 著 王逢振 譯

⑦ **局外人** [法] 阿爾貝．加繆 著 柳鳴九 譯

⑧ **月亮和六便士** [英] 威廉．薩默塞特．毛姆 著 傅惟慈 譯

⑨ **柏拉圖對話集** [古希臘] 柏拉圖 著 戴子欽 譯

⑩ **愛的教育** [意] 埃德蒙多．德．亞米契斯 著 夏丏尊 譯

⑪ **一九八四** [英] 喬治．奧威爾 著 董樂山 譯

⑫ **老人與海** [美] 歐內斯特．海明威 著 李育超 譯

⑬泰戈爾散文詩選集
［印度］羅賓德拉納特·泰戈爾 著　吳岩 譯

⑭荷風細語
［日］永井荷風 著　陳德文 譯

⑮流動的盛宴
［美］歐內斯特·海明威 著　湯永寬 譯

⑯最後一片葉子
［美］歐·亨利 著　黃源深 譯

⑰面紗
［英］威廉·薩默塞特·毛姆 著　張和龍 譯

⑱漂泊的異鄉人
［英］D·H·勞倫斯 著　劉志剛 譯

⑲莎士比亞十四行詩集
［英］威廉·莎士比亞 著　馬海甸 譯

⑳變形記
［奧］弗蘭茨·卡夫卡 著　謝瑩瑩等 譯

㉑羅生門
［日］芥川龍之介 著　林少華 譯

㉒烏合之眾
［法］古斯塔夫·勒龐 著　陸泉枝 譯

㉓一生
［法］莫泊桑 著　盛澄華 譯

天地

www.cosmosbooks.com.hk

書　　名　一生（Une Vie）

作　　者　莫泊桑（Guy de Maupassant）

譯　　者　盛澄華

編輯委員會　馬文通　梅　子　曾協泰
孫立川　陳儉雯　林苑鶯

責任編輯　宋寶欣

美術編輯　郭志民

出　　版　天地圖書有限公司
香港黃竹坑道46號
新興工業大廈11樓（總寫字樓）
電話：2528 3671　傳真：2865 2609

香港灣仔莊士敦道30號地庫（門市部）
電話：2865 0708　傳真：2861 1541

印　　刷　美雅印刷製本有限公司
香港九龍官塘榮業街 6 號海濱工業大廈4字樓A室
電話：2342 0109　傳真：2790 3614

發　　行　香港聯合書刊物流有限公司
香港新界荃灣德士古道220-248號荃灣工業中心16樓
電話：2150 2100　傳真：2407 3062

出版日期　2021年3月／初版

ISBN ： 978-988-8549-51-1

本書由人民文學出版社授權中文繁體字版出版發行